Reclam
LESEBUCH

Thomas Mann Brevier

Herausgegeben von
Günther Debon

Philipp Reclam jun. Stuttgart

Mit 13 Abbildungen

Universal-Bibliothek Nr. 40021

Umschlaggestaltung: Werner Rüb, Ludwigsburg, unter Verwendung eines Fotos von Till Leeser, Hamburg: Bürgerhäuser und Kaufmannskontore in der Großen Petersgrube zu Lübeck (© Bilderberg Archiv der Fotografen GmbH, Hamburg)
Gesamtherstellung: Reclam, Ditzingen. Printed in Germany 1994
RECLAM und UNIVERSAL-BIBLIOTHEK sind eingetragene Warenzeichen der Philipp Reclam jun. GmbH & Co., Stuttgart
ISBN 3-15-040021-X

Inhalt

Einleitung
9

I
Das Wort und die Wahrheit
15

II
Kunst und Künstler
33

III
Musik und Geist
49

IV
Die Pflichten und die Schuld
67

V
Kultur und Barbarei
83

VI
Werden und Vergehen
97

VII
Schönheit und Liebe
121

VIII
Deutschland und die Welt
139

IX
Des Menschen Herz
157

X
Des Menschen Heimat
189

XI
Huldigungen und Diagnosen
215

XII
Über sich selbst
249

Anmerkungen
273

Die zitierten Werke
277

Textnachweise
285

Verzeichnis der Abbildungen
299

Zeittafel
301

Daß die Erde wieder die Erde sei,
ein Tal der Notdurft, aber doch
keine Luderwiese.

Einleitung

Mag das Brevier sich von seiner ursprünglichen, der christlichen Bestimmung gelöst haben, haftet ihm doch immer noch etwas von einem Glaubensbekenntnis an. So haben wir im vorliegenden, wohl ersten, Thomas-Mann-Brevier zunächst solche Zitate versammelt, die von den Grundgedanken, von der leitenden Moral des großen Menschenführers zeugen.

Ein Brevier lebt aber auch von der Brevitas, der Bündigkeit. Dies legte nah, nach kurzen Passagen Ausschau zu halten. Freilich stößt der Suchende hier bald an Grenzen; denn Thomas Mann ist ein Meister des Wortes, aber gefällt sich nicht in Bonmots. Brieflich um Beiträge für eine Sammlung von Lebensweisheiten gebeten, war er selbst ziemlich ratlos. Nicht nur fehlten ihm seinerzeit, im Waldhaus Dolder, die Bücher, sondern er machte dem Briefschreiber auch deutlich, daß »reine« Sentenzen in seinem Werk die Ausnahme wären, weil das darin Gesagte auf das Konto der jeweils sich äußernden Person ginge, so bei Settembrini und Naphta im *Zauberberg* oder bei Serenus Zeitblom im *Doktor Faustus*.

Dagegen ließe sich einwenden, daß der Verfasser sich nie ganz von den Novellen- und Romanfiguren hat trennen können und wollen. Wieviel Eigenes legt er seinem Serenus *und* Adrian in den Mund, seinem Goethe! Settembrini spricht Erkenntnisse aus, die Thomas Mann für sich selbst notiert hatte (S. 17); und eine der beiden Maximen, die er dem Bittsteller für seine Sammlung aus dem Kopf hatte vorschlagen können, bezieht sich bei näherem Besehen auf Herrn Spinell im *Tristan* (S. 17).

In der Folge haben wir uns nicht gescheut, auch Urteile der handelnden Akteure beizubringen, wenn sie den Eindruck machten, daß ihr Verfasser mehr oder minder mit ihnen sympathisierte. Dies kann zuweilen einen kleinen Anlauf bedeuten, ehe wir zu dem gewünschten Satz gelangen. Doch immer werden wir durch die Formulierungskunst, die Sprachmusik und auch den Humor Thomas Manns entschädigt.

Manchmal, wenn der Schlußpunkt allzu weit entfernt war, mußten wir auf ein Bonmot verzichten; so, wenn es von Conrad Beißel, dem Sektengründer und Choralkomponisten, in Kapitel VIII des *Doktor Faustus* heißt, »daß gerade Menschenflucht wohl den Flüchtling ins Menschliche verflicht«.

Auch in den Tagebüchern können sich ähnliche Wortspiele verbergen; etwa, daß uns nur das anspricht, was wir anzusprechen wissen (S. 258). Die darauf folgende Weisheit mag eine spezifisch hanseatische sein: daß eine Pflanze statthafterweise nicht das ganze Jahr über blühen dürfe; doch wäre es schade gewesen, auf diese hübsche Stelle zu verzichten.

Die raffinierteste Redefigur liegt zweifellos vor, wenn sich die Formulierung nur im Unterbewußtsein des Lesers beziehungsweise des Hörers bildet. Denn wir dürfen annehmen, daß der fast Achtzigjährige dem kranken Organismus der Gesellschaft das Vitamin Schiller verordnen wollte, ohne daß die Wortverbindung gefallen wäre (S. 95).

Manche Wendung mag isoliert härter klingen als im originalen Zusammenhang. Thomas Mann ist ja strengstens auf das Motivieren bedacht. So war das Wort von der stallwarmen, kuhwarmen Musik (S. 62) im *Doktor Faustus* sorgsam vorbereitet worden: In Kapitel IV hatte es von der Verwalterin des Molkereiwesens auf dem Heimathof Adrian Leverkühns geheißen: »Sie war es, wenn nicht die Hausfrau selbst, die uns im Kuhstall bewirtete, diesem gütevollen Aufenthalt, wo unter den Strichen der auf dem Melkschemel kauernden Magd die laue und schäumende, nach dem nutzbaren Tiere duftende Milch für uns in die Gläser rann.« Und einige Seiten weiter wird von der tierisch duftenden Stall-Hanne berichtet, die den Kindern das mehrstimmige Singen beibrachte. –

Vom Brevier eines Erzählers darf aber auch erwartet werden, daß es ihn in beispielhaften Textauszügen vorstellt. Sie haben besonders in Kapitel IX und X ihren Platz gefunden. Hier konnte Thomas Manns vermutlich berühmtester Satz – einer der genialsten Einsätze der Weltliteratur – gebracht werden: »München leuchtete«. Auch andere Stellen, die den Thomas-Mann-Freunden ans Herz gewachsen sind, laden in diesen Kapiteln zu erneutem Genuß ein. Neben dem langen Atem des Epikers tritt da sein kundiger Blick in die Seele des Menschen, des Tieres wie der Landschaft in Erscheinung, desgleichen seine Fähigkeit zur Modulation, zum Wechsel von einer Tonart in die andere, je nach der Zeit oder dem Ort der Handlung, nach Stand und Stimmung ihrer Personen. Bedenken wir, daß solche Sprechweise trotz allen hilfsbereit erfüllten Forderungen des Tages durchgehalten wurde, daß die Sprache der Goethe-Zeit in den Saga-Klang der Josephs-Tetralogie eingeschaltet und das Parlando des Hochstaplers nach vier Jahrzehnten wieder aufgenommen worden ist, als sei nichts geschehen; daß viele der Kostbarkeiten unter quälenden Schmerzen, nach schlafloser Nacht, im Hotelzimmer des fremden Landes, im drückenden Klima des fremden Kontinents, am letzten Tisch, den die Möbelpacker gelassen, und in der steten Furcht vor dem Untergang Europas, ja der ganzen Menschheit, entstanden sind, dann vermögen wir die Leistung erst voll zu würdigen.

Nicht fehlen durften schließlich Proben aus den Meister-Essays, mit denen Thomas Mann eine ganz eigene Spezies der Literatur- und Kunstbetrachtung geschaffen hat, beginnend 1910 mit dem *Alten Fontane*, bis zum *Versuch über Schiller* kurz vor dem Tode, Huldigungen, in denen Herzlichkeit und Ergriffenheit den Zweifel nicht unterdrücken und die zugleich so viel vom Betrachter selbst aufdecken.

Wenn in den einzelnen Kapiteln die Zitate chronologisch angeordnet sind, so, um Widersprüche, die sich in einem langen Leben einstellen könnten, zu begründen. Eher das Gegenteil ist auch hier sichtbar geworden: die Treue, mit welcher Thomas Mann einigen Grundideen bis in die letzten Jahre verpflichtet geblieben ist. Freilich haben wir stets seine dialektische Denkweise, das Einerseits-Andererseits, zu gewärtigen. Auch versteht sich, daß trotz aller Bindung an die Wahrheit deren Bloßlegung von verschiedenem Grade sein kann, abhängig von den verschiedenen Medien der Bekundung: angefangen mit den Vorworten zu fremden Arbeiten, den Festreden und Briefen, über das epische Werk und die Essays bis hin zu den Tagebüchern. Schließlich traut Thomas Mann seinen Lesern zu, aus einer spaßhaft überspitzten Behauptung die Wahrheit herauszuhören, überhaupt, etwas vom doppelten, wenn nicht dreifachen Boden seines Vortrags zu wissen.

Wir würden ihn verfälschen, wenn sein Votum nicht bisweilen wehtäte. Treffende Worte, das wußte er, verletzen, und wer die Wahrheit sagt, handelt sich Fußtritte ein, von zwei Seiten. Man hat ihn einen Nationalisten

Porträtbild Thomas Manns
Radierung von Max Liebermann (1925),
von beiden Künstlern signiert

gescholten und einen Kommunisten, einen Provinzler und Kosmopoliten, einen Judenfreund und Judenverleumder. Daß er seinem Volk die Katastrophe vorausgesagt und es während des Krieges beschworen hat, dem Schrecken ein ehrenvolles Ende zu setzen, wird ihm von vielen noch heute verübelt. Verübelt wurde ihm von anderen, daß er nach dem Kriege nicht willens war, unter »menschlichen Trümmern« zu leben, Kollegen etwa, die 1933 dem Reichsführer SS empfohlen hatten, ihn im Konzentrationslager »ein wenig« zu inhaftieren.

Das treffende Wort ist aber zugleich das bleibende. Etliche Namen, die nach dem Tode Thomas Manns in der Literatur gefeiert wurden, sind schon vergessen. Er dagegen wächst noch immer. Von Jahr zu Jahr wird durch die Publikation der Tagebücher seine Bedeutung augenfälliger. Sein Œuvre schwillt an durch neue Reden und Aufsätze, die man entdeckt; von den Dissertationen, Symposien und Artikeln über ihn zu schweigen. Es gab Autoren, die durch seine Größe sich erdrückt fühlten. Es mag sie noch heute geben. Ihnen, aber nicht nur ihnen, sei Goethes Wort in Erinnerung gerufen: »Gegen große Vorzüge gibt es kein Rettungsmittel als die Liebe.«

I

Das Wort und die Wahrheit

Schön schreiben heißt beinahe schon schön denken, und davon ist nicht weit zum schönen Handeln. Alle Sittigung, sittliche Veredelung und Steigerung entstammt dem Geiste der Literatur.

Notiz zu einem Literatur-Essay

Der Wahrheit die Ehre zu geben, so war dies mit dem »Zuströmen« ganz einfach nicht der Fall, und Gott wußte, aus was für eitlen Gründen Herr Spinell es behauptete. Die Worte schienen ihm durchaus nicht zuzuströmen; für einen, dessen bürgerlicher Beruf das Schreiben ist, kam er jämmerlich langsam von der Stelle, und wer ihn sah, mußte zu der Anschauung gelangen, daß ein Schriftsteller ein Mann ist, dem das Schreiben schwerer fällt als allen anderen Leuten.

Tristan

Man muß durchaus einen Augenblick bei dieser erstaunlichen Tatsache verweilen: Der treffende Ausdruck wirkt immer gehässig. Das gute Wort verletzt. Ich lasse die Beispiele, die Erfahrungen weg; ich gebe die abgezogene Moral. Wohl dir, wenn dein benennender Trieb nicht allzu heftig auf Reize von seiten der Wirklichkeit reagiert, wenn er auf leidenschaftliche Schlagkraft des Wortes nicht weiter Anspruch erhebt. Die Wirklichkeit wünscht mit schlappen Phrasen angesprochen zu werden; künstlerische Genauigkeit in ihrer Bezeichnung macht ihr Gift und Galle. Und doch wird der wahre Liebhaber des Wortes sich eher eine Welt verfeinden, als eine Nuance opfern; dem wahren Künstler, der nicht nur mit halber Seele, sondern ganz, von Beruf, von Passion ein Künstler ist, wird, um es nochmals zu sagen, der Schmerz des Erkennens und Gestaltens die sittliche Genugtuung geben, die ihn über alle Empfindlichkeiten und Skandale der Welt erhebt.

Bilse und ich

Muß man Dithyramben schreiben, um als Lebensbejaher zu gelten? Noch jedes gute Buch, das gegen das Leben geschrieben wird, ist eine Verführung zum Leben . . .

Brief an Kurt Martens, 28. März 1906

Das Recht auf Ironisierung des Geistes und der ›Literatur‹ (eine Manier heutzutage, mit welcher von Unbefugten ein widerwärtiger Mißbrauch getrieben wird) will erst erworben sein durch große Leistungen; Künstlerskepsis gegen Kunst und Künstlertum wird ehrenhaft erst, wenn sie mit jener künstlerischen Frömmigkeit, jenem Kunstfleiß verbunden ist, den Fontane, ein echter Nordmensch hierin, beinahe mit dem Genie identifizierte.

Der alte Fontane

Zwar trägt jeder Stoff seinen Stil in sich, und der Manierist taugt so wenig wie der Glattschreiber. Aber jene stilistische Mimikry, die einen Schriftsteller befähigt, jede Wendung seines Vortrags mit der Atmosphäre der Welt zu erfüllen, die er darstellt, schließt die Einheit und geprägte Eigenart der stilistischen Persönlichkeit keineswegs aus.

Der alte Fontane

Denn der Dichter ist die Synthese selbst. Er stellt sie dar, immer und überall, die Versöhnung von Geist und Kunst, von Erkenntnis und Schöpfertum, Intellektualismus und Einfalt, Vernunft und Dämonie, Askese und Schönheit – das Dritte Reich.

Über ›Fiorenza‹, 1912

Lebendige, geistig unverbindliche Greifbarkeit der Gestaltung bildet das Ergötzen der bürgerlichen Massen, aber leidenschaftlich unbedingte Jugend wird nur durch das Problematische gefesselt: und Aschenbach war problematisch, war unbedingt gewesen wie nur irgendein Jüngling. Er hatte dem Geiste gefrönt, mit der Erkenntnis Raubbau getrieben, Saatfrucht vermahlen, Geheimnisse preisgegeben, das Talent verdächtigt, die Kunst verraten, – ja, während seine Bildwerke die gläubig Genießenden unterhielten, erhoben, belebten, hatte er, der jugendliche Künstler, die Zwanzigjährigen durch seine Zynismen über das fragwürdige Wesen der Kunst, des Künstlertums selbst in Atem gehalten.

Aber es scheint, daß gegen nichts ein edler und tüchtiger Geist sich rascher, sich gründlicher abstumpft als gegen den scharfen und bitteren Reiz der Erkenntnis; und gewiß ist, daß die schwermütig gewissenhafteste Gründlichkeit des Jünglings Seichtheit bedeutet im Vergleich mit dem tiefen Entschlusse des Meister gewordenen Mannes, das Wissen zu leugnen, es abzulehnen, erhobenen Hauptes darüber hinwegzugehen, sofern es den Willen, die Tat, das Gefühl und selbst die Leidenschaft im geringsten zu lähmen, zu entmutigen, zu entwürdigen geeignet ist. Wie wäre die berühmte Erzählung vom ›Elenden‹ wohl anders zu deuten denn als Ausbruch des Ekels gegen den unanständigen Psychologismus der Zeit, verkörpert in der Figur jenes weichen und albernen Halbschurken, der sich ein Schicksal erschleicht, indem er sein Weib, aus Ohnmacht, aus Lasterhaftigkeit, aus ethischer Velleität, in die Arme eines Unbärtigen treibt und aus Tiefe Nichtswürdigkeiten begehen zu dürfen glaubt? Die Wucht des Wortes, mit welcher hier das Verworfene verworfen wurde, verkündete die Abkehr von allem moralischen Zweifelsinn, von jeder Sympathie mit dem Abgrund, die Absage an die Laxheit des Mitleidssatzes, daß alles verstehen alles verzeihen heiße, und was sich hier vorbereitete, ja schon vollzog, war jenes »Wunder der wiedergeborenen Unbefangenheit«, auf welches ein wenig später in einem der Dialoge des Autors ausdrücklich und nicht ohne geheimnisvolle Betonung die Rede kam. Seltsame Zusammenhänge! War es eine geistige Folge dieser »Wiedergeburt«, dieser neuen Würde und Strenge, daß man um dieselbe Zeit ein fast übermäßiges Erstarken seines Schönheitssinnes beobachtete, jene adelige Reinheit, Einfachheit und Ebenmäßigkeit der Formgebung, welche seinen Produkten fortan ein so sinnfälliges, ja gewolltes Gepräge der Meisterlichkeit und Klassizität verlieh? Aber moralische Entschlossenheit jenseits des Wissens, der auflösenden und hemmenden Erkenntnis, – bedeutet sie nicht wiederum eine Vereinfachung, eine sittliche Vereinfältigung der Welt und der Seele und also auch ein Erstarken zum Bösen, Verbotenen, zum sittlich Unmöglichen? Und hat Form nicht zweierlei Gesicht? Ist sie nicht sittlich und unsittlich zugleich, – sittlich als Ergebnis und Ausdruck der Zucht, unsittlich aber und selbst widersittlich, sofern sie von Natur eine moralische Gleichgültigkeit in sich schließt, ja wesentlich bestrebt ist, das Moralische unter ihr stolzes und unumschränktes Szepter zu beugen?

Wie dem auch sei! Eine Entwicklung ist ein Schicksal; und wie sollte nicht diejenige anders verlaufen, die von der Teilnahme, dem Massenzutrauen einer weiten Öffentlichkeit begleitet wird, als jene, die sich ohne den Glanz und die Verbindlichkeiten des Ruhmes vollzieht? Nur ewiges Zigeunertum findet es langweilig und ist zu spotten geneigt, wenn ein großes Talent dem libertinischen Puppenstande entwächst, die Würde des Geistes ausdrucksvoll wahrzunehmen sich gewöhnt und die Hofsitten einer Einsamkeit annimmt, die voll unberatener, hart selbständiger Leiden und Kämpfe war und es zu Macht und Ehren unter den Menschen brachte. Wieviel Spiel, Trotz, Genuß ist übrigens in der Selbstgestaltung des Talentes! Etwas Amtlich-Erzieherisches trat mit der Zeit in Gustav Aschenbachs Vorführungen ein, sein Stil entriet in späteren Jahren der unmittelbaren Kühnheiten, der subtilen und neuen Abschattungen, er wandelte sich ins Mustergültig-Feststehende, Geschliffen-Herkömmliche, Erhaltende, Formelle, selbst Formelhafte, und wie die Überlieferung es von Ludwig XIV. wissen will, so verbannte der Alternde aus seiner Sprachweise jedes gemeine Wort. Damals geschah es, daß die Unterrichtsbehörde ausgewählte Seiten von ihm in die vorgeschriebenen Schul-Lesebücher übernahm. Es war ihm innerlich gemäß, und er lehnte nicht ab, als ein deutscher Fürst, soeben zum Throne gelangt, dem Dichter des ›Friedrich‹ zu seinem fünfzigsten Geburtstag den persönlichen Adel verlieh.

Der Tod in Venedig

Glück des Schriftstellers ist der Gedanke, der ganz Gefühl, ist das Gefühl, das ganz Gedanke zu werden vermag.

Der Tod in Venedig

Was ist die Moral? Die Moral ist, *daß man die Dinge so ausdrücken soll, als gelte es, irgendeine Gewalt zu zwingen, die Augen davor niederzuschlagen.* Tatsächlich ist alles gut Gesagte gleichsam in dieser Absicht gesagt. Der Ursprung des Wunsches aber, eine Sache siegreich auszudrücken, ist Liebe. Liebe zur Sache, Passion für die Sache, Erfülltheit von ihr ist die Quelle alles formalen Glanzes, und Sachlichkeit ist der Begriff, von dem der Pädagoge auszugehen hat, der die Jugend eines unrhetorischen Volkes zum schönen Ausdruck zu erziehen wünscht. Es gilt dabei, das nationale Vorurteil zu brechen, daß Sachlichkeit und Schönheit einander ausschlössen, – ein Vorurteil, das auf dem Mißverständnis beider Teile beruht. Denn Sachlichkeit ist nicht Lieblosigkeit und Schönheit nicht rhetorischer Schwulst.

Erziehung zur Sprache

Gedichte wirklich zu sprechen ist im Übrigen eine üble Sitte.

Tagebuch, 25. Dezember 1919

Was aber wäre liebenswert, was ehrwürdig, was ergäbe Dichterwerk, Dichterleben, wenn nicht die Vereinigung von Leidenschaft und Weisheit, Strenge und Güte?

Arthur Schnitzler zu seinem sechzigsten Geburtstag

Joachim sah die Bücher mit Überraschung in seines Vetters Händen. Sie waren teuer gewesen, wie wissenschaftliche Werke sind; die Preise standen noch an den Innenseiten der Deckel und auf den Umschlägen vermerkt. Er fragte, warum Hans Castorp sie sich nicht, wenn er dergleichen schon lesen wolle, vom Hofrat geliehen habe, der diese Literatur doch sicher in guter Auswahl besitze. Aber Hans Castorp erwiderte, er wolle sie selber besitzen, es sei ein ganz anderes Lesen, wenn das Buch einem gehöre; auch liebe er es, mit dem Bleistift dareinzufahren und anzustreichen. Stundenlang hörte Joachim in seines Vetters Loge das Geräusch, mit dem das Papiermesser die Blätter broschierter Bogen trennt.

Der Zauberberg

An Jack.

Ach, guter Jack, der arme Bauschan, dem Du so schön und freundlich schriebst, ist lange tot, – in die ewigen Jagdgründe eingegangen, um es tröstlich auszudrücken. Eine schwere Staupe, verbunden mit eitriger Lungenentzündung, raffte ihn fort, schon bald, nachdem ich den Leuten von ihm erzählt, nachdem er also, sozusagen, auf anderer Ebene lebendig geworden, und manchmal kann ich den Gedanken nicht unterdrücken, daß da ein Zusammenhang bestehen könnte und, was ich that, vielleicht nicht gut gethan war an der Creatur, sondern sündhaft. Wer weiß es?

Brief an einen Hund, 10. Mai 1922

Ich glaube, daß das Theater die Urheimat ist aller sinnlichen Geistigkeit und geistigen Sinnlichkeit; daß das Theater, wie es am Anfang steht von Goethe's Bildungsabenteuerroman, immer und jedenfalls den Anfang der künstlerischen Regung bildet.

Rede über das Theater

Dichtertum ist die *lebensmögliche* Form der Inkorrektheit.

Theodor Storm

Gemüt und Sinnlichkeit gehören zusammen, sie sind im Wesen dasselbe: Gemüt, das ist sozusagen Sinnlichkeit mit blauen Augen, die zum Feuchtwerden neigen.

Theodor Storm

Zutreffend bis zur Erheiterung – das mag überhaupt die richtige Kennzeichnung von Goethe's Schreibweise und Stilkunst sein, der jede Verstiegenheit, jeder pathetische Überschwang fremd ist und die dennoch immer zum Äußersten geht, sich auf einer mittleren Linie mit diskreter Kühnheit, meisterlicher Gewagtheit und unfehlbarer künstlerischer Sicherheit dahinbewegt: gewandt, präzis, bis in die etwas amtliche Diktat-Prosa seines Alters hinein von einem rhythmischen Zauber, der ein vernünftiger Zauber ist, die klarste Mischung von Eros und Logos, und uns wohlig-unwiderstehlich führt und trägt.

An die japanische Jugend. Eine Goethe-Studie

»Epik ist sublimierte Langeweile«, sagte ich neulich, als man im Restaurant nach dem Vortrag vom Drama und meiner Nicht-Berufung dazu sprach.

Tagebuch, 29. Januar 1935

Aber Worte sind stark, nicht ungestraft spricht man Worte, sie lassen eine Spur im Gemüt, gesprochen ohne Gefühl, sprechen sie zum Gefühle doch des, der sie spricht, lügst du mit ihnen, ihr Zauber verändert dich etwas nach ihrem Sinn, daß sie nicht ganz mehr Lüge sind, da du sie gesprochen.

Joseph und seine Brüder III:
Joseph in Ägypten

Auch das Zitieren ist eine Form der Dankbarkeit.

Lob der Dankbarkeit

Aber soll man wirklich weitere Zugeständnisse an das populäre Verständnis machen? Es ist eine pädagogische Frage, und mein Prinzip ist eigentlich, dass man den Hörern nicht zu tief hinab entgegensteigen, sondern Sie [sic] hinauflocken soll. Sie sind einem sogar dankbar dafür.

Brief an Agnes E. Meyer, 1. Februar 1939

Den Badeschwamm hab ich lange schon –, handsames Exemplar festsitzender Tief-Tierheit in thaletischer Urfeuchte. Bis zum Menschen hat das Zeit. In welchem Grunde bildetest du und däutest dich groß, sonderbar Lebensgerüst, dem man das weiche Seelchen nahm? Im Ägäischen Meere gar? Hattest du wohl ein Plätzchen an Kypris' irisierendem Muschel-Thron? Mit Augen, blind überschwemmt von der Flut, die ich aus deinen Poren drücke, seh ich den neptunischen Trionfo, das triefende Getümmel von Hippokampen und Wasserdrachen, von Grazien des Meeres, Nereiden und hornstoßenden Tritonen um Galatea's farbenstreuenden Wagen hinziehen durchs Wellenreich ... Das ist eine gute Gewohnheit, dies Ausdrücken überm Genick, abhärtend fürs Ganze; solang du da den kalten Sturz schreckhaft-behaglich duldest, ohne daß es dir den Atem verschlägt, gingest du auch, wenns nur der neuralgische Arm erlaubte, ohne Zagen ins Flußbad, wie vormals, wenn du, ungezogener Narr, mit nächtlichem Aufrauschen, langen, triefenden Haars, den späten Bürger phantastisch erschrecktest. Alles geben die Götter, die Unendlichen, ihren Lieblingen ganz – Alt ist die Mondnacht, da du es, aus der Flut steigend, tief belebt und im reinen Rausch deiner Haut, in die Silberluft redetest aus begeisterter Selbstergriffenheit. So verhalfen dir eben die Nackengüsse zum Galateagesicht. Eingebung, Einfall, Idee als Geschenk physischer Stimulation, gesunder Erregung, glücklicher Durchblutung, antäischer Berührung mit Element und Natur. Geist – ein Product des Lebens, – das auch wieder in ihm erst wahrhaft lebt. Sind auf einander angewiesen. Lebt eines vom anderen. Macht nichts, wenn der Gedanke vor Lebensfreude sich besser dünkt, als er ist – auf die Freude kommts an, und Selbstgefälligkeit macht ihn zum Gedicht. Freilich, Sorge muß bei der Freude sein, Sorge ums Rechte. Ist ja doch der Gedanke auch der Kummer des Lebens. Wäre das Rechte also des Kummers und der Freude Sohn. Vom Mütterchen die Frohnatur ...

Goethe zu sich selbst. – Lotte in Weimar

Ist Literatur ein Schwanengesang? Lieber und eher noch ist sie Prophetie – nicht als direkte und willentliche Aussage: der Dichter und Künstler ist seiner Natur nach durchaus nicht ein reiner Diener und Künder der Zukunft, auch wenn sein Werk sie unbewußt-empfindlicherweise ankündigt. Altes und Neues vielmehr kreuzen sich in ihm, treiben ihr Spiel in ihm und mit ihm, und dieses Spiel ist sein Werk – ein dialektisches Produkt fast immer von Altem und Neuem, worin die Sympathie, ja die Liebe sogar ganz konservativ dem Alten zugewandt bleiben und nur eine instrumentelle Empfindlichkeit das Neue anzeigen mag.

Vorwort zu einer amerikanischen Ausgabe von *Königliche Hoheit*

Die Kunst ist das schönste, strengste, heiterste und frömmste Symbol alles übervernünftig menschlichen Strebens nach dem Guten, nach Wahrheit und nach Vollendung; und der Atem des rollenden Meeres der Epik würde uns nicht die Brust so lebensvoll weiten, wenn er nicht die strenge und erquickende Würze des Geistigen und Göttlichen mit sich führte.

›Anna Karenina‹

Die Fähigkeit, das Leben, und was es mit sich bringt, zu schätzen, ist die Haupt- und Grundfähigkeit des Dichters, denn ein Dichter sein heißt nicht, sich etwas ausdenken, es heißt, sich aus den Dingen etwas machen. Und wiederum: sich etwas machen aus den Dingen heißt, sich etwas bei ihnen denken. Denken aber und Danken sind verwandte Wörter; das Denken hat viel mit Danken zu tun. Wir danken dem Leben, indem wir es bedenken. »Viel zu denken, viel zu sinnen gibt's beim zarten Lebensfaden«, sagt die Parze im ›Faust‹, – dem Werk eines Dichters, der es nicht anders wußte, als daß der Gedanke ein Dankesgeschenk des Geistes ist an das Leben, und daß erst im Geiste das Leben wahrhaft lebt.

Denken und Leben

Übrigens »Bernadette«, darüber wäre viel zu sagen. Wenn wir in Deutschland lebten, würde ich einen Aufsatz darüber, oder eigentlich dagegen schreiben. Natürlich ist es ein faszinierendes Buch, durch und durch begabt. Aber einen so eklatanten Fall suggestiver Hysterie und Massen-Kontagion als Wunder und Triumph des Geistes aufzumachen, finde ich einfach unrecht und hab' es ihm auch gesagt. Ich nenne Hitler jetzt immer »Notre petit voyant«.

Brief an Dr. Gottfried Bermann Fischer, 19. April 1942

»Daß sich der Mensch unterhalte und nicht sein Leben hinbringe wie das dumpfe Vieh, das ist doch schließlich die Hauptsache, und wie hoch er es bringt in der Unterhaltung, darauf kommt's an. Du hast nicht ganz recht, zu sagen, daß doch jeder kommen könnte und es treiben wie ich, denn es könnt' es eben nicht jeder, – nicht weil ihn die Ehrsamkeit hinderte, sondern weil er gänzlich des Anklangs ermangelt ans Höchste und ihm die herzliche Ankindung versagt ist an dieses – nicht gegeben ist's ihm, durch die himmlische Blume zu leben, wie man sagt, daß einer spricht durch die Blume.«

Joseph zu Cha'ma't vom Bücherhause. – Joseph und seine Brüder IV: Joseph, der Ernährer

»Lieblich ist der Töne Reigen,
Balsam allem Weh der Welt;
aber wie erst, wenn dem höheren Schweigen
menschlich deutend sich das Wort gesellt!
Wie ist dieses dann erhoben!
Wie vernünftig ist der Klang!
Über alles ist zu loben
feines Lied und Psaltersang!«

Das Mädchen Serach. – Joseph und seine Brüder IV: Joseph, der Ernährer

Es ist wohl so, dass ein schweres Kunstwerk, wie etwa Schlacht, Seesturm, Gefahr, Gott am nächsten bringt, indem es den Aufblick nach Segen, Hilfe, Gnade, eine religiöse Seelenverfassung erzeugt.

Brief an Agnes E. Meyer, 25. Dezember 1943, anläßlich des *Doktor Faustus*

Aber ein Schriftsteller, ein Dichter sollte wissen, daß zwar das Leben sich allerlei gefallen läßt, daß aber das *ganz und gar* Unsittliche nicht vor ihm besteht.

Brief an Hans Friedrich Blunck, 22. Juli 1946

»Im Anfang war der Rhythmus«, hat Hans von Bülow gesagt. Ein Dirigentenwort, gewiß, aber ich vermute, es gilt für alle Kunst, und für die Dichtung, mit der ich nicht nur die Lyrik meine, gilt es gewiß. Schiller bekannte, daß der sternnebelhafte Urzustand eines Werkes ein musikalischer Zustand, ein rhythmisches Vorgefühl sei. Beim Schreiben, ich versichere Dich, ist der Gedanke sehr oft das bloße Produkt eines rhythmischen Bedürfnisses: um der Kadenz und nicht um seiner selbst willen – wenn auch scheinbar um seiner selbst willen – wird er eingesetzt. Ich bin überzeugt, daß die geheimste und stärkste Anziehungskraft einer Prosa in ihrem Rhythmus liegt, – dessen Gesetze so viel delikater sind, als die offenkundig metrischen.

Brief an Bruno Walter, 15. September 1946

Das Wort! Ist es denn nicht Kritik in sich selbst, – vom Bogen des Apoll ein Pfeil, der schwirrt und *trifft* und bebend im Schwarzen sitzt? Noch als Gesang, ja gerade als Gesang, ist es Kritik, – Kritik des Lebens, und als solche der Welt nie recht bequem. Man wird es verstehen, wenn ich, dem Verhältnis des Künstlers zur Gesellschaft nachhängend, in erster Linie an den Künstler des Wortes, den Künstler in Gestalt des Dichters, des Schriftstellers denke, – und da ist denn festzustellen, daß von der Existenz des dichtenden Künstlers, eben weil er dem Worte verschworen ist, eine gewisse Oppositionsstellung gegen Wirklichkeit, Leben, Gesellschaft untrennbar ist.

Der Künstler und die Gesellschaft

»A propos, Sie erwähnten die zündelnde Rhetorik der Demagogen, ihre gefährliche Beschwatzungskunst. In der Tat und unglücklicherweise trifft man die Gewandtheit des Wortes ganz vorwiegend bei solchen Leuten, Advokaten, ehrgeizigen Politikern, Aposteln des Liberalismus und Feinden der bestehenden Ordnung an. Das Bestehende findet selten Befürworter von Geist.«

König Dom Carlos I. zu ›Marquis de Venosta‹ alias Felix Krull. – Bekenntnisse des Hochstaplers Felix Krull

Nein, *er* war gut, alles wurde gut, freundlich, stachellos, unpolemisch in seinem Munde, auch wenn es aus bitterem Leiden kam am hoffnungslos Dummen und Gemeinen. Er tat das Gute und redete zum Guten – eine Stimme in der Wüste natürlich; aber die Wüste schien bewohnbarer zu werden durch sein gütliches Wort.

Ernst Penzoldt zum Abschied, 1955

II

Kunst und Künstler

Ach, einmal, nur eine Nacht wie diese, kein Künstler sein, sondern ein Mensch! Einmal dem Fluche entfliehen, der da unverbrüchlich lautete: Du darfst nicht sein, du sollst schauen; du darfst nicht leben, du sollst schaffen; du darfst nicht lieben, du sollst wissen! Einmal in treuherzigem und schlichtem Gefühle leben, lieben und loben! Einmal unter euch sein, in euch sein, ihr sein, ihr Lebendigen! Einmal euch in entzückten Zügen schlürfen – ihr Wonnen der Gewöhnlichkeit!

Die Hungernden

Aber Hieronymus machte keineswegs Anstalten, zu gehen. Hoch aufgerichtet in seinem Kapuzenmantel, mit brennenden Augen stand er inmitten des Kunstladens, und seine dicken Lippen formten mit hartem und gleichsam rostigem Klange unaufhaltsam verdammende Worte ...

»Kunst! rufen sie, Genuß! Schönheit! Hüllt die Welt in Schönheit ein und verleiht jedem Dinge den Adel des Stiles! ... Geht mir, Verruchte! Denkt man, mit prunkenden Farben das Elend der Welt zu übertünchen? Glaubt man, mit dem Festlärm des üppigen Wohlgeschmacks das Ächzen der gequälten Erde übertönen zu können? Ihr irrt, Schamlose! Gott läßt sich nicht spotten, und ein Greuel ist in seinen Augen euer frecher Götzendienst der gleißenden Oberfläche! ... Du schmähst die Kunst, antworten Sie mir, du, Unbekannter. Sie lügen, sage ich Ihnen, ich schmähe nicht die Kunst! Die Kunst ist kein gewissenloser Trug, der lockend zur Bekräftigung und Bestätigung des Lebens im Fleische reizt! Die Kunst ist die heilige Fackel, die barmherzig hineinleuchte in alle fürchterlichen Tiefen, in alle scham- und gramvollen

Abgründe des Daseins; die Kunst ist das göttliche Feuer, das an die Welt gelegt werde, damit sie aufflamme und zergehe samt all ihrer Schande und Marter in erlösendem Mitleid! ... Nehmen Sie, Herr Blüthenzweig, nehmen Sie das Werk des berühmten Malers dort aus Ihrem Fenster, ... ja, Sie täten gut, es mit einem heißen Feuer zu verbrennen und seine Asche in alle Winde zu streuen, in alle vier Winde! ...«

Seine unschöne Stimme brach ab. Er hatte einen heftigen Schritt rückwärts getan, hatte einen Arm der Umhüllung des schwarzen Mantels entrissen, hatte ihn mit leidenschaftlicher Bewegung weit hinausgereckt und wies mit einer seltsam verzerrten, krampfhaft auf und nieder bebenden Hand auf die Auslage, das Schaufenster, dorthin, wo das aufsehenerregende Madonnenbild seinen Platz hatte. In dieser herrischen Haltung verharrte er. Seine große, gehöckerte Nase schien mit einem befehlshaberischen Ausdruck hervorzuspringen, seine dunklen, an der Nasenwurzel stark sich verdickenden Brauen waren so hoch emporgezogen, daß die kantige, von der Kapuze beschattete Stirn ganz in breiten Querfalten lag, und über seinen Wangenhöhlen hatte sich eine hektische Hitze entzündet.

Gladius Dei

Er arbeitete nicht wie jemand, der arbeitet, um zu leben, sondern wie einer, der nichts will als arbeiten, weil er sich als lebendigen Menschen für nichts achtet, nur als Schaffender in Betracht zu kommen wünscht und im übrigen grau und unauffällig umhergeht, wie ein abgeschminkter Schauspieler, der nichts ist, solange er nichts darzustellen hat. Er arbeitete stumm, abgeschlossen, unsichtbar und voller Verachtung für jene Kleinen, denen das Talent ein geselliger Schmuck war, die, ob sie nun arm oder reich waren, wild und abgerissen einhergingen oder mit persönlichen Krawatten Luxus trieben, in erster Linie glücklich, liebenswürdig und künstlerisch zu leben bedacht waren, unwissend darüber, daß gute Werke nur unter dem Druck eines schlimmen Lebens entstehen, daß, wer lebt, nicht arbeitet, und daß man gestorben sein muß, um ganz ein Schaffender zu sein.

Tonio Kröger

Man arbeitet schlecht im Frühling, gewiß, und warum? Weil man empfindet. Und weil der ein Stümper ist, der glaubt, der Schaffende dürfe empfinden. Jeder echte und aufrichtige Künstler lächelt über die Naivität dieses Pfuscherirrtums, – melancholisch vielleicht, aber er lächelt.

Tonio Kröger

Ich stehe zwischen zwei Welten, bin in keiner daheim und habe es infolgedessen ein wenig schwer. Ihr Künstler nennt mich einen Bürger, und die Bürger sind versucht, mich zu verhaften ... ich weiß nicht, was von beidem mich bitterer kränkt. Die Bürger sind dumm; ihr Anbeter der Schönheit aber, die ihr mich phlegmatisch und ohne Sehnsucht heißt, solltet bedenken, daß es ein Künstlertum gibt, so tief, so von Anbeginn und Schicksals wegen, daß keine Sehnsucht ihm süßer und empfindenswerter erscheint als die nach den Wonnen der Gewöhnlichkeit.

Ich bewundere die Stolzen und Kalten, die auf den Pfaden der großen, der dämonischen Schönheit abenteuern und den ›Menschen‹ verachten, – aber ich beneide sie nicht. Denn wenn irgend etwas imstande ist, aus einem Literaten einen Dichter zu machen, so ist es diese meine Bürgerliebe zum Menschlichen, Lebendigen und Gewöhnlichen. Alle Wärme, alle Güte, aller Humor kommt aus ihr, und fast will mir scheinen, als sei sie jene Liebe selbst, von der geschrieben steht, daß einer mit Menschen- und Engelszungen reden könne und ohne sie doch nur ein tönendes Erz und eine klingende Schelle sei.

Was ich getan habe, ist nichts, nicht viel, so gut wie nichts. Ich werde Besseres machen, Lisaweta, – dies ist ein Versprechen. Während ich schreibe, rauscht das Meer zu mir herauf, und ich schließe die Augen. Ich schaue in eine ungeborene und schemenhafte Welt hinein, die geordnet und gebildet sein will, ich sehe in ein Gewimmel von Schatten menschlicher Gestalten, die mir winken, daß ich sie banne und erlöse: tragische und lächerliche und solche, die beides zugleich sind, – und diesen bin ich sehr zugetan. Aber meine tiefste und verstohlenste Liebe gehört den Blonden und Blauäugigen, den hellen Lebendigen, den Glücklichen, Liebenswürdigen und Gewöhnlichen.

Schelten Sie diese Liebe nicht, Lisaweta; sie ist gut und fruchtbar. Sehnsucht ist darin und schwermütiger Neid und ein klein wenig Verachtung und eine ganze keusche Seligkeit.

Tonio Kröger

Moral hat ein doppeltes Gesicht, sie ist sowohl Sammlung als Hingebung, und eins ohne das andere ist niemals sittlich.

Süßer Schlaf

Das Landhaus in Bad Tölz
Sommerresidenz der Familie Mann
von 1908 bis 1917

Die Moral des Künstlers ist Sammlung, sie ist die Kraft zur egoistischen Konzentration, der Entschluß zur Form, Gestalt, Begrenzung, Körperlichkeit, zur Absage an die Freiheit, die Unendlichkeit, an das Schlummern und Weben im unbegrenzten Reich der Empfindung, – sie ist mit einem Wort der Wille zum Werk. Aber unedel und unsittlich, blutlos und widrig das Werk, das aus der kalten, klugen und tugendhaften Geschlossenheit eines Künstlertums geboren ward! Die Moral des Künstlers ist Hingebung, Irrtum und Selbstverlust, sie ist Kampf und Not, Erlebnis, Erkenntnis und Leidenschaft.

Süßer Schlaf

Auch persönlich genommen ist ja die Kunst ein erhöhtes Leben. Sie beglückt tiefer, sie verzehrt rascher. Sie gräbt in das Antlitz ihres Dieners die Spuren imaginärer und geistiger Abenteuer, und sie erzeugt, selbst bei klösterlicher Stille des äußeren Daseins, auf die Dauer eine Verwöhntheit, Überfeinerung, Müdigkeit und Neugier der Nerven, wie ein Leben voll ausschweifender Leidenschaften und Genüsse sie kaum hervorzubringen vermag.

Der Tod in Venedig

Kunst, wie alle Kultur, ist die Sublimierung des Dämonischen. Ihre Zucht ist strenger als Gesittung, ihr Wissen tiefer als Aufklärung, ihre Ungebundenheit und Unverantwortlichkeit freier als Skepsis, ihre Erkenntnis nicht Wissenschaft, sondern Sinnlichkeit und Mystik. Denn die Sinnlichkeit ist mystischen Wesens, wie alles Natürliche.

Gedanken im Kriege

Schön ist Entschlossenheit. Aber das eigentlich fruchtbare, das produktive und also das künstlerische Prinzip nennen wir den Vorbehalt. Wir lieben ihn in der Musik als das schmerzliche Glück des Vorhaltes, als diese schwermütige Neckerei des Noch-nicht, dieses innige Zögern der Seele, welches die Erfüllung, die Auflösung, die Harmonie in sich selber trägt, aber sie noch für ein kleines versagt, verschiebt und vorenthält, ein wenig noch selig ansteht, sie sich ergeben zu lassen. Wir lieben ihn im Geistigen als Ironie – jene nach beiden Seiten gerichtete Ironie, welche verschlagen und unverbindlich, wenn auch nicht ohne Herzlichkeit, zwischen den

Gegensätzen spielt und es mit Parteinahme und Entscheidung nicht sonderlich eilig hat: voll der Vermutung, daß in großen Dingen, in Dingen des Menschen, jede Entscheidung als vorschnell und vorgültig sich erweisen möchte, daß nicht Entscheidung das Ziel ist, sondern der Einklang, – welcher, wenn es sich um ewige Gegensätze handelt, im Unendlichen liegen mag, den aber jener spielende Vorbehalt, Ironie genannt, in sich selber trägt, wie der Vorhalt die Auflösung.

Goethe und Tolstoi

Ich habe es immer gesagt: der Zweifel ist das produktive Prinzip. Die jungen Leute sollen einpacken mit ihrer ›Entschlossenheit‹ – ich weiß nicht, wozu.

›Blau oder braun?‹

Von Goethe, dessen Helden man, nicht immer ohne Mißbilligung, nachgesagt hat, es eigne ihnen ›etwas Weibliches‹, stammen die Verse:

Denn das Naturell der Frauen
Ist so nah mit Kunst verwandt.

Warum denn? Weil die Frauen ›Natur‹ sind und weil man auch in der Kunst so ganz und gar eine Sache der Natur, des Instinkts und des Unbewußten zu ersehen hat? – Nein, Kunst ist nicht Natur, sie ist das Gegenteil davon, – es gibt Augenblicke, wo es Lebenswichtigkeit gewinnt, die Begriffe richtig zu ordnen. In der Zweiheit von Geist und Natur, deren Verschmelzung im Dritten Reich das

Ziel der Humanität ist, gehört die Kunst durchaus auf die Seite des Geistes; sie *ist* Geist, denn sie ist ihrem Wesen nach Sinn, Bewußtheit, Einheit, Absicht.

Zum sechzigsten Geburtstag Ricarda Huchs

Form als Ausdruck der Humanität ist der Vernunft wohl nahe verwandt, doch von nicht ebenso ungebrochener Tugend. Vernunft ist ganz und gar Sache sittlicher Lebensbürgerlichkeit, während auf aller Form ein ironischer Schein der Sympathie mit dem Tode liegt. Form ist ein lebensfremd und wichtig Mittleres zwischen Tod und Tod: zwischen dem Tode als Unform und dem Tode als Überform. Sie ist Galanterie gegen das Leben, – eine ironische Sittlichkeit.

Hugo von Hofmannsthal zum fünfzigsten Geburtstag

Alle guten Dinge zeichnen sich durch *Reichtum* aus.

Tagebuch, 11. Juli 1934

Die Kunst, das Werk sind das Gegenteil von Freiheit.

Tagebuch, 1. Januar 1935

Das Mond-Symbol, dies kosmische Gleichnis allen Mittlertums, ist der Kunst zu eigen. Der alten, der frühen Menschheit nämlich war das Mondgestirn merkwürdig und heilig in seiner Doppeldeutigkeit, in seiner Mittel- und Mittlerstellung zwischen der solaren und der irdischen, der geistigen und der stofflichen Welt. Weiblich empfangend im Verhältnis zur Sonne, aber männlich zeugerisch im Verhältnis zur Erde, war der Mond ihnen der unreinste der himmlischen, aber der reinste der irdischen Körper. Er gehörte zwar noch der stofflichen Welt an, nahm aber in dieser die höchste, geistigste, ins Solarische übergehende Stelle ein und webte an der Grenze zweier Reiche, sie zugleich scheidend und verbindend, die Einheit des Alls verbürgend, der Dolmetsch zwischen Sterblichen und Unsterblichen. – Genau dies denn also ist die Stellung der Kunst zwischen Geist und Leben.

Schopenhauer

Seine geistige Sinnlichkeit, seine Lehre, die Leben war, daß Erkenntnis, Denken, Philosophie nicht nur Sache des Kopfes, sondern des ganzen Menschen mit Herz und Sinn, mit Leib und Seele sind – sein Künstlertum, mit einem Wort, gehört einer Menschlichkeit jenseits von Vernunftdürre und Instinktvergottung an und mag behilflich sein, sie hervorzubringen. Denn die Kunst, den Menschen begleitend auf seinem mühsamen Wege zu sich selbst, war immer schon am Ziel.

Schopenhauer

Gestümpert wird in dieser Welt – daß euch der Teufel. Weil sie vom Schweren und Guten nicht wissen und alle sichs leicht machen. Keine Bedürftigkeit – was soll denn dabei herauskommen?

Goethe zu sich selbst. – Lotte in Weimar

Überhaupt secretieren. Warum gab ichs an Tag und gabs preis zu öffentlichen Handen? Man kann nur lieben, was man noch bei sich hat und für sich, was aber beschwätzt ist und besudelt, wie soll man dran weitermachen?

Goethe zu sich selbst. – Lotte in Weimar

Tiefsinn soll lächeln ...

Goethe zu sich selbst. – Lotte in Weimar

»Findest du nicht, alter Freund, und fragst du nicht auch mitunter dem Möglichen nach in den Würden deiner Wirklichkeit? Sie ist das Werk der Entsagung, ich weiß es wohl, und also doch wohl der Verkümmerung, denn Entsagung und Verkümmerung, die wohnen nahe beisammen, und all Wirklichkeit und Werk ist eben nur das verkümmerte Mögliche.«

Charlotte Kestner zu Goethe. – Lotte in Weimar

In der Kunst hat man es mit dem Absoluten zu tun, und das ist kein Kinderspiel. Aber ein Kinderspiel ist es dann eben doch wieder, und ich vergesse nie das ungeduldige Wort Goethes: »Von Leiden kann ja bei der Kunst keine Rede sein.« Rückblickend hat er dann später gesagt: »Es war das ewige Wälzen eines Steines, der immer von Neuem gehoben sein wollte.« Gut bemerkt. Aber man sollte uns den verfluchten Felsblock nur wegnehmen, und wir würden sehen, welches Heimweh wir danach hätten! Nein, von Leiden kann in der Kunst nicht die

Rede sein. Wer sich ein im tiefsten Grunde so vergnügliches Geschäft erwählt hat, soll vor ernsthaften Leuten nicht den Märtyrer spielen.

Brief an Agnes E. Meyer, 7. Oktober 1941

Zur Kunst gehören manche garnicht sehr hochstehenden Eigenschaften, wie Schläue, skilfulness.

Brief an Agnes E. Meyer, 29. Mai 1944

Aber wir haben, glaube ich, nie ausgesprochen, was eigentlich der Grundinstinkt der Kunst und des Künstlers ist, ihr tiefstes Anliegen und Verlangen. Es ist die Dauer. Es ist das Verlangen, den Dingen, Erfahrungen und Gesichten, den Leiden und Freuden, der Welt, wie sie dem Künstler erschien und damit zugleich seinem Ich, seinem Leben Beständigkeit zu verleihen. Der Künstler ist der geborene Gegner des Todes, der Vergänglichkeit. Sein Ziel ist nicht der Ruhm, es ist etwas Höheres, wovon der Ruhm nur ein Akzidenz ist: die Unsterblichkeit.

Brief an William Earl Singer, 13. August 1944

Denn obwohl der Künstler seiner Kindheit zeitlebens näher, um nicht zu sagen: treuer bleiben mag als der im Praktisch-Wirklichen spezialisierte Mann; obgleich man sagen kann, daß er, ungleich diesem, in dem träumerisch-reinmenschlichen und spielerischen Zustand des Kindes dauernd verharrt, so ist doch sein Weg aus unberührter Frühzeit bis zu den späten, ungeahnten Stadien seines

Werdens unendlich weiter, abenteuerlicher, für den Betrachter erschütternder als der des bürgerlichen Menschen, und nicht halb so tränenvoll ist bei diesem der Gedanke, daß auch er einmal ein Kind gewesen.

Serenus Zeitblom. – Doktor Faustus

An einem Werk ist viel Schein, man könnte weitergehen und sagen, daß es scheinhaft ist in sich selbst, als ›Werk‹. Es hat den Ehrgeiz, glauben zu machen, daß es nicht gemacht, sondern entstanden und entsprungen sei, gleichwie Pallas Athene im vollen Schmuck ihrer ciselierten Waffen aus Jupiters Haupt entsprang. Doch das ist Vorspiegelung. Nie ist ein Werk so hervorgetreten. Es ist ja Arbeit, Kunstarbeit zum Zweck des Scheins – und nun fragt es sich, ob bei dem heutigen Stande unseres Bewußtseins, unserer Erkenntnis, unseres Wahrheitssinnes dieses Spiel noch erlaubt, noch geistig möglich, noch ernst zu nehmen ist, ob das Werk als solches, das selbstgenügsam und harmonisch in sich geschlossene Gebilde, noch in irgendeiner legitimen Relation steht zu der völligen Unsicherheit, Problematik und Harmonielosigkeit unserer gesellschaftlichen Zustände, ob nicht aller Schein, auch der schönste, und gerade der schönste, heute zur *Lüge* geworden ist.

Serenus Zeitblom. – Doktor Faustus

»Was ist heute die Kunst? Eine Wallfahrt auf Erbsen.«

Er. – Doktor Faustus

Um was sonst wäre es uns jemals zu tun, als unser Äußerstes zu geben? Alle Kunst, die den Namen verdient, zeugt von diesem Willen zum Letzten, dieser Entschlossenheit, an die Grenze zu gehen, trägt das Signum, die Wundmale des »utmost«.

Die Entstehung des Doktor Faustus

Als Kaufmannssohn aber glaube ich im Grunde an Qualität. Was hat so manchem Gebilde von Menschenhand durch die Zeiten geholfen, es Jahrhunderten Widerstand leisten lassen und die Menschheit in wildesten Tagen gehalten, es vor Zerstörung zu schützen? Nun, dies: Qualität.

Sechzehn Jahre. Zur amerikanischen Ausgabe von *Joseph und seine Brüder* in einem Bande

Unmöglich könnte ich den Künstler schelten, der erklärte, Weltverbesserung im moralischen Sinn sei nicht die Sache von seinesgleichen. Der Künstler ›verbessere‹ die Welt auf eine ganz andere Weise als durch moralische Lehre, nämlich indem er sein Leben – und auf eine stellvertretende Weise das Leben überhaupt – im Wort, im Bild, im Gedanken befestige, ihm Sinn und Form verleihe und die Erscheinung durchsichtig mache für das, was Goethe »des Lebens Leben« nannte: den Geist. Unmöglich könnte ich ihm widersprechen, wenn er darauf bestände, *Belebung* in jedem Sinn, das sei die Aufgabe der Kunst – und sonst nichts. Bei Goethe, den ich so gern zitiere, weil er über die meisten Dinge der Welt das Richtige aufs anmutigste gesagt hat, liest man klipp und klar: »Es ist wohl möglich, daß ein Kunstwerk moralische Folgen habe, aber vom Künstler moralische Absichten und Zwecke zu verlangen, heißt, ihm sein Handwerk verderben.«

Der Künstler und die Gesellschaft

Künstler sind Säulenheilige; jeder lebt in seiner »Menschenleere« wie die Einsiedler in den »Vertauschten Köpfen«; im Grunde will keiner vom anderen wissen, und jeder fühlt: »Lebt man denn, wenn andre leben?« Fitelberg citiert es. Und doch, ich war immer ein *Bewunderer*, ich erachte die Gabe der Bewunderung für die allernötigste, um selbst etwas zu werden und wüßte nicht, wo ich wäre, ohne sie. Auch habe ich meine Bewunderung nie den großen Toten vorbehalten, sondern sie den Lebenden zugewandt, wo ich nur konnte. Unbeliebt soll man sich machen bei den Dummen und Schlechten, und ich habe es immer unbedenklicher, rücksichtsloser getan, je älter ich wurde.

Brief an Hans Mayer, 23. Juni 1950

Glaube! Ich finde, er ist zur Güte keineswegs notwendig, und diese kann sehr wohl das Produkt des vollkommensten Skeptizismus sein. Die Kunst glaubt eigentlich nur an sich selbst, und doch ist auf ihrem Grunde etwas von Güte, – was vielleicht mit dem eigentümlichen ästhetisch-moralischen Schwebezustand des Begriffes »gut« zusammenhängt.

Brief an Ferdinand Lion, 13. März 1952

III

Musik und Geist

Gerda Buddenbrook war eine leidenschaftliche Verehrerin der neuen Musik. Was aber Herrn Pfühl betraf, so war sie bei ihm auf einen so wild empörten Widerstand gestoßen, daß sie anfangs daran gezweifelt hatte, ihn für sich zu gewinnen.

Am Tage, da sie ihm zum ersten Male Klavierauszüge aus ›Tristan und Isolde‹ aufs Pult gelegt und ihn gebeten hatte, ihr vorzuspielen, war er nach fünfundzwanzig Takten aufgesprungen und mit allen Anzeichen des äußersten Ekels zwischen Erker und Flügel hin und wider geeilt.

»Ich spiele dies nicht, gnädige Frau, ich bin Ihr ergebenster Diener, aber ich spiele dies nicht! Das ist keine Musik ... glauben Sie mir doch ... ich habe mir immer eingebildet, ein wenig von Musik zu verstehen! Dies ist das Chaos! Dies ist Demagogie, Blasphemie und Wahnwitz! Dies ist ein parfümierter Qualm, in dem es blitzt! Dies ist das Ende aller Moral in der Kunst! Ich spiele es nicht!« Und mit diesen Worten hatte er sich wieder auf den Sessel geworfen und, während sein Kehlkopf auf und nieder wanderte, unter Schlucken und hohlem Husten weitere fünfundzwanzig Takte hervorgebracht, um dann das Klavier zu schließen und zu rufen:

»Pfui! Nein, Herr du mein Gott, dies geht zu weit! Verzeihen Sie mir, verehrteste Frau, ich rede offen ... Sie honorieren mich, Sie bezahlen mich seit Jahr und Tag für meine Dienste ... und ich bin ein Mann in bescheidener Lebenslage. Aber ich lege mein Amt nieder, ich verzichte darauf, wenn Sie mich zu diesen Ruchlosigkeiten zwingen ...! Und das Kind, dort sitzt das Kind auf seinem Stuhle! Es ist leise hereingekommen, um Musik zu hören! Wollen Sie seinen Geist denn ganz und gar vergiften? ...«

Aber so fürchterlich er sich gebärdete, – langsam und Schritt für Schritt, durch Gewöhnung und Zureden, zog sie ihn zu sich herüber.

»Pfühl«, sagte sie, »seien Sie billig und nehmen Sie die Sache mit Ruhe. Seine ungewohnte Art im Gebrauch der Harmonien verwirrt Sie ... Sie finden, im Vergleich damit, Beethoven rein, klar und natürlich. Aber bedenken Sie, wie Beethoven seine nach alter Weise gebildeten Zeitgenossen aus der Fassung gebracht hat ... und Bach selbst, mein Gott, man warf ihm Mangel an Wohlklang und Klarheit vor! ... Sie sprechen von Moral ... aber was verstehen Sie unter Moral in der Kunst? Wenn ich nicht irre, ist sie der Gegensatz zu allem Hedonismus? Nun gut, den haben Sie hier. So gut wie bei Bach. Großartiger, bewußter, vertiefter als bei Bach. Glauben Sie mir, Pfühl, diese Musik ist Ihrem innersten Wesen weniger fremd, als Sie annehmen!«

»Gaukelei und Sophismen – um Vergebung«, murrte Herr Pfühl. Aber sie behielt recht: diese Musik war ihm im Grunde weniger fremd, als er anfangs glaubte.

Buddenbrooks

Die Dämmerung war weit vorgeschritten. Draußen sah man dicht und lautlos den Schnee auf die Terrasse herniedergehen. Die beiden Kerzen gaben ein wankendes und begrenztes Licht.

»Den zweiten Aufzug«, flüsterte er; und sie wandte die Seiten und begann mit dem zweiten Aufzug.

Hörnerschall verlor sich in der Ferne. Wie? oder war es das Säuseln des Laubes? Das sanfte Rieseln des Quells? Schon hatte die Nacht ihr Schweigen durch Hain und Haus gegossen, und kein flehendes Mahnen vermochte dem Walten der Sehnsucht mehr Einhalt zu tun. Das heilige Geheimnis vollendete sich. Die Leuchte erlosch, mit einer seltsamen, plötzlich gedeckten Klangfarbe senkte das Todesmotiv sich herab, und in jagender Ungeduld ließ die Sehnsucht ihren weißen Schleier dem Geliebten entgegenflattern, der ihr mit ausgebreiteten Armen durchs Dunkel nahte.

O überschwenglicher und unersättlicher Jubel der Vereinigung im ewigen Jenseits der Dinge! Des quälenden Irrtums entledigt, den Fesseln des Raumes und der Zeit entronnen, verschmolzen das Du und das Ich, das Dein und Mein sich zu erhabener Wonne. Trennen konnte sie des Tages tückisches Blendwerk, doch seine prahlende Lüge vermochte die Nachtsichtigen nicht mehr zu täuschen, seit die Kraft des Zaubertrankes ihnen den Blick geweiht. Wer liebend des Todes Nacht und ihr süßes Geheimnis erschaute, dem blieb im Wahn des Lichtes ein einzig Sehnen, die Sehnsucht hin zur heiligen Nacht, der ewigen, wahren, der einsmachenden . . .

O sink hernieder, Nacht der Liebe, gib ihnen jenes Vergessen, das sie ersehnen, umschließe sie ganz mit deiner Wonne und löse sie los von der Welt des Truges und der Trennung. Siehe, die letzte Leuchte verlosch! Denken und Dünken versank in heiliger Dämmerung, die sich welterlösend über des Wahnes Qualen breitet. Dann, wenn das Blendwerk erbleicht, wenn in Entzücken sich mein Auge bricht: das, wovon die Lüge des Tages mich ausschloß, was sie zu unstillbarer Qual meiner Sehnsucht täuschend entgegenstellte, – *selbst* dann, o Wunder der Erfüllung! selbst dann bin ich die Welt. – Und es erfolgte zu Brangänens dunklem Habet-Acht-Gesange jener Aufstieg der Violinen, welcher höher ist als alle Vernunft.

Siegmund sah ins Orchester. Der vertiefte Raum war hell gegen das lauschende Haus und von Arbeit erfüllt, von fingernden Händen, fiedelnden Armen, blasend geblähten Backen, von schlichten und eifrigen Leuten, die dienend das Werk einer großen, leidenden Kraft vollzogen, – dies Werk, das dort oben in kindlich hohen Gesichten erschien ... Ein Werk! Wie tat man ein Werk? Ein Schmerz war in Siegmunds Brust, ein Brennen oder Zehren, irgend etwas wie eine süße Drangsal – wohin? wonach? Es war so dunkel, so schimpflich unklar. Er fühlte zwei Worte: Schöpfertum ... Leidenschaft. Und während die Hitze in seinen Schläfen pochte, war es wie ein sehnsüchtiger Einblick, daß das Schöpfertum aus der Leidenschaft kam und wieder die Gestalt der Leidenschaft annahm. Er sah das weiße, erschöpfte Weib auf dem Schoße des flüchtigen Mannes hängen, dem es sich hingegeben, sah ihre Liebe und Not und fühlte, daß so das Leben sein müsse, um schöpferisch zu sein. Er sah sein eigenes Leben an, dies Leben, das sich aus Weichheit und Witz, aus Verwöhnung und Verneinung, Luxus und Widerspruch, Üppigkeit und Verstandeshelle, reicher Sicherheit und tändelndem Haß zusammensetzte, dies Leben, in dem es kein Erlebnis, nur logisches Spiel, keine Empfindung, nur tötendes Bezeichnen gab, – und ein Brennen oder Zehren war in seiner Brust, irgend etwas wie eine süße Drangsal – wohin? wonach? Nach dem Werk? Dem Erlebnis? Der Leidenschaft?

Vorhangrauschen und großer Schluß! Licht, Beifall und Aufbruch nach allen Türen. Siegmund und Sieglind verbrachten die Pause wie die vorige. Sie sprachen fast nichts, gingen langsam über Gänge und Treppen, zuweilen Hand in Hand. Sie bot ihm Kognak-Kirschen, aber er nahm nicht mehr. Sie sah ihn an, und als er den Blick auf

Illustration von Thomas Theodor Heine
zum Privatdruck von Wälsungenblut (1921)

sie richtete, zog sie den ihren zurück, ging still und in etwas gespannter Haltung an seiner Seite und ließ es geschehen, daß er sie betrachtete. Ihre kindlichen Schultern, unter dem Silbergewirk, waren ein wenig zu hoch und waagerecht, wie man es an ägyptischen Statuen sieht. Auf ihren Wangenknochen lag dieselbe Hitze, die er auf seinen spürte.

Sie warteten wieder, bis die große Menge sich verlaufen hatte, und nahmen im letzten Augenblick ihre Armstühle ein. Sturmwind und Wolkenritt und heidnisch verzerrtes Jauchzen. Acht Damen, ein wenig untergeordnet von Erscheinung, stellten auf der felsigen Bühne eine jungfräuliche und lachende Wildheit dar. Schreckhaft brach Brünnhildens Angst in ihre Lustigkeit. Wotans Zorn, fürchterlich herannahend, fegte die Schwestern hinweg, stürzte sich allein auf Brünnhilde, machte sie fast zunichte, tobte sich aus und besänftigte sich langsam, langsam zu Milde und Wehmut. Es ging zu Ende. Ein großer Fernblick, eine erhabene Absicht tat sich auf. Epische Weihe war alles. Brünnhilde schlief; der Gott stieg über die Felsen. Dickleibige Flammen, auffliegend und verwehend, lohten rings um die Bretterstätte. In Funken und rotem Rauch, umtänzelt, umzüngelt, umzaubert von dem berauschenden Klingklang und Schlummerlied des Feuers, lag unter Brünne und Schild auf ihrem Mooslager die Walküre ausgestreckt. Jedoch im Schoße des Weibes, das zu erretten sie Zeit gehabt, keimte es zähe fort, das verhaßte, respektlose und gotterwählte Geschlecht, aus welchem ein Zwillingspaar seine Not und sein Leid zu so freier Wonne vereint ...

Als Siegmund und Sieglind aus ihrer Loge traten, stand Wendelin draußen, riesengroß in seinem gelben Paletot, und hielt ihre Überkleider bereit. Hinter den beiden zierlichen und warm vermummten, dunklen, seltsamen Geschöpfen stieg er, ein ragender Sklave, die Treppe hinab.

Der Wagen stand bereit. Die beiden Pferde, hoch, vornehm und einander vollkommen gleich, verharrten auf ihren schlanken Beinen still und blank im Nebel der Winternacht und warfen nur hie und da auf stolze Art ihre Köpfe. Der kleine, gewärmte, seidengepolsterte Aufenthalt umfing die Zwillinge. Hinter ihnen schloß sich der Schlag. Einen Augenblick, eine kleine Sekunde noch stand das Coupé, leise erschüttert von dem geübten Schwung, mit dem Wendelin sich zum Kutscher emporbegab. Ein weiches und rasches Vorwärts-Entgleiten dann, und das Portal des Theaters blieb dahinten.

Wälsungenblut

Meine Herren, ich glaube, daß in Deutschlands gegenwärtiger historischer Situation dem tiefen und echten Romantizismus der Kunst, der wir heute huldigen, ihrer träumerischen Rückwärtsgewandtheit, welche in Wahrheit ein nach innen, ein in die Tiefe der nationalen Seele Gewandtsein ist, – daß dieser musikalisch-romantischen Kunst mehr Zukunft bildende Kraft und Bedeutung innewohnt als mancher scheinbar zeitgerechteren. Verinnerlichung, tiefe Einkehr und nationale Selbsterforschung ist das, was not tut. Daß Deutschland sich selbst verstehe, um sich selber treu bleiben und zwischen Ost und West seinen eigentümlichen Weg finden zu können, den Weg der Rettung für die abendländische Kultur vor dem Chaos, das hereinbricht, wenn Deutschland versagt: das ist heute Weltnotwendigkeit. Und eine Kunst, die wie kaum eine andere in den heiligen Gründen zu Hause ist, wo die Quellen des nationalen Lebens rauschen, eine solche Kunst ist die aktuellste, modernste und lebensunmittelbarste, die Nation wird ihr lauschen, und echter Ruhm wird um sie sein, – »der still und mit der Zeit sich um sie legte wie ein Feierkleid«.

Tischrede auf Pfitzner

»Bravo!« rief Settembrini. »Bravo, Leutnant! Sie bezeichnen sehr gut ein unzweifelhaft sittliches Moment im Wesen der Musik, nämlich dieses, daß sie dem Zeitablaufe durch eine ganz eigentümlich lebensvolle Messung Wachheit, Geist und Kostbarkeit verleiht. Die Musik weckt die Zeit, sie weckt uns zum feinsten Genusse der Zeit, sie weckt ... insofern ist sie sittlich. Die Kunst ist sittlich, sofern sie weckt. Aber wie, wenn sie das Gegenteil tut? Wenn sie betäubt, einschläfert, der Aktivität und dem Fortschritt entgegenarbeitet? Auch das kann die Musik, auch auf die Wirkung der Opiate versteht sie sich aus dem Grunde. Eine teuflische Wirkung, meine Herren! Das Opiat ist vom Teufel, denn es schafft Dumpfsinn, Beharrung, Untätigkeit, knechtischen Stillstand ... Es ist etwas Bedenkliches um die Musik, meine Herren. Ich bleibe dabei, daß sie zweideutigen Wesens ist. Ich gehe nicht zu weit, wenn ich sie für politisch verdächtig erkläre.«

Der Zauberberg

Hörte im Radio die Venusberg-Musik unter Walter. Durchaus geschlechtliches Produkt, zum Schluß mit feuchtem Blicke einlenkend in die Pilgerchor-Sehnsuchtsheuchelei. Die Romantik ist eine unsaubere Welt. Ich will nicht mehr viel davon wissen.

Tagebuch, 27. November 1936

Das Kindliche mit dem Erhabenen zu vereinigen, mag großer Kunst auch sonst wohl gelungen sein; die Vereinigung aber des Märchentreuherzigen mit dem Ausgepichten, der Kunstgriff, das Höchstgeistige als Orgie des Sinnenrausches zu verwirklichen und ›populär‹ zu machen, die Fähigkeit, das Tiefgroteske in Abendmahlsweihe und klingelnden Wandlungszauber zu kleiden, Kunst und Religion in einer Geschlechtsoper von größter Gewagtheit zu verkoppeln und derlei heilige Künstlerunheiligkeit mitten in Europa als Theater-Lourdes und Wundergrotte für die Glaubenslüsternheit einer mürben Spätwelt aufzutun, – dies alles ist *nur* romantisch, es ist in der klassisch-humanen, der eigentlich vornehmen Kunstsphäre durchaus undenkbar.

Leiden und Größe Richard Wagners

Da ist die Musik. Hat ihre Gefahren für die Klarheit des Geistes. Aber ein Zaubermittel ist sie, die Zeit zu halten, zu dehnen, ihr eigentümlichste Bedeutendheit zu verleihen.

Goethe zu sich selbst. – Lotte in Weimar

Dabei fällt mir ein, dass wir neulich einen guten Tag in Santa Barbara bei Lotte Lehmann hatten. Nach dem Thee sang sie, von Walter begleitet, Brahms-Lieder. Sie ist darin eine Meisterin, und ich war sehr glücklich. Das deutsche Lied könnte einen zum Patrioten machen. So etwas wie »Wann der silberne Mond« und »Wie bist du, meine Königin« gibt es in der Welt nicht zum zweitenmal.

Brief an Agnes E. Meyer, 5. Juli 1942

Abends in Beckers Musik-Geschichte. / Über das Kunstspiel bei Haydn, die Heiterkeit im Sinne des Jenseits von Scherz und Ernst, Realitätsüberwindung.

Tagebuch, 8. April 1943

Man wird unzweifelhaft ein besseres Modell, wenn man Musik hört, ein malenswerteres. Den Augen dieses Bildnisses sieht man es an, daß der Gemalte Musik hörte. Daß man es ihnen aber so deutlich ansieht, daß der Künstler den seelischen Effekt so wohl zu benutzen wußte, beweist, daß man beim Musikhören auch ein besserer Maler wird.

Brief an William Earl Singer, 13. August 1944

Er sagte Gutes über den Sündenfall der Musik durch Beethoven, bei dem die Beschwerung der Musik durch das Menschliche, die Leidenschaft sich ereigne, da sie vorher himmlisch-freies Formenspiel, nicht menschlich, sondern göttlich gewesen sei.

Tagebuch, 3. Januar 1948, über Bruno Walter

Abends Klavierkonzert von Tschaikowsky, most brillant. Soviel Lebensmelancholie, vereint mit soviel glänzender Gesellschaftsfähigkeit in der Kunst.

Tagebuch, 9. Oktober 1950

Harmonie – das ist mehr als ein ästhetischer Begriff, es ist ein kosmologisches Prinzip, und das Wort steht am Anfang, oder fast am Anfang, des abendländischen Denkens, es entstammt der vor-sokratisch griechischen Philosophie, der pythagoräischen Welterklärung. Harmonia, das Wort meint »Musik«, aber erst mittelbar; primär meint es »Mathematik«, denn sie war die Grundleidenschaft des Pythagoras, und die abstrakte Proportion, die Zahl, war es, die dieser fromme und strenge Geist zum Prinzip der Welt-Entstehung und des Weltbestehens erhob: In Zeitenfrühe der Allnatur als ein Wissender, ein Eingeweihter entgegenstehend, redete er sie zum erstenmal mit großer Gebärde als »Kosmos«, als Ordnung und Harmonie, als übersinnlich-tönendes Intervall-System der Sphären an. Die Zahl und das Zahlenverhältnis als konstituierender Inbegriff des Seins – in dieser Konzeption flossen das Schöne, das Exakte, das Vernünftig-Sittliche feierlich zusammen zur Idee der Autorität, die den pythagoräischen Bund, die esoterische Schule religiöser Reinigung und Lebenserneuerung beseelte.

Die Sendung der Musik. Zum fünfzigjährigen
Dirigenten-Jubiläum Bruno Walters

»Beziehung ist alles. Und willst du sie näher bei Namen nennen, so ist ihr Name ›Zweideutigkeit‹.« Um dies Wort zu belegen, ließ er mich Akkord-Folgen von schwebender Tonart hören, demonstrierte mir, wie eine solche Folge in tonaler Schwebe zwischen C- und G-Dur bleibt, wenn man das f daraus wegläßt, das in G-Dur zum fis würde; wie sie das Ohr im Ungewissen hält, ob sie als C- oder F-Dur verstanden sein will, wenn man das h vermeidet, das sich in F-Dur zum b vermindert.

»Weißt du, was ich finde?« fragte er. »Daß Musik die Zweideutigkeit ist als System. – Nimm den Ton oder den. Du kannst ihn so verstehen oder beziehungsweise auch so, kannst ihn als erhöht auffassen von unten oder als vermindert von oben und kannst dir, wenn du schlau bist, den Doppelsinn beliebig zunutze machen.« Kurz, im Prinzip erwies er sich kundig der enharmonischen Verwechslung und nicht unkundig gewisser Tricks, wie man damit ausweicht und die Umdeutung zur Modulation benutzt.

Serenus Zeitblom über Adrian Leverkühn. –
Doktor Faustus

»Das Gesetz, jedes Gesetz, wirkt erkältend, und die Musik hat soviel Eigenwärme, Stallwärme, Kuhwärme, möchte ich sagen, daß sie allerlei gesetzliche Abkühlung brauchen kann – und auch selber immer danach verlangt hat.«

Adrian Leverkühn. – Doktor Faustus

»Die Musik tut immer im voraus geistig Buße für ihre Versinnlichung. Die alten Niederländer haben ihr zu Gottes Ehren die vertracktesten Kunststücke auferlegt, und es ging hart auf hart dabei her nach allem, was man hört, höchst unsinnlich und rein rechnerisch ausgeklügelt. Aber dann haben sie diese Bußübungen *singen* lassen, sie dem tönenden Atem der Menschenstimme überliefert, die denn doch wohl das stallwärmste Klangmaterial ist, das sich erdenken läßt . . .«

Adrian Leverkühn. – Doktor Faustus

»Nur ein Gewandhaus-Konzert bis dato gehört mit Schumanns Dritter als pièce de résistance. Ein Kritiker von damals rühmte dieser Musik ›umfassende Weltanschauung‹ nach, was sehr nach unsachlichem Geschwätz klingt, und worüber denn auch die Klassizisten sich weidlich lustig machten. Hatte aber doch seinen guten Sinn, da es die Standeserhöhung bezeichnet, die Musik und Musiker der Romantik verdanken. Sie hat die Musik aus der Sphäre eines krähwinkligen Spezialistentums und der Stadtpfeiferei emanzipiert und sie mit der großen Welt des Geistes, der allgemeinen künstlerisch-intellektuellen Bewegung der Zeit in Kontakt gebracht, – man sollt es ihr nicht vergessen.«

Adrian Leverkühn in einem Brief
an Serenus Zeitblom. – Doktor Faustus

Übrigens und ganz nebenbei gesagt, war die hübsche Original-Ausgabe von Clemens Brentano's Gedichten, auf die Adrian sich bei seiner Arbeit stützte, ein

Geschenk von mir: aus Naumburg hatte ich ihm das Bändchen nach Leipzig mitgebracht. Selbstverständlich war die Auswahl der dreizehn Gesänge ganz seine Sache; ich nahm nicht den geringsten Einfluß darauf. Aber ich darf sagen, daß sie fast Stück für Stück meinen Wünschen, meinen Erwartungen entsprach. – Ein unstimmiges Geschenk, so wird der Leser finden; denn was hatte ich, was hatte meine Sittlichkeit und Bildung wohl eigentlich mit den überall aus dem Kindlich-Volksklanglichen ins Geisterhafte entschwebenden, um nicht zu sagen: entartenden Sprachträumereien des Romantikers zu schaffen? Es war die Musik, kann ich darauf nur antworten, die mich zu der Gabe vermochte, – die Musik, die in diesen Versen in so leichtem Schlummer liegt, daß die leiseste Berührung von berufener Hand genügte, sie zu erwecken.

Serenus Zeitblom. – Doktor Faustus

»Aber für ihn war Musik – Musik, wenn es eben nur welche war, und gegen das Wort von Goethe: ›Die Kunst beschäftigt sich mit dem Schweren und Guten‹ fand er einzuwenden, daß das Leichte auch schwer ist, wenn es gut ist, was es ebensowohl sein kann wie das Schwere.«

Adrian Leverkühn von Serenus Zeitblom. – Doktor Faustus

»Ein Ritter der Furcht und des Tadels ist kein Feigling, sondern eben ein Ritter. Alles, wofür *ich* eine Lanze brechen möchte, ist eine gewisse Großzügigkeit in Dingen künstlerischer Moralität. Man gewährt sie, oder gönnt sie sich, wie mir scheint, in anderen Künsten bereitwilliger als in der Musik. Das mag recht ehrenvoll sein für diese, aber es verengt ihr bedenklich das Lebensfeld. Was bleibt von dem ganzen Kling-Klang denn übrig, wenn man den rigorosesten geistig-moralischen Maßstab anlegt? Ein paar reine Spektren von Bach. Es bleibt vielleicht überhaupt nichts Hörbares übrig.«

Adrian Leverkühn. – Doktor Faustus

IV

Die Pflichten und die Schuld

Moral ist ohne Zweifel die höchste Angelegenheit des Lebens, sie ist vielleicht der Wille zum Leben selbst. Allein wenn es mehr ist als eine Theatersentenz, daß das Leben der Güter höchstes nicht sei, so muß es etwas Höheres und Endgültigeres geben als diesen Willen, und wie die Moral eine Korrektur und Disziplinierung des Freien und Möglichen zum Begrenzten und Wirklichen ist, so bedarf auch sie wiederum eines Korrektivs, einer Richtigstellung, einer unaufhörlichen, nie ganz zu überhörenden Mahnung zur Einkehr und Abkehr ...

Süßer Schlaf

Die Hemmung ist des Willens bester Freund.

Fiorenza

Was eigentlich das Sittliche, was das Moralische sei – Reinheit und Selbstbewahrung oder Hingabe, das heißt Hingabe an die Sünde, an das Schädliche und Verzehrende, ist ein Problem, das mich früh beschäftigte. Große Moralisten waren meistens auch große Sünder.

Brief an Paul Steegemann, 18. August 1920

Sie waren zu dritt, zwei Mädchen und ein Knabe, und konnten dreistimmig singen. Sie standen in einiger Entfernung unter dem grünen Blätterdach der Kastanienbäume und sangen Volkslieder, indem sie sich mit den Fingern schneuzten. Einmal sangen sie ein Lied mit dem Anfang: »Menschen, Menschen sind wir alle«, und Doktor Überbein gab durch Zwischenbemerkungen sein Mißfallen an dieser Nummer des Programms zu erkennen. »Ein faules Lied«, sagte er und beugte sich seitwärts zu Klaus Heinrich. »So recht ein ordinäres Lied. Ein bequemes Lied, Klaus Heinrich, es muß Ihnen nicht sehr zusagen.« Später, als die Kinder nicht mehr sangen, kam er nochmals auf dieses Lied zurück und bezeichnete es geradezu als »schlampig«. »Wir sind alle, alle Menschen«, wiederholte er, – »Gott erbarme sich, ja, zweifelsohne. Aber vielleicht darf man demgegenüber daran erinnern, daß die Bemerkenswerteren unter uns immerhin die sein mögen, die Veranlassung geben, diese Wahrheit besonders zu betonen ...«

Dr. Raoul Überbein zu Prinz Klaus Heinrich. –
Königliche Hoheit

»Und zuweilen schäme ich mich, daß ich mir niemals den Wind habe um die Nase wehen lassen. Aber dann sage ich mir auch wieder, daß ich es nicht bequem habe, gar nicht bequem, obgleich ich doch auf der Menschheit Höhen wandle, wie die Leute es ausdrücken, oder gerade deshalb, und daß ich auf meine Art des Lebens Strenge, sein schmallippiges Antlitz, wenn du mir die Redensart erlauben willst, vielleicht besser kenne als mancher, der sich auf Progressionsskala oder sonst irgendein einzelnes Gebiet versteht. Und darauf kommt es an, Albrecht, daß man es nicht bequem hat, – darauf kommt alles an, wenn ich dir das erwidern darf, und damit ist man gerechtfertigt.«

Prinz Klaus Heinrich zu seinem Bruder. –
Königliche Hoheit

Thomas Mann (1900)

Schließlich ist es Pflicht, sich nicht aus Selbstschonung der unangenehmen Emotion des Zorns ganz zu entschlagen.

Tagebuch, 4. April 1921

Und wenn es etwas noch Schauderhafteres gibt als das Schicksal, so ist's der Mensch, der's, ohne ein Glied dagegen zu rühren, trägt.

Briefe aus Deutschland

Das Problem der Vornehmheit, es ist beschlossen in dem Gegensatz von Natur und Geist, von Bewußtheit und Unbewußtheit; denn die Frage, welcher Adel der höhere sei: derjenige, den der Geist seinen Kindern, oder derjenige, den die Natur ihren Lieblingen verleiht, wird nicht verstummen, bevor nicht beide in einem Dritten sich aufheben, dem wir keinen deutlicheren, aber auch keinen schöneren Namen zu geben wissen als eben diesen: Humanität.

Zum sechzigsten Geburtstag Ricarda Huchs

Nach Tische außer den Zeitungen wieder im Nietzsche gelesen und Randbemerkungen gemacht. Vor allem – diese Lebensverehrung – hat es einen Sinn um des »Lebens« willen gegen die Moral zu wüten, während doch nichts moralischer ist als eben der Dienst am Leben. Wollte nicht alle Moral, Vernunft und Sittlichkeit immer dem Leben dienen?

Tagebuch, 9. Juli 1936

Sympathie für Rilke contra George, dessen sterile Starre und *schuldhafte* Überhebung mir immer grauenhafter wird.

Tagebuch, 17. Dezember 1936

Aber Europa wird nur sein, wenn der Humanismus seine Männlichkeit entdeckt, wenn er lernt, im Harnisch zu gehen und nach der Erkenntnis handelt, daß die Freiheit kein Freibrief sein darf für diejenigen, die nach ihrer Vernichtung trachten.

Humaniora und Humanismus, 1936

Das Gute, Rechte und Wahre ist in der Welt, ein Trost angesichts alles elenden Geschehens.

Tagebuch, 4. August 1937

Aber gerade aristokratische Geister, denen an ›Gerechtigkeit‹ nicht gar viel gelegen war, haben immer dazu geneigt, Schuld und Verdienst der Moralität zu entziehen. Goethe spricht mit Vorliebe von »angeborenen Verdiensten«, – was eine in logischer und moralischer Hinsicht eigentlich absurde Wortkoppelung ist. Denn »Verdienst« ist durchaus und von Hause aus ein moralischer Begriff, und was angeboren ist, also etwa Schönheit, Klugheit, Vornehmheit, Talent – oder, ins Schicksalsmäßige gewendet: *Glück* – dabei kann logischerweise kein Verdienst sein. Damit man hier von Verdienst reden könne, müßte dergleichen das Ergebnis freier Wahl, der Ausdruck eines *vor* der Erscheinung liegenden Willens dazu sein, – und eben das ist es, was Schopenhauer behauptet, wenn er hart und aristokratisch erklärt, daß einem jeden, dem Glücklichen und dem Unglücklichen, immer nur Recht geschieht.

Schopenhauer

»In dem großen Menschen culminiert das Geistige, ohne daß irgendwelche Feindseligkeit gegen das Natürliche ihm anhaftete; denn der Geist nimmt in ihm einen Charakter an, zu dem die Natur Vertrauen hat wie zum Schöpfergeist selbst, weil er, auf irgendeine Weise mit diesem verbunden, ein dem Schöpferischen vertrauter Geist ist, der Bruder der Natur, dem sie willig ihre Geheimnisse offenbart; denn das Schöpferische ist das traulich geschwisterliche Element, das Geist und Natur verbindet und worin sie eines sind.«

Riemer zu Charlotte Kestner. – Lotte in Weimar

»[. . .] der Mensch gehört ja grundsätzlich mit erheblichen Teilen seines Wesens der Natur, mit anderen aber, und man kann sagen: entscheidenden, der Welt des Geistes an, so daß man mit einem etwas lächerlichen Bilde, welches jedoch das Apprehensive der Sache recht gut zum Ausdruck bringt, sagen könnte, wir stünden mit einem Bein in der einen und mit dem anderen in der anderen Welt, – eine halsbrecherische Stellung, deren Schwierigkeit das Christentum uns am tiefsten und lebhaftesten empfinden gelehrt hat: man ist Christ, indem man sich von dieser ängstlichen und oft beschämenden Situation die klarste Rechenschaft gibt und sich nach Befreiung aus den natürlichen Banden ins Reine, Geistige sehnt.«

Riemer zu Charlotte Kestner. – Lotte in Weimar

Halte die Zeit! Überwache sie, jede Stunde, jede Minute! Unbeaufsichtigt, entschlüpft sie, dem Eidechslein gleich, glatt und treulos, ein Nixenweib. Heilige jeden Augenblick! Gib ihm Helligkeit, Bedeutung, Gewicht durch Bewußtsein, durch redlich-würdigste Erfüllung! Führe Buch über den Tag, gib Rechenschaft von jedem Gebrauch!

Goethe zu sich selbst. – Lotte in Weimar

Zeit muß man haben. Zeit ist Gnade, unheroisch und gütig, wenn man sie nur ehrt und sie emsig erfüllt; sie besorgt es im Stillen, sie bringt die dämonische Intervention . . .

Goethe zu sich selbst. – Lotte in Weimar

»Zu sagen: ich habe nichts zu vergeben, das heißt auch sich unversöhnlich zeigen gegen einen, dessen Schicksal es vielleicht von jeher war, sich in unschuldiger Schuld zu winden. Wo das Bedürfnis nach Vergebung ist, soll auch Bescheidenheit sie nicht verweigern. Sie müßte denn die heimliche Seelenqual, das siedend heiße Gefühl nicht kennen, das den Menschen durchdringt, wenn ihn ein gerechter Vorwurf mitten in dem Dunkel eines zutraulichen Selbstgefühls plötzlich betrifft, so daß er einem Haufen durchglühter Muscheln gleicht, wie sie wohl da und dort statt des Kalkes zum Bauen verwendet werden.«

Goethe zu Charlotte Kestner. – Lotte in Weimar

Autorität ist schon gut und ist notwendig der Zukunft und einer besseren Welt – ich meine eine letzte, absolute Autorität, wodurch der Begriff eher eingeschränkt als verstärkt wird. Aber wir können und sollen nicht ins Mittelalter zurück und jene notwendige letzte Autorität kann wohl kaum noch im Transcendenten liegen, sondern muss ins Menschliche selber eingehen und auf dem Gefühl für das Menschliche, des Menschen Auszeichnung, Schwierigkeit, Würde und Geheimnis beruhen. Der Jugend dieses Gefühl und damit den verloren gegangenen Sinn für *Anstand* einzuimpfen wäre allerdings die erste und letzte Aufgabe der Erziehung.

Brief an Agnes E. Meyer, 3. Dezember 1940

Leben Sie wohl und machen wir weiter. Die Weltgeschichte wird so halb und halb und schlecht und recht ausgehen. Vollkommene Genugtuungen darf man sich nicht von ihr versprechen, und weiser wäre es, seiner Tage Zufriedenheit nicht an sie zu knüpfen.

Brief an Agnes E. Meyer, 30. Januar 1941

Nietzsche sagt einmal gegen Darwin und das Ueberleben der Stärksten: »Die Schwachen haben mehr Geist.« Aber der Geist, der bei der Schwäche ist, war mir immer eher fatal, und ich glaube auch nicht, dass er sonderlich zum »Ueberleben« hilft. Aber die Stärke, die Geist hat, das ist das Wahre, das ist ein Fest, und ohne Geist gibt es auch wohl garkeine wahre Stärke.

Brief an Agnes E. Meyer, 12. Mai 1942

Halte dein Herz im Zaum, sagte er ihnen, und wirf nicht dein Auge auf eines anderen Habe, daß du sie haben möchtest, denn leicht bringt dich das dazu, sie ihm zu nehmen, sei es durch heimliche Entwendung, was eine Feigheit ist, oder indem du ihn totschlägst, was eine Roheit ist. Jahwe und ich wollen euch weder feig noch roh, sondern die Mitte davon sollt ihr sein, nämlich anständig.

Mose. – Das Gesetz

Daß man seinen Vater und seine Mutter ehren solle, wie Mose verlangte, hatte ebenfalls einen weiteren Sinn, als man im ersten Augenblick gleich vermutete. Wer die Hand erhob gegen seine Erzeuger und ihnen fluchte, – nun ja, mit dem wollte er abfahren. Aber die Ehrerbietung sollte sich auf die erstrecken, die seine Erzeuger auch nur hätten sein können. Vor einem grauen Haupte sollst du aufstehen, die Arme kreuzen und dein dummes Haupt neigen, verstehst du mich? So will es der Gottesanstand. – Der einzige Trost war, daß, da der Nächste einen nicht erschlagen durfte, man Aussichten hatte, ebenfalls alt und grau zu werden, so daß dann die anderen vor einem aufstehen mußten.

Zuletzt aber zeigte sich, daß Alter ein Gleichnis war für das Alte im allgemeinen, für alles, was nicht von heute und gestern war, sondern von weither kam, das fromm Überlieferte, den Väterbrauch. Dem sollte man Ehre erweisen und Gottesfurcht.

Das Gesetz

»In den Stein des Berges metzte ich das ABC des Menschenbenehmens, aber auch in dein Fleisch und Blut soll es gemetzt sein, Israel, so daß jeder, der ein Wort bricht von den zehn Geboten, heimlich erschrecken soll vor sich selbst und vor Gott, und soll ihm kalt werden ums Herz, weil er aus Gottes Schranken trat. Ich weiß wohl, und Gott weiß es im voraus, daß seine Gebote nicht werden gehalten werden; und wird verstoßen werden gegen die Worte immer und überall. Doch eiskalt ums Herz soll es wenigstens jedem werden, der eines bricht, weil sie doch auch in sein Fleisch und Blut geschrieben sind und er wohl weiß, die Worte gelten.

Aber Fluch dem Menschen, der da aufsteht und spricht: ›Sie gelten nicht mehr.‹ Fluch ihm, der euch lehrt: ›Auf, und seid ihrer ledig! Lügt, mordet und raubt, hurt, schändet und liefert Vater und Mutter ans Messer, denn so steht's dem Menschen an, und sollt meinen Namen preisen, weil ich euch Freiheit verkündete.‹ Der ein Kalb aufrichtet und spricht: ›Das ist euer Gott. Zu seinen Ehren tuet dies alles und dreht euch ums Machwerk im Luderreigen!‹ Er wird sehr stark sein, auf goldenem Stuhl wird er sitzen und für den Weisesten gelten, weil er weiß: Das Trachten des Menschenherzens ist böse von Jugend auf. Das aber wird auch alles sein, was er weiß, und wer nur das weiß, der ist so dumm wie die Nacht, und wäre ihm besser, er wäre nie geboren. Weiß er doch von dem Bunde nichts zwischen Gott und Mensch, den keiner brechen kann, weder Mensch noch Gott, denn er ist unverbrüchlich. Blut wird in Strömen fließen um seiner schwarzen Dummheit willen, Blut, daß die Röte weicht aus den Wangen der Menschheit, aber sie kann nicht anders, gefällt muß der Schurke sein. Und will meinen Fuß aufheben, spricht der Herr, und ihn in den Kot treten, – in den Erdengrund will Ich den Lästerer treten hundertundzwölf Klafter tief, und Mensch und Tier sollen einen Bogen machen um die Stätte, wo Ich ihn hineintrat, und die Vögel des Himmels hoch im Fluge ausweichen, daß sie nicht darüber fliegen. Und wer seinen Namen nennt, der soll nach allen vier Gegenden speien und sich den Mund wischen und sprechen: ›Behüte!‹ Daß die Erde wieder die Erde sei, ein Tal der Notdurft, aber doch keine Luderwiese. Sagt alle Amen dazu!«

Und alles Volk sagte Amen.

Mose zum Volk. – Das Gesetz

Schließlich ist Heuchelei ein Kompliment an die Tugend; sie bedeutet die prinzipielle Anerkennung des moralischen Standards.

Schicksal und Aufgabe

»Laß mir«, sagte er, während wir, die Hände in unseren Manteltaschen, im Winternebel, der die Gaslaternen umspann, zwischen unseren Wohnungen hin und wider gingen, »laß mir den Kauz in Frieden, ich habe was für ihn übrig. Wenigstens hatte er Ordnungssinn, und sogar eine alberne Ordnung ist immer noch besser als gar keine.«

Adrian Leverkühn über den Sektengründer und Komponisten Johann Conrad Beißel. – Doktor Faustus

Was ist Freiheit! Nur das Gleichgültige ist frei. Das Charakteristische ist niemals frei, es ist geprägt, determiniert und gebunden.

Serenus Zeitblom. – Doktor Faustus

»Sehr komisch eigentlich, diese Kaperung des Natürlich-Sündhaften für das Sakrosankte durch die bloße Voranstellung des Wortes ›christlich‹, – wodurch sich ja im Grunde nichts ändert. Aber man muß zugeben, daß die Domestizierung des Naturbösen, des Geschlechts, durch die christliche Ehe ein gescheiter Notbehelf war.«

Adrian Leverkühn. – Doktor Faustus

Den »Kampf« zwischen Gott zugewandter Verantwortung und Gott abwendiger Selbstvollendung verstehe ich nicht oder ich verstehe Hemmendes und frömmelnd Défaitistisches darunter. Für mich sind Selbstvollendung und Verantwortungsgefühl für den geistwidrigsten, gottverlassenen Unsinn auf Erden untrennbar eines von Natur.

Brief an Emil Preetorius, 24. April 1948

Aber zuviel Charakter macht ungerecht.

Tagebuch, 12. Juni 1949

Daß in diesem Narrenhaus von Welt und Gesellschaft das Rechte, Vernünftige doch wenigstens noch ausgesprochen wird, ist schon beglückend.

Brief an Otto Basler, 8. Dezember 1949

Sie sind ein tapferer Mann, und wenn Ihre Stimme nachgerade eine Stimme in der Wüste ist, so trösten Sie sich damit, daß überall die Wüste wächst, und daß es eigentlich nur noch Stimmen in der Wüste gibt.

Brief an Emil Belzner, 7. Oktober 1950

Ich will noch eines sagen: Es gab Zeiten, wo sein radikaler, sein unbedingter Pazifismus mich gequält hat. Er schien bereit, die Herrschaft des Bösen zuzulassen, wenn nur das ihm über alles Verhaßte, der Krieg, dadurch vermieden wurde. Das Problem ist unlösbar. Aber seitdem wir erfahren haben, wie auch ein guter Krieg nichts als Böses zeitigt, denke ich anders über seine Haltung von damals – oder versuche doch, anders darüber zu denken.

Stefan Zweig zum zehnten Todestag, 1952

In tiefster Seele hege ich die Vermutung, daß es bei jenem »Es werde«, das aus dem Nichts den Kosmos hervorrief, und bei der Zeugung des Lebens aus dem anorganischen Sein auf den Menschen abgesehen war und daß mit ihm ein großer Versuch angestellt ist, dessen Mißlingen durch Menschenschuld dem Mißlingen der Schöpfung selbst, ihrer Widerlegung gleichkäme.

Möge es so sein oder nicht so sein – es wäre gut, wenn der Mensch sich benähme, als wäre es so.

Lob der Vergänglichkeit

V

Kultur und Barbarei

Und daß zur Genußfähigkeit Bildung gehört, ja, daß Bildung immer nur gleich Genußfähigkeit ist, – auch das verstand er: und er bildete sich.

Der kleine Herr Friedemann

Ein Liebhaber des Buches bin ich, doch kein Bibliophile und verstehe von Lettern-Ästhetik nicht viel. Aber die Weiß'sche Fraktur hat mich doch wieder gelehrt, wie viele Schönheitsmöglichkeiten in der deutschen Schrift beschlossen liegen und daß man in ihre, von manchem befürwortete Verdrängung durch die Antiqua nicht willigen darf. Auch gibt es ja Fälle, wo diese ja schlechthin unmöglich ist. Den ›Wilhelm Meister‹ in Antiqua – nicht wahr, das ginge nicht.

Fraktur oder Antiqua?, 1911

Kultur ist offenbar nicht das Gegenteil von Barbarei; sie ist vielmehr oft genug nur eine stilvolle Wildheit, und zivilisiert waren von allen Völkern des Altertums vielleicht nur die Chinesen.

Gedanken im Kriege

Während früher der dienende Stand so gut wie der befehlende seine Ehre, Würde und Schönheit hatte, gilt es mehr und mehr in der ganzen Welt für menschenunwürdig, zu dienen, auch dann, wenn es sich gar nicht um Menschendienst, sondern um den einer *Sache* handelt oder doch handeln sollte, um die menschheitlich immerhin wichtige Sache der Kunst zum Beispiel.

Betrachtungen eines Unpolitischen

Daß es keine Diener mehr gibt, liegt daran, daß es keine Herren mehr gibt, – will sagen, keine solchen, denen zu dienen mit gutem aristokratischen Gewissen möglich ist. Wo die Rangordnung etwas durchaus Willkürliches, Momentanes und Unbegründetes ist, kommt der Instinkt des Dienenwollens nicht mehr auf seine Kosten; und so steht es ja heute mit der Rangordnung allerdings. Daß der Aufwärter, der in einer modernen Hotelhalle dem im Ledersessel sich lümmelnden swell den Tee serviert, nicht seinerseits in dem Sessel sitzt und von dem swell bedient wird, ist nichts als der reinste Zufall; niemandem würde etwas auffallen, wenn sie binnen einer Viertelstunde die Plätze wechselten.

Betrachtungen eines Unpolitischen

Für den Kulturmenschen grenzt Natürlichkeit nahe an Wollust.

Tagebuch, 21. Mai 1920

Es genügt heute leider, gewissen Forderungen der Zeit aus einfacher Lebenspflicht mit seinem Worte zu dienen, es genügt beinahe, ein geistiger Mensch zu sein, um sich wilden Mißverständnissen und wüster Feindschaft ausgesetzt zu sehen, den Vorwurf der Abtrünnigkeit und der Veräußerung höchster natürlicher Güter auf sich zu laden. Da ist es beruhigend, in gehobener Stunde das Vertrauen der Unterrichteten und Erzogenen seines Volkes persönlich zu erfahren und sich in ihrer Sympathie vor dem Unverstande, dem Torenhaß, geborgen zu finden.

Vorwort zu *Zwei Festreden*

Dienstag, den 26. Anstandsbesuch im Louvre. Die Umstände sind jeder ernstlichen Vertiefung entgegen. Ein Hindurchschlendern, Umheräugen, ein Blick auf die Nike, die Venus von Milo, die Leonardos, die Spanier, eine Erneuerung der allgemeinen Idee, was hier an prangendem Ausdruck seelisch-sinnlicher Kräfte vereinigt ist, das war alles. Ach ja, der Mensch! Er hat gesündigt, sich wie ein Vieh benommen, sich gegenseitig gemetzelt all die Jahrhunderte her – und unterdessen beständig dergleichen hervorgebracht. Wobei es ein Irrtum wäre, zu unterscheiden zwischen seinem ›göttlichen Teil‹, dem diese

Das Haus Poschingerstraße 1 in München,
Wohnort der Familie Mann
von 1914 bis 1933

Dinge zu danken wären, und seinem tierischen, auf dessen Rechnung das andere käme. Nein, beides entspringt aus seinem Ganzen, die Viecherei und die Herrlichkeit; das Gemetzel hat grauenhaft viel mit dieser zu schaffen, viel mehr, als ein Pazifist sich auch nur träumen zu lassen einwilligen würde; und ich beneide diejenigen, die sich durch die Berührung mit großer Kunst in ihrer Forderung an die Heiligkeit, Reinheit, Friedlichkeit des Menschen gerechtfertigt und bestärkt fühlen. Ich habe das nie gekonnt. Heiligkeit und Friedlichkeit machen keine Bilder. Der ›Geist‹ tut das auch nicht, sondern die Seele, welche nämlich Sinnlichkeit und Sünde ist. Ich habe immer behauptet, daß im Kampfe gegen den Krieg mit dem Namen der Kultur nicht viel anzufangen ist. Der europäische Pazifismus von heute ist eine Sache der allerpraktischsten Vernunft, und nur Narren freilich löcken gegen diesen Stachel.

Pariser Rechenschaft, Januar 1926

Das Wort ›Kultur‹ ist einer Herkunft mit jenem anderen, das sich von ihm nur durch einen Buchstaben der Endung unterscheidet, dem Worte ›Kultus‹. Beide bedeuten ›Pflege‹, dieses im Sinne der Verehrung und rituellen Betreuung der religiösen Heilsgüter, jenes in dem einer vom Religiösen gelösten und rein humanen ästhetisch-moralischen Verfeinerung, Veredelung, Steigerung des innerlich Individuellen, welcher man eine mittelbar weltfördernde Wirkung zuschreibt, ohne daß es unmittelbar auf eine solche abgesehen wäre. Eben hierdurch, nämlich durch die Unwillkürlichkeit und persönliche Unvorhergesehenheit seiner über- und außerindividuellen Wirkungen, tritt ein Element des Wunderartigen und Mystischen in den Kulturbegriff ein, das seinen religionsnahen Charakter aufs neue deutlich macht. Denn im Verhältnis zum eigentlich Kultischen ist ›Kultur‹ zwar ein profaner Begriff; zusammengehalten aber mit dem der ›Zivilisation‹, der gesellschaftlichen Gesittung also, erweist er seinen religiösen, das heißt: seinen wesentlich ungesellschaftlichen, egoistisch-individualistischen Charakter. »Der religiöse Mensch«, sagt Nietzsche, »denkt nur an sich.« Das heißt: er denkt an seine ›Rettung‹, sein eigenes Seelenheil – und, ursprünglich wenigstens, an nichts weiter, huldigt jedoch unterderhand und prinzipiell dem Glauben und vertraut der Verheißung, das innere Werk seiner Selbstheiligung werde auf irgendeine mystische Weise ›dem Ganzen‹ zustatten kommen. Das ist durchaus auch der Fall des Kulturgläubigen.

Gemeinsam aber siedelt auf Erden das Menschengeschlecht, und es gibt keine Vereinzelung und Gottesunmittelbarkeit, der nicht eine Form der Vereinigung, der Sozialität entspräche. Das religiöse Ich wird korporativ in der *Gemeinde*. Das kulturelle Ich begeht seine höchsten Feste in der Form und unter dem Namen der *Gemeinschaft* –, einem stark aristokratisch und kultisch betonten Namen, durch den es die Heiligkeit seiner Sozialitätsidee von dem profanen *Gesellschafts*begriff der demokratischen Gesittung distinguiert.

Kultur und Sozialismus, 1928

Was für eine lumpige Zeit, in der wir leben, und welche Lumpe wir, ihre Kinder! Der Mechanismus erstickt die Seele, Geist und Kunst gehen zugrunde, Grammophon, Film, Radio, der sportliche Rekord sind an der barbarischen Tagesordnung, und »dem Chauffeurtypus, das heißt einem entadelten und würdelosen Menschentum, strebt die Epoche zu«. Man liest es, man weiß es, man kann es nicht bestreiten, und man schämt sich der Abendstunden voll niederträchtigen Genusses, die man mit seinem volltönigen Elektrola-Apparat verbrachte, diesem ordinären Zeitgebilde, das einem, ohne daß man sich erst in einer Konzertgarderobe hatte herumstoßen lassen müssen, eine Brahms-Sinfonie mit fast ungetrübter Natürlichkeit des Orchesterklanges vortrug.

Rede über das Theater. Zur Eröffnung der Heidelberger Festspiele 1929

Dank dem Kult der unteren Gottheiten, der heute, als begreiflicher und notwendiger Rückschlag gegen den Verstandeskult abgelaufener Jahrzehnte, überall an der Tagesordnung ist, läuft man Gefahr, für einen seichten Intellektualisten gehalten zu werden, wenn man sich zu so rationalen Ideen wie dem Frieden und der Einheit Europas bekennt. Dennoch bleibt, so meine ich, Vernunft eine Sache des Menschenanstandes, und so sehr sich der Künstler, der Dichter in seiner Tiefe heiliger Unvernunft und dem Tode verbunden fühlen möge, soll er, wenn die Stunde ihn aufruft, sein Wort einsetzen für die Ziele des Lebens und einer anständigen Rationalität.

Pax Mundi, 1932

Wer sich heute noch in »Seele« sielt ist rückständig, geistig und moralisch. Der Zeitpunkt, wo man wahrhaft recht hatte, wenn man gegen die Vernunft und den Geist recht hatte, ist vorüber.

Tagebuch, 16. März 1935

Freilich ist die praktische Rolle auch des Lateinischen heute gering, und die Zeiten, wo ein Erasmus mit Hilfe dieser internationalen Gelehrtensprache überall in der Welt zu Hause war, sind längst vorüber. Und doch ergibt noch heute die Kenntnis des Lateinischen und die Beschäftigung mit der Antike überhaupt eine gewisse, den Oberschichten der europäischen Völker gemeinsame Bildungsgrundlage, die dem europäischen Gemeinsamkeitsgefühl dienen und der geistigen Abschließung entgegenwirken kann.

Ich meine, daß die hier angedeuteten Argumente zugunsten der Pflege der Humaniora, zum mindesten des Lateinischen auf den Mittelschulen, Argumente, die leicht zu vermehren wären, immer noch stärker ins Gewicht fallen als alles, was man etwa unter dem sozialen und praktischen Gesichtspunkt dagegen anführen mag.

Humaniora und Humanismus

Im Ganzen ist die Zeit einem Buch so sehr entgegen, daß sie ihm fast schon wieder entgegenkommt. Sie ist schon so ungebildet, daß Bildung »wieder möglich« ist.

Tagebuch, 3. August 1938

Aber schließlich, zu erben muß man auch verstehen, erben, das ist am Ende Kultur.

Brief an Klaus Mann, 22. Juli 1939

Daß sie urteilen dürfen! Daß jeder urteilen darf. Sollte verboten sein.

Goethe zu sich selbst. – Lotte in Weimar

Cultur, das ist auserlesne Gesellschaft, die sich über das Höchste discret verständigt mit einem Lächeln. Und das Augurenlächeln gilt der parodischen Schalkheit der Kunst, die das Frechste gibt, gebunden an würdigste Form, und das Schwere, gelöst in läßlichen Scherz ...

Goethe zu sich selbst. – Lotte in Weimar

Liebhaberei ist nobel, und wer vornehm ein Liebhaber. Dagegen gemein ist alles, was Gilde und Fach und Berufsstand.

Goethe zu sich selbst. – Lotte in Weimar

Wir haben gelernt, daß das Gute sich nicht im ästhetisch Kühnen und Reizvollen erfüllt; daß eine Kultur der Barbarei ganz nahe wohnt, die »sich nicht für Politik interessiert« und das Soziale aus ihrem Gesichtskreis ausschließt; daß auf einem geistigen Menschen schwerere Verantwortungen liegen, als Probleme der Schönheit.

Brief an Max Osborn, 15. Oktober 1944

Hier kann ich, wie so oft, nicht umhin, mich im Vorübergehen an dem inneren und fast geheimnisvollen Zusammenhang des altphilologischen Interesses mit einem lebendig-liebevollen Sinn für die Schönheit und Vernunftwürde des Menschen zu weiden, – diesem Zusammenhang, der sich schon darin kundgibt, daß man die Studienwelt der antiken Sprachen als die ›Humanioren‹ bezeichnet, sodann aber darin, daß die seelische Zusammenordnung von sprachlicher und humaner Passion durch die Idee der Erziehung gekrönt wird und die Bestimmung zum Jugendbildner sich aus derjenigen zum Sprachgelehrten fast selbstverständlich ergibt. Der Mann der naturwissenschaftlichen Realien kann wohl ein Lehrer, aber niemals in dem Sinn und Grade ein Erzieher sein, wie der Jünger der bonae litterae.

Dr. phil. Serenus Zeitblom. – Doktor Faustus

Für den Freund der Aufhellung behalten Wort und Begriff des ›Volkes‹ selbst immer etwas Archaisch-Apprehensives, und er weiß, daß man die Menge nur als ›Volk‹ anzureden braucht, wenn man sie zum Rückständig-Bösen verleiten will. Was ist vor unseren Augen, oder auch nicht just vor unseren Augen, im Namen des ›Volkes‹ nicht alles geschehen, was im Namen Gottes, oder der Menschheit, oder des Rechtes nicht wohl hätte geschehen können!

Serenus Zeitblom. – Doktor Faustus

»Für ein Kultur-Zeitalter scheint mir eine Spur zuviel die Rede zu sein von Kultur in dem unsrigen, meinst du nicht? Ich möchte wissen, ob Epochen, die Kultur besaßen, das Wort überhaupt gekannt, gebraucht, im Munde geführt haben. Naivität, Unbewußtheit, Selbstverständlichkeit scheint mir das erste Kriterium der Verfassung, der wir diesen Namen geben.«

Adrian Leverkühn zu Serenus Zeitblom. – Doktor Faustus

Als ich ganz jung war, ließ ich den kleinen Hanno Buddenbrook unter die Genealogie seiner Familie einen langen Strich ziehen, und als man ihn zur Rede stellte, ließ ich ihn stammeln: »Ich dachte – ich dachte – es käme nichts mehr.« – Es kommt nichts mehr. Barbarei senkt sich herab, eine lange Nacht vielleicht und ein tiefes Vergessen. Ein Werkchen wie dieses ist Spätkultur, die vor der Barbarei kommt, mit fast fremden Augen schon angesehen von der Zeit.

Brief an Werner Weber, 6. April 1951, anläßlich des *Erwählten*

Was ich kommen, unaufhaltsam heraufziehen und sich ausbreiten sehe, ist einfach die Barbarei. Unsere höhere Literatur kommt mir vor wie ein hastiges Resümieren und *parodierendes* Rekapitulieren des abendländischen Mythos, rasch noch vor Einbruch der Nacht. Wieviele sind wir noch, die »die Grunderfahrungen des bürgerlichen Zeitalters« noch »vollziehen« können und also »jene Stelle« noch verstehen, wo »das Horn das Echo der traurigen Hirtenweise auffängt«? Unsere Zahl schrumpft rapide zusammen, und schon sind wir von Massen umgeben, die überhaupt nichts mehr »vollziehen« können.

Gebe der Himmel uns etwas von der Produktivkraft, die jedem Verfallsmoment Momente des Werdenden abzuzwingen vermag!

Brief an Theodor W. Adorno, 30. Oktober 1952

Wie wohl ein Organismus kränkeln, ja siechen mag, weil es seiner Chemie an einem bestimmten Element, einem Lebensstoff, einem Vitamin mangelt, so ist es vielleicht genau dies unentbehrliche Etwas, das Element ›Schiller‹, an dem es unserer Lebensökonomie, dem Organismus unserer Gesellschaft kümmerlich gebricht. So wollte es mir scheinen, als ich seine ›Öffentliche Ankündigung der Horen‹ wieder las, dieses herrliche Stück Prosa, worin er das auch seiner Zeit schon ungemäß Dünkende zum Dringlichst-Zeitgemäßen erhebt, es zum Labsal macht jedem Leidenden.

Versuch über Schiller

Das letzte Halbjahrhundert sah eine Regression des Menschlichen, einen Kulturschwund der unheimlichsten Art, einen Verlust an Bildung, Anstand, Rechtsgefühl, Treu und Glauben, jeder einfachsten Zuverlässigkeit, der beängstigt. Zwei Weltkriege haben, Roheit und Raffgier züchtend, das intellektuelle und moralische Niveau (die beiden gehören zusammen) tief gesenkt und eine Zerrüttung gefördert, die schlechte Gewähr bietet gegen den Sturz in einen dritten, der alles beenden würde.

Versuch über Schiller

Find' ich so den Menschen wieder,
Dem wir unser Bild geliehn,
Dessen schöngestalte Glieder
Droben im Olympus blühn?
Gaben wir ihm zum Besitze
Nicht der Erde Götterschoß,
Und auf seinem Königssitze
Schweift er elend, heimatlos?

Das ist die Klage der Ceres im ›Eleusischen Fest‹; es ist Schillers Stimme. Ohne Gehör für seinen Aufruf zum stillen Bau besserer Begriffe, reinerer Grundsätze, edlerer Sitten, »von dem zuletzt alle Verbesserung des gesellschaftlichen Zustandes abhängt«, taumelt eine von Verdummung trunkene, verwahrloste Menschheit unterm Ausschreien technischer und sportlicher Sensationsrekorde ihrem schon gar nicht mehr ungewollten Untergange entgegen.

Versuch über Schiller

VI

Werden und Vergehen

Seine ganze zärtliche Liebe zum Leben durchzitterte ihn in diesem Augenblick und die tiefe Sehnsucht nach seinem verlorenen Glück. Aber dann blickte er um sich in die schweigende, unendlich gleichgültige Ruhe der Natur, sah, wie der Fluß in der Sonne seines Weges zog, wie das Gras sich zitternd bewegte und die Blumen dastanden, wo sie erblüht waren, um dann zu welken und zu verwehen, sah, wie alles, alles mit dieser stummen Ergebenheit dem Dasein sich beugte, – und es überkam ihn auf einmal die Empfindung von Freundschaft und Einverständnis mit der Notwendigkeit, die eine Art von Überlegenheit über alles Schicksal zu geben vermag.

Der kleine Herr Friedemann

Droben saß Johann Buddenbrook am Krankenbette und blickte, die matte Hand seiner alten Nette in der seinen, mit erhobenen Brauen und ein wenig hängender Unterlippe stumm vor sich hin. Die Wanduhr tickte dumpf und mit langen Pausen, viel seltener aber noch atmete die Kranke einmal kurz und oberflächlich auf ... Eine schwarze Schwester machte sich am Tisch mit dem Beeftea zu schaffen, den man versuchsweise noch reichen wollte; dann und wann trat geräuschlos ein Familienmitglied ein und verschwand wieder.

Der Alte mochte sich erinnern, wie er vor sechsundvierzig Jahren zum ersten Male am Sterbebette einer Gattin gesessen hatte, und er mochte der wilden Verzweiflung, die damals in ihm aufbegehrt war, die nachdenkliche Wehmut vergleichen, mit der er, nun selbst so alt, in das veränderte, ausdruckslose und entsetzlich gleichgültige Gesicht der alten Frau blickte, die ihm niemals ein großes Glück, niemals einen großen Schmerz bereitet, die aber viele lange Jahre mit klugem Anstand bei ihm ausgehalten und nun ebenfalls langsam davonging.

Er dachte nicht viel, er sah nur unverwandt und mit einem leisen Kopfschütteln auf sein Leben und das Leben im allgemeinen zurück, das ihm plötzlich so fern und wunderlich erschien, dieses überflüssig geräuschvolle Getümmel, in dessen Mitte er gestanden, das sich unmerklich von ihm zurückgezogen hatte und nun vor seinem verwundert aufhorchenden Ohr in der Ferne erhallte ... Manchmal sagte er mit halber Stimme vor sich hin:

»Kurios! Kurios!«

Und als dann Madame Buddenbrook ihren letzten, ganz kurzen und kampflosen Seufzer getan hatte; als im Eßsaal, woselbst die Einsegnung stattfand, die Träger den blumenbedeckten Sarg aufgehoben hatten, um ihn schwerfällig davonzuschaffen, – da änderte sich seine Stimmung nicht, da weinte er nicht einmal, aber dies leise, erstaunte Kopfschütteln blieb ihm, und dies beinahe lächelnde »Kurios!« wurde sein Lieblingswort ...

Buddenbrooks

War nicht jeder Mensch ein Mißgriff und Fehltritt? Geriet er nicht in eine peinvolle Haft, sowie er geboren ward? Gefängnis! Gefängnis! Schranken und Bande überall! Durch die Gitterfenster seiner Individualität starrt der Mensch hoffnungslos auf die Ringmauern der äußeren Umstände, bis der Tod kommt und ihn zu Heimkehr und Freiheit ruft ...

Individualität! ... Ach, was man ist, kann und hat, scheint arm, grau, unzulänglich und langweilig; was man

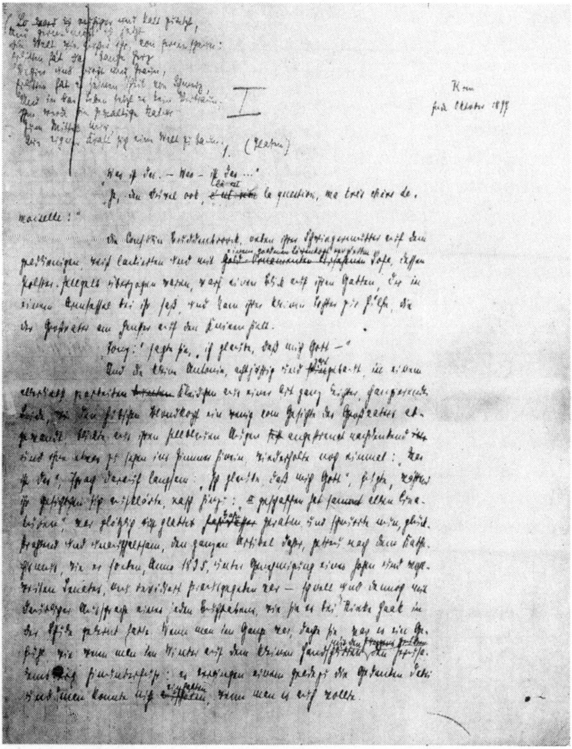

Anfang von »Buddenbrooks« in der Handschrift Thomas Manns (1897)

aber nicht ist, nicht kann und nicht hat, das eben ist es, worauf man mit jenem sehnsüchtigen Neide blickt, der zur Liebe wird, weil er sich fürchtet, zum Haß zu werden.

Ich trage den Keim, den Ansatz, die Möglichkeit zu allen Befähigungen und Betätigungen der Welt in mir ... Wo könnte ich sein, wenn ich nicht hier wäre! Wer, was, wie könnte ich sein, wenn ich nicht ich wäre, wenn diese meine persönliche Erscheinung mich nicht abschlösse und mein Bewußtsein von dem aller derer trennte, die nicht ich sind! Organismus! Blinde, unbedachte, bedauerliche Eruption des drängenden Willens! Besser, wahrhaftig, dieser Wille webt frei in raum- und zeitloser Nacht, als daß er in einem Kerker schmachtet, der von dem zitternden und wankenden Flämmchen des Intellektes notdürftig erhellt wird!

In meinem Sohne habe ich fortzuleben gehofft? In einer noch ängstlicheren, schwächeren, schwankenderen Persönlichkeit? Kindische, irregeführte Torheit! Was soll mir ein Sohn? Ich brauche keinen Sohn! ... Wo ich sein werde, wenn ich tot bin? Aber es ist so leuchtend klar, so überwältigend einfach! In allen denen werde ich sein, die je und je Ich gesagt haben, sagen und sagen werden: *besonders aber in denen, die es voller, kräftiger, fröhlicher sagen ...*

Thomas Buddenbrook. – Buddenbrooks

Ein Philosoph hat gesagt, daß ohne den Tod auf Erden schwerlich philosophiert werden würde. Es würde schwerlich gedichtet werden auf Erden ohne den Tod. Wo wäre der Dichter, der nicht täglich seiner gedächte – in

Grauen und in Sehnsucht? Denn die Seele des Dichters ist Sehnsucht, und die letzte, die tiefste Sehnsucht ist die nach Erlösung.

Bei Friedrich Huchs Bestattung

Man kann auf gesunde Art krank und auf kranke Art gesund sein. Man kann als grimmiger Pessimist und Prediger des Nirwana ein Patriarchenalter erreichen »und Flöte blasen«, und man kann, während eincm die Schwindsucht auf beiden Wangenknochen glüht, beständig rufen: Wie ist das Leben so stark und schön! Das Leben ist oft auf seiten derer, die es verneinen. Das Leben ist oft auf jener Seite, wo im Grunde nur eines geliebt wird: der Tod.

Vorwort zu dem Roman eines Jungverstorbenen
(Erich von Mendelssohn)

Silbricht glänzt uns die Schläfe: Da stellt sich anders die
Welt denn
Nun dem Wandernden dar, und anders lebt sich's als
vordem.
Nur des Geistigen achtet der spröde Jüngling, sein Blick
ist
Ins Gewirr der inneren Dinge grübelnd verloren,
Und den Sinnen mißtraut er. Aber kommt nur die Zeit
erst,
Freundlicher redet Natur dann zu einem schlichteren
Herzen.
Ehemals rührte uns nicht der wieder keimende Frühling
So und sein lieblicher Anhauch; wir kannten die
dankbare Inbrunst

Jugendlich nicht, mit der wir heute dem zauberischen
Duft der Sommerrose uns neigen, noch grüßte das Auge
Zärtlich schon, wie heut', das Bild der weißstämmigen
Birke,
Welche so zierlich jungfräulich das Gelock ihres Laubes
Hangen läßt am goldenen Nachmittag. – Seltsame
Rührung,
Was bedeutest du doch und was dies liebende Anschaun?
Will Natur mit sanfter Verlockung das Herz uns
gemahnen,
Daß wir ihr gehören und in sie kehren in Bälde?
Zieht sie schon leise uns hin, zur Süße die Sinne uns
reifend?

Gesang vom Kindchen

Was war also das Leben? Es war Wärme, das Wärmeprodukt formerhaltender Bestandlosigkeit, ein Fieber der Materie, von welchem der Prozeß unaufhörlicher Zersetzung und Wiederherstellung unhaltbar verwickelt, unhaltbar kunstreich aufgebauter Eiweißmolekel begleitet war. Es war das Sein des eigentlich Nicht-sein-Könnenden, des nur in diesem verschränkten und fiebrigen Prozeß von Zerfall und Erneuerung mit süß-schmerzlich-genauer Not auf dem Punkte des Seins Balancierenden. Es war nicht materiell, und es war nicht Geist. Es war etwas zwischen beidem, ein Phänomen, getragen von Materie, gleich dem Regenbogen auf dem Wasserfall und gleich der Flamme. Aber wiewohl nicht materiell, war es sinnlich bis zur Lust und zum Ekel, die Schamlosigkeit der selbstempfindlich-reizbar gewordenen Materie, die unzüchtige Form des Seins. Es war ein heimlich-fühlsames Sichregen in der keuschen Kälte des Alls, eine wollüstig-verstohlene Unsauberkeit von Nährsaugung und Ausscheidung, ein exkretorischer Atemhauch von Kohlensäure und üblen Stoffen verborgener Herkunft und Beschaffenheit.

Der Zauberberg

Tod oder Leben – Krankheit, Gesundheit – Geist und Natur. Sind das wohl Widersprüche? Ich frage: sind das Fragen? Nein, es sind keine Fragen, und auch die Frage nach ihrer Vornehmheit ist keine. Die Durchgängerei des Todes ist im Leben, es wäre nicht Leben ohne sie, und in der Mitte ist des Homo Dei Stand – inmitten zwischen Durchgängerei und Vernunft – wie auch sein Staat ist zwischen mystischer Gemeinschaft und windigem Einzeltum.

Der Zauberberg

Lange Tage, die längsten, sachlich gesprochen und mit Bezug auf die Anzahl ihrer Sonnenstunden; denn ihrer Kurzweiligkeit vermochte astronomische Ausdehnung nichts anzuhaben, weder was jeden einzelnen betraf, noch ihre einförmige Flucht. Frühlings-Nachtgleiche lag fast drei Monate zurück, Sommersonnenwende war da. Aber das natürliche Jahr bei uns hier oben folgte dem Kalender zurückhaltend: erst jetzt, erst dieser Tage war endgültig Frühling geworden, ein Frühling noch ohne alle Sommerschwere, würzig, dünnluftig und leicht, mit silbrig strahlender Himmelsbläue und kindlich kunterbunter Wiesenblüte.

Hans Castorp fand an den Hängen dieselben Blumen wieder, von denen Joachim freundlicherweise ihm einige letzte einst zur Begrüßung ins Zimmer gestellt: Schafgarbe und Glockenblumen, – ein Zeichen für ihn, daß das Jahr in sich selber lief. Allein was hatte sich nun nicht alles aus dem jungen, smaragdenen Grase der Schrägen und Wiesengebreite des Grundes an organischem Leben als Stern, Kelch und Glocke oder von unregelmäßigerer Gestalt, die sonnige Luft mit trockener Würze erfüllend, hervorgebildet: Pechnelken und wilde Stiefmütterchen in ganzen Massen, Gänseblümchen, Margeriten, Primeln in gelb und rot, viel schöner und größer, als Hans Castorp sie im Flachlande je erblickt zu haben meinte, soweit er dort unten darauf achtgegeben; dazu die nickenden Soldanellen mit ihren gewimperten Glöckchen, blau, purpurn und rosig, eine Spezialität dieser Sphäre.

Der Zauberberg

Es war noch einer dieser gepriesenen Oktobertage, ein Tag, heiß und leicht, festlich und herb zugleich, mit südlich dunkler Himmelsbläue über dem Tal, dessen von Wegen durchzogene und besiedelte Triften im Grunde noch heiter grünten und von dessen rauh bewaldeten Lehnen Kuhgeläut kam, – dieser blechern-friedliche, einfältig-musikalische Laut, der klar und ungestört durch die stillen, dünnen, leeren Lüfte schwebte, die Feierstimmung vertiefend, die über hohen Gegenden waltet.

Der Zauberberg

Ein paar Tage lang hatte Südwind geweht, die Sonne drückte, das Tal schien verkürzt und verengt, nahe und nüchtern lagen die Alpenkulissen des Ausgangs. Dann zogen Wolken auf, drangen vom Piz Michel und Tinzenhorn gegen Nordosten vor, und das Tal verdunkelte sich. Dann regnete es schwer. Dann wurde der Regen unrein, weißlichgrau, Schnee hatte sich dareingemischt, es war schließlich nur noch Schnee, das Tal war angefüllt mit Gestöber, und da das reichlich lange so ging, auch die Temperatur unterdessen beträchtlich gefallen war, so konnte der Schnee nicht ganz wegschmelzen, er war naß, aber er blieb liegen, das Tal lag in dünnem, feuchtem, schadhaftem weißen Gewand, gegen welches das Nadelrauh der Lehnen schwarz abstach; im Speisesaal erwärmten die Röhren sich laulich.

Der Zauberberg

Und auf die liegenden Massen schneite es weiter, tagaus, tagein, still niedersinkend bei mäßigem Frost, zehn, fünfzehn Kältegraden, die nicht eben ans Mark gingen, – man spürte sie wenig, es hätten auch fünf oder zwei sein können, Windstille und Lufttrockenheit nahmen ihnen den Stachel. Es war sehr dunkel am Morgen; man frühstückte beim künstlichen Schein der Lüstermonde im Saal mit den lustig schablonierten Gewölbegurten. Draußen war das trübe Nichts, die Welt in grauweiße Watte, die gegen die Scheiben drängte, in Schneequalm und Nebeldunst dicht verpackt. Unsichtbar das Gebirge; vom nächsten Nadelholz allenfalls mit der Zeit ein wenig zu sehen: beladen stand es, verlor sich rasch im Gebräu, und dann und wann entlud eine Fichte sich ihrer Überlast, schüttelte stäubendes Weiß ins Grau. Um zehn Uhr kam die Sonne als schwach erleuchteter Rauch über ihren Berg, ein matt gespenstisches Leben, einen fahlen Schein von Sinnlichkeit in die nichtig-unkenntliche Landschaft zu bringen. Doch blieb alles gelöst in geisterhafter Zartheit und Blässe, bar jeder Linie, die das Auge mit Sicherheit hätte nachziehen können. Gipfelkonturen verschwammen, vernebelten, verrauchten. Bleich beschienene Schneeflächen, die hinter- und übereinander aufstiegen, leiteten den Blick ins Wesenlose. Dann schwebte wohl eine erleuchtete Wolke, rauchartig, lange, ohne ihre Form zu verändern, vor einer Felswand.

Um Mittag zeigte die Sonne, halb durchbrechend, das Bestreben, den Nebel in Bläue zu lösen. Ihr Versuch blieb fern vom Gelingen; doch eine Ahnung von Himmelsblau war augenblicksweise zu erfassen, und das wenige Licht reichte hin, die durch das Schneeabenteuer wunderlich entstellte Gegend weithin diamanten aufglitzern zu lassen. Gewöhnlich hörte es auf zu schneien um diese Stunde, gleichsam um einen Überblick über das Erreichte zu gewähren, ja, diesem Zweck schienen auch die wenigen eingestreuten Sonnentage zu dienen, an denen das Gestöber ruhte und der unvermittelte Himmelsbrand die köstlich reine Oberfläche der Massen von Neuschnee anzuschmelzen suchte. Das Bild der Welt war märchenhaft, kindlich und komisch. Die dicken, lockeren, wie aufgeschüttelten Kissen auf den Zweigen der Bäume, die Buckel des Bodens, unter denen sich kriechendes Holz oder Felsvorsprünge verbargen, das Hockende, Versunkene, possierlich Vermummte der Landschaft, das ergab eine Gnomenwelt, lächerlich anzusehn und wie aus dem Märchenbuch. Mutete aber die nahe Szene, in der man sich mühselig bewegte, phantastisch-schalkhaft an, so waren es Empfindungen der Erhabenheit und des Heiligen, die der hereinschauende fernere Hintergrund, die getürmten Standbilder der verschneiten Alpen erweckten.

Der Zauberberg

Sein Takt verbot ihm, mir von Abschied zu sprechen. Aber dann, unterderhand, scheinbar nebenbei, scheinbar alltäglicherweise, forderte er mich doch zum Anstoßen auf. Er sagte: »Ob ich noch einmal arbeiten werde, nach außen wirken, in die Welt zurückkehren, mich in der Gesellschaft bewegen – das weiß ich nicht.« Er ruhte mit geschlossenen Augen. Dann fügte er hinzu: *»Aber das ist nun auch gar nicht mehr wichtig.«* Vorher oder nachher äußerte er: »Man sollte sich um uns Kranke nicht gar so sehr kümmern. Die da draußen, mit den roten Backen, die sich im Leben abrackern, die haben es viel schwerer als ich.« In diesem Augenblick fühlte er die Lebenslast schon von sich genommen, fühlte sich schon befreit. Er war über den Berg, über den Berg des Lebens. Er war im reinen. Und zum letztenmal äußerte sich das Wohlwollen seines Herzens in einer Art von Mitleid mit uns, die wir uns noch abrackern müssen und noch keineswegs im reinen mit uns sind.

Abschied von Berthold Litzmann

Der Flügelkäfer, der, um seinen Jungen für die Zeit nach seinem Tode frisches Fleisch zu schaffen, Spinnen und anderen Insekten genau das motorische Zentrum durchbohrt, sodaß sie lebend-unbeweglich sind. Die naive, selbstverständliche, ruhige und stumme Grausamkeit und Niedertracht der Natur. Dabei okkult in der Genauigkeit des Wissens und Könnens im Dienst der Art-Erhaltung.

Tagebuch, 18. Januar 1938

Es ist ein gutes Wort Goethe's: »Mit den Jahren steigern sich die Prüfungen.« Merkwürdig, wie christlich er sich oft ausdrückt. »Prüfung« ist ein specifisch christlicher Terminus. Das Wort aber ist sehr wahr: Die Aufgaben werden schwieriger, komplizierter, anspruchsvoller, je älter man wird; und merkwürdig ist die Einrichtung, dass man zu der Zeit, wo man rein sportlich schon garnicht mehr auf der Höhe ist, das Schwerste zu leisten hat. Das ist aber nicht etwa eine verkehrte Einrichtung. Das Alter ist der Jugend ganz einfach überlegen, man sage was man wolle – überlegen durch alles schon Getane; denn durch Vollbringen wird man nicht schwächer, sondern stärker.

Brief an Agnes E. Meyer, 18. August 1942

Immer heißt es, sich bei dem alten Spruche zu beruhigen, den ich so früh an einem Lübecker Giebel las: »Allen zu gefallen ist unmöglich.« Als ob es auf das Gefallen überhaupt ankäme und nicht vielmehr auf die Wirkung, die sich aus Mißverständnissen, Kontroversen, Peinlichkeiten endlich denn doch herausklärt. Freilich ist diese Klärung etwas dem Tode sehr Nahes oder auch erst nach ihm sich Vollziehendes. Leben ist Pein, und nur solange wir leiden, leben wir.

Die Entstehung des Doktor Faustus

Sie werden überrascht sein, mich auf Ihre Frage, woran ich glaube, oder was ich am höchsten stelle, antworten zu hören: Es ist die *Vergänglichkeit.*

Aber Vergänglichkeit ist etwas sehr Trauriges, werden Sie sagen. – Nein, erwidere ich, sie ist die Seele des Seins, ist das, was allem Leben Wert, Würde und Interesse verleiht, denn sie schafft *Zeit*, – und Zeit ist, wenigstens potentiell, die höchste, nutzbarste Gabe, in ihrem Wesen verwandt, ja identisch mit allem Schöpferischen und Tätigen, aller Regsamkeit, allem Wollen und Streben, aller Vervollkommnung, allem Fortschritt zum Höheren und Besseren. Wo nicht Vergänglichkeit ist, nicht Anfang und Ende, Geburt und Tod, da ist keine Zeit, – und Zeitlosigkeit ist das stehende Nichts, so gut und so schlecht wie dieses, das absolut Uninteressante.

Lob der Vergänglichkeit

Ganz kurz vor dem Ende jedoch, nur einige Stunden vorher, lichtete sich ihr Geist noch einmal. Sie schlug die Augen auf zu der Tochter, die, Hand in Hand mit ihr, an ihrem Bette saß.

»Anna«, sagte sie und vermochte, ihren Oberkörper etwas weiter zum Bettrand hin, der Vertrauten näher, zu rücken, »hörst du mich?«

»Gewiß höre ich dich, liebe, liebe Mama.«

»Anna, sprich nicht von Betrug und höhnischer Grausamkeit der Natur. Schmäle nicht mit ihr, wie ich es nicht tue. Ungern geh' ich dahin – von euch, vom Leben mit seinem Frühling. Aber wie wäre denn Frühling ohne den Tod? Ist ja doch der Tod ein großes Mittel des Lebens, und wenn er für mich die Gestalt lieh von Auferstehung und Liebeslust, so war das nicht Lug, sondern Güte und Gnade.«

Die Betrogene

»Oh, Hermes«, erwiderte er. »Eine elegante Gottheit. – Ich nehme keinen Kaffee«, sagte er zum Kellner. »Geben Sie mir noch eine Flasche Vichy! – Ein eleganter Gott«, wiederholte er. »Und maßvoll als Gebilde, nicht zu klein, nicht zu groß, von Menschenmaß. Ein alter Baumeister pflegte zu sagen, daß, wer bauen wolle, zuerst die Vollkommenheit der menschlichen Figur erkannt haben müsse, denn in dieser seien die tiefsten Geheimnisse der Proportion verborgen. Mystiker der Verhältnismäßigkeit wollen wissen, daß der Mensch – und also der menschengestaltige Gott – nach seinem Wuchs die genaue Mitte halte zwischen der Welt des ganz Großen und der des ganz Kleinen. Sie sagen, der größte materielle Körper im All, ein roter Riesenstern, sei ebensoviel größer als der Mensch, wie der winzigste Bestandteil des Atoms, ein Etwas, das man um hundert Billionen im Durchmesser vergrößern müßte, um es sichtbar zu machen, kleiner ist als er.«

»Da sieht man, was es hilft, aufrecht zu gehen, wenn man das Wohlmaß nicht hält.«

»Sehr anschlägig nach allem, was man hört«, fuhr mein Tischgenosse fort, »soll er gewesen sein, Ihr Hermes, in seiner griechischen Proportioniertheit. Das Zellengewebe seines Gehirns, wenn man bei einem Gott davon sprechen darf, muß also besonders pfiffige Formen angenommen haben. Aber eben: stellt man ihn sich nicht aus Marmor, Gips oder Ambrosia vor, sondern als lebendigen Leib von menschenförmigem Bau, so ist doch auch bei ihm viel Natur-Altertum rückständig. Es ist ja bemerkenswert, wie urtümlich, im Gegensatz zum Gehirn, Arme und Beine des Menschen geblieben sind. Sie haben alle Knochen bewahrt, die man schon bei den primitivsten Landtieren findet.«

»Das ist packend, Herr Professor. Es ist nicht die erste packende Mitteilung, die Sie mir machen, aber sie gehört zu den packendsten. Die Knochen der menschlichen Arme und Beine wie bei den urtümlichsten Landtieren! Nicht daß ich mich daran stieße, aber es packt mich. Ich rede nicht von den berühmten Hermesbeinen. Aber nehmen Sie einen reizenden vollschlanken Frauenarm, wie er uns, wenn wir Glück haben, wohl umschließt, – zum Kuckuck – pardon, ich wollte keinen Mißbrauch – aber man sollte nicht denken –«

»Es scheint mir, lieber Marquis, ein gewisser Extremitätenkult bei Ihnen vorzuliegen. Er hat seinen guten Sinn als Abneigung eines entwickelten Wesens gegen die fußlose Wurmform. Was aber den vollschlanken Frauenarm angeht, so sollte man bei dieser Gliedmaße sich gegenwärtig halten, daß sie nichts anderes ist als der Krallenflügel des Urvogels und die Brustflosse des Fisches.«

»Gut, gut, ich werde in Zukunft daran denken. Ich glaube versichern zu können, daß ich es ohne Bitterkeit, ohne Ernüchterung, vielmehr mit Herzlichkeit tun werde. Aber der Mensch, so hört man immer sagen, stammt doch vom Affen ab?«

»Lieber Marquis, sagen wir lieber: er stammt aus der Natur und hat seine Wurzel in ihr. Von der Ähnlichkeit seiner Anatomie mit der der höheren Affen sollten wir uns vielleicht nicht zu sehr blenden lassen, man hat gar zuviel Aufhebens davon gemacht. Die bewimperten Blauäuglein und die Haut des Schweines haben vom Menschlichen mehr als irgendein Schimpanse, – wie ja denn auch der nackte Körper des Menschen sehr oft an das Schwein erinnert. Unserm Gehirn aber, nach dem Hochstande seines Baus, kommt das der Ratte am nächsten. Anklänge ans Tier-Physiognomische finden Sie unter Menschen auf Schritt und Tritt. Sie sehen da den Fisch und den Fuchs, den Hund, den Seehund, den Habicht und den Hammel. Andererseits will alles Tierische uns, ist uns nur der Blick dafür aufgetan, als Larve und schwermütige Verzauberung des Menschlichen erscheinen ... O doch, Mensch und Tier, die sind verwandt genug! Wollen wir aber von Abstammung reden, so stammt der Mensch vom Tier ungefähr, wie das Organische aus dem Unorganischen stammt. Es kam etwas hinzu.«

»Hinzu? Was, wenn ich fragen darf?«

»Ungefähr das, was hinzukam, als aus dem Nichts das Sein entsprang. Haben Sie je von Urzeugung gehört?«

»Mir liegt außerordentlich daran, von derselben zu hören.«

Er blickte sich flüchtig um und eröffnete mir dann mit einer gewissen Vertraulichkeit – offenbar nur, weil ich es war, der Marquis de Venosta:

»Es hat nicht eine, sondern drei Urzeugungen gegeben: Das Entspringen des Seins aus dem Nichts, die Erweckung des Lebens aus dem Sein und die Geburt des Menschen.«

Kuckuck nahm einen Zug Vichy nach dieser Äußerung. Er hielt das Glas dabei in beiden Händen, da wir in einer Kurve schlenkerten. Die Besetzung des Speisewagens hatte sich schon gelichtet. Die Kellner standen meist müßig. Nach einer vernachlässigten Mahlzeit nahm ich jetzt ein übers andere Mal Kaffee, schreibe aber nicht diesem Umstande allein die immer wachsende Aufregung zu, die mich beherrschte. Vorgebeugt saß ich und hörte dem kuriosen Reisegefährten zu, der mir vom Sein sprach, vom Leben, vom Menschen – und vom Nichts, aus dem alles gezeugt sei und in das alles zurückkehren werde. Ohne Zweifel, sagte er, sei nicht nur das Leben auf Erden eine verhältnismäßig rasch vorübergehende Episode, *das Sein sei selbst eine solche* – zwischen Nichts und Nichts. Es habe das Sein nicht immer gegeben und werde es nicht immer geben. Es habe einen Anfang gehabt und werde ein Ende haben, mit ihm aber Raum und Zeit, denn die seien nur durch das Sein und durch dieses aneinander gebunden. Raum, sagte er, sei nichts weiter als die Ordnung oder Beziehung materieller Dinge untereinander. Ohne Dinge, die ihn einnähmen, gäbe es keinen Raum und auch keine Zeit, denn Zeit sei nur eine durch das Vorhandensein von Körpern ermöglichte Ordnung von Ereignissen, das Produkt der Bewegung, von Ursache und Wirkung, deren Abfolge der Zeit Richtung verleihe, ohne welche es Zeit nicht gebe. Raum- und Zeitlosigkeit aber, das sei die Bestimmung des Nichts. Dieses sei ausdehnungslos in jedem Sinn, stehende Ewigkeit, und nur vorübergehend sei es unterbrochen worden durch das raum-zeitliche Sein. Mehr Frist, um Äonen mehr, sei dem Sein gegeben als dem Leben; aber einmal, mit Sicherheit, werde es enden, und mit ebensoviel Sicherheit entspreche dem Ende ein Anfang. Wann habe die Zeit, das Geschehen begonnen? Wann sei die erste Zuckung des Seins aus dem Nichts gesprungen kraft eines ›Es werde‹, das mit unweigerlicher Notwendigkeit bereits das ›Es vergehe‹ in sich geschlossen habe? Vielleicht sei das ›Wann‹ des Werdens nicht gar so lange her, das ›Wann‹ des Vergehens nicht gar so lange hin – nur einige Billionen Jahre her und hin vielleicht . . . Unterdessen feiere das Sein sein tumultuöses Fest in den unermeßlichen Räumen, die sein Werk seien und in denen es Entfernungen bilde, die von eisiger Leere starrten. Und er sprach mir von dem Riesenschauplatz dieses Festes, dem

Weltall, diesem sterblichen Kinde des ewigen Nichts, angefüllt mit materiellen Körpern ohne Zahl, Meteoren, Monden, Kometen, Nebeln, Abermillionen von Sternen, die aufeinander bezogen, zueinander geordnet waren durch die Wirksamkeit ihrer Gravitationsfelder zu Haufen, Wolken, Milchstraßen und Übersystemen von Milchstraßen, deren jede aus Unmengen flammender Sonnen, drehend umlaufender Planeten, Massen verdünnten Gases und kalten Trümmerfeldern von Eisen, Stein und kosmischem Staube bestehe ...

Erregt lauschte ich dem, wohl wissend, daß es ein Vorzug war, diese Mitteilungen zu empfangen: ein Vorzug, den ich meiner Vornehmheit verdankte, dem Umstande, daß ich der Marquis de Venosta war und in Rom eine Contessa Centurione zur Tante hatte.

Professor Kuckuck und ›Marquis de Venosta‹ alias Felix Krull. – Bekenntnisse des Hochstaplers Felix Krull

Alle Natur, von ihren frühesten, fast noch immateriellen und ihren einfachsten Formen bis zu den entwickeltsten und höchst lebendigen, sei immer versammelt geblieben und bestehe nebeneinander fort, – Sternnebel, Stein, Wurm und Mensch. Daß viele Tierformen ausgestorben seien, daß es keine fliegenden Echsen und keine Mammuts mehr gebe, hindere nicht, daß neben dem Menschen das gerade schon formbeständige Urtier fortlebe, der Einzeller, das Infusor, die Mikrobe, mit einer Pforte zur Einfuhr und einer zur Ausfuhr an ihrem Zell-Leib, – mehr brauche es nicht, um Tier zu sein, und um Mensch zu sein, brauche es meistens auch nicht viel mehr. –

Das war ein Scherz von Kuckuck, ein kaustischer. Einem jungen Mann von Welt, wie mir, glaubte er wohl etwas kaustischen Scherz schuldig zu sein, und ich lachte denn auch, indem ich mit zitternder Hand meine sechste, nein, wohl meine achte demitasse gezuckerten Mokkas zum Munde führte. Ich habe gesagt und sage es wieder, daß ich außerordentlich erregt war, und zwar durch eine meine Natur fast überspannende Ausdehnung des Gefühls, die das Erzeugnis der Reden meines Tischgenossen über das Sein, das Leben, den Menschen war. Möge es so sonderbar klingen, wie es will, aber diese mächtige Ausdehnung hatte nahe zu tun mit dem, oder eigentlich: sie war nichts anderes als das, was ich als Kind, oder halbes Kind, mit dem Traumwort ›Die große Freude‹ bezeichnet hatte, einer Geheimformel meiner Unschuld, mit der zunächst etwas auf andere Weise nicht nennbares Spezielles bezeichnet werden sollte, der aber von früh an eine berauschende Weitdeutigkeit eigen gewesen war.

Es gebe den Fortschritt, sagte Kuckuck anschließend an seinen Scherz, ohne Zweifel gebe es ihn, vom Pithecanthropus erectus bis zu Newton und Shakespeare, das sei ein weiter, entschieden aufwärts führender Weg. Wie es sich aber verhalte in der übrigen Natur, so auch in der Menschenwelt: auch hier sei immer alles versammelt, alle Zustände der Kultur und Moral, alles, vom Frühesten bis zum Spätesten, vom Dümmsten bis zum Gescheitesten, vom Urtümlichsten, Dumpfesten, Wildesten bis zum Höchst- und Feinstentwickelten bestehe allezeit nebeneinander in dieser Welt, ja oft werde das Feinste müd' seiner selbst, vergaffe sich in das Urtümliche und sinke trunken ins Wilde zurück. Davon nichts weiter. Er werde aber dem Menschen das Seine geben und mir, dem Marquis de

Venosta, nicht vorenthalten, was den Homo sapiens auszeichne vor aller andern Natur, der organischen und dem bloßen Sein, und was wahrscheinlich mit dem zusammenfalle, was ›hinzugekommen‹ sei, als er aus dem Tierischen trat. Es sei das Wissen von Anfang und Ende. Ich hätte das Menschlichste ausgesprochen mit dem Wort, es nähme mich ein für das Leben, daß es nur eine Episode sei. Fern davon nämlich, daß Vergänglichkeit entwerte, sei gerade sie es, die allem Dasein Wert, Würde und Liebenswürdigkeit verleihe. Nur das Episodische, nur was einen Anfang habe und ein Ende, sei interessant und errege Sympathie, beseelt wie es sei von Vergänglichkeit. So sei aber alles – das ganze kosmische Sein sei beseelt von Vergänglichkeit, und ewig, unbeseelt darum und unwert der Sympathie sei nur das Nichts, aus dem es hervorgerufen worden zu seiner Lust und Last.

Sein sei nicht Wohlsein; es sei Lust und Last, und alles raumzeitliche Sein, alle Materie habe teil, sei es auch im tiefsten Schlummer nur, an dieser Lust, dieser Last, an der Empfindung, welche den Menschen, den Träger der wachsten Empfindung, zur Allsympathie lade. – »Zur Allsympathie«, wiederholte Kuckuck, indem er sich mit den Händen auf die Tischplatte stützte, um aufzustehen, wobei er mich ansah mit seinen Sternenaugen und mir zunickte.

»Gute Nacht, Marquis de Venosta«, sagte er. »Wir sind, wie ich bemerke, die letzten im Speisewagen. Es ist Zeit, sich schlafen zu legen. Lassen Sie mich hoffen, Sie in Lisboa wiederzusehen! Wenn Sie wollen, so mache ich dort Ihren Führer durch mein Museum. Schlafen Sie wohl! Träumen Sie vom Sein und vom Leben! Träumen Sie vom Getümmel der Milchstraßen, die, da sie da sind, mit Lust die Last ihres Daseins tragen! Träumen Sie von dem vollschlanken Arm mit dem altertümlichen Knochengerüst und von der Blume des Feldes, die im Sonnenäther das Leblose zu spalten und ihrem Lebensleib einzuverwandeln weiß! Und vergessen Sie nicht vom Steine zu träumen, vom moosigen Stein, der im Bergbach liegt seit tausend und tausend Jahren, gebadet, gekühlt, überspült von Schaum und Flut! Sehen Sie mit Sympathie seinem Dasein zu, das wachste Sein dem tiefst schlummernden, und begrüßen Sie ihn in der Schöpfung! Ihm ist wohl, wenn Sein und Wohlsein sich irgend vertragen. Recht gute Nacht!«

Professor Kuckuck und ›Marquis de Venosta‹. – Bekenntnisse des Hochstaplers Felix Krull

VII

Schönheit und Liebe

Standbild und Spiegel! Seine Augen umfaßten die edle Gestalt dort am Rande des Blauen, und in aufschwärmendem Entzücken glaubte er mit diesem Blick das Schöne selbst zu begreifen, die Form als Gottesgedanken, die eine und reine Vollkommenheit, die im Geiste lebt und von der ein menschliches Abbild und Gleichnis hier leicht und hold zur Anbetung aufgerichtet war.

Der Tod in Venedig

Und zwar ging sein Verlangen dahin, in Tadzio's Gegenwart zu arbeiten, beim Schreiben den Wuchs des Knaben zum Muster zu nehmen, seinen Stil den Linien dieses Körpers folgen zu lassen, der ihm göttlich schien, und seine Schönheit ins Geistige zu tragen, wie der Adler

Wladyslaw Moes, Thomas Manns Vorbild für Tadzio aus »Der Tod in Venedig«

einst den troischen Hirten zum Äther trug. Nie hatte er die Lust des Wortes süßer empfunden, nie so gewußt, daß Eros im Worte sei, wie während der gefährlich köstlichen Stunden, in denen er, an seinem rohen Tische unter dem Schattentuch, im Angesicht des Idols und die Musik seiner Stimme im Ohr, nach Tadzio's Schönheit seine kleine Abhandlung, – jene anderthalb Seiten erlesener Prosa formte, deren Lauterkeit, Adel und schwingende Gefühlsspannung binnen kurzem die Bewunderung vieler erregen sollte.

Der Tod in Venedig

Denn der Mensch liebt und ehrt den Menschen, solange er ihn nicht zu beurteilen vermag, und die Sehnsucht ist ein Erzeugnis mangelhafter Erkenntnis.

Der Tod in Venedig

»Denn du mußt wissen, daß wir Dichter den Weg der Schönheit nicht gehen können, ohne daß Eros sich zugesellt und sich zum Führer aufwirft; ja mögen wir auch Helden auf unsere Art und züchtige Kriegsleute sein, so sind wir wie Weiber, denn Leidenschaft ist unsere Erhebung, und unsere Sehnsucht muß Liebe bleiben, – das ist unsere Lust und unsere Schande. Siehst du nun wohl, daß wir Dichter nicht weise noch würdig sein können? Daß wir notwendig in die Irre gehen, notwendig liederlich und Abenteurer des Gefühles bleiben? Die Meisterhaltung unseres Stiles ist Lüge und Narrentum, unser Ruhm und Ehrenstand eine Posse, das Vertrauen der Menge zu uns höchst lächerlich, Volks- und Jugenderziehung durch die Kunst ein gewagtes, zu verbietendes

Unternehmen. Denn wie sollte wohl der zum Erzieher taugen, dem eine unverbesserliche und natürliche Richtung zum Abgrunde eingeboren ist?«

Gustav von Aschenbach zu sich selbst. –
Der Tod in Venedig

Vergaß gestern vor Müdigkeit, zu notieren, daß jener hermesartige junge Elegant, der mir vor einigen Wochen Eindruck machte, dem Vortrag beiwohnte. Sein Gesicht, bei leichter Jünglingsfigur, hat durch Hübschheit und Thorheit etwas Antikes, »Göttliches«.

Tagebuch, 30. März 1919

Goethe hat sich sein Leben lang gegen die Prüderie gewendet, die das Gefallen an sich selbst verpönen möchte. Er gab zu verstehen, daß sie Sache derer sei, denen zum Gefallen an sich selbst auch nicht der mindeste Grund gegeben ist. Offen hat er sogar die gewöhnliche Eitelkeit verteidigt, durch deren Unterdrückung die Gesellschaft zugrunde gehe, und hinzugefügt, der Eitle könne nie ganz roh sein. Ist denn Selbstliebe von der Liebe zu den Menschen überhaupt zu trennen?

Goethe und Tolstoi. Fragmente zum Problem
der Humanität

Was ist Treue? Sie ist Liebe, ohne zu sehen, der Sieg über ein verhaßtes Vergessen. Wir begegnen einem Angesicht, das wir lieben, und wir werden nach einiger Anschauung, während welcher unser Gefühl sich befestigt, wieder davon getrennt. Das Vergessen ist sicher, aller Trennungsschmerz ist nur Schmerz über sicheres Vergessen. Unsere sinnliche Einbildungskraft, unser Erinnerungsvermögen ist schwächer, als wir glauben möchten. Wir werden nicht mehr sehen und aufhören zu lieben. Was uns bleibt, ist nichts als die Gewißheit, daß jedes neue Zusammentreffen unserer Natur mit dieser Lebenserscheinung mit Sicherheit unser Gefühl erneuern, uns wieder, oder eigentlich immer noch, sie lieben lassen wird. Dies Wissen um das Gesetz unserer Natur und das Festhalten daran ist Treue. Sie ist Liebe, die vergessen mußte, warum; geglaubte Liebe, die sprechen darf, als sei sie am Leben, weil sie sicher ist, sofort und gesetzmäßig wieder Leben zu gewinnen, wenn sie sieht.

Kleists ›Amphitryon‹. Eine Wiedereroberung

Wieviel Betrug, Gaukelei, Fopperei ist einschlägig ins Gebiet des Schönen! Und warum? Weil es zugleich und auf einmal das Gebiet der Liebe und des Verlangens ist; weil das Geschlecht sich einmischt und den Begriff der Schönheit bestimmt. Die anekdotische Welt ist voll von Geschichtchen, wie als Weiber verkleidete Jünglinge Männern die Köpfe verdrehten, Fräuleins in Hosen die Leidenschaft von ihresgleichen entfachten. Die Entdeckung genügte, jedes Gefühl zu dämpfen, da die Schönheit unpraktisch geworden war.

Joseph und seine Brüder II: Der junge Joseph

Ein Jüngling von siebzehn ist nicht schön im Sinne vollkommener Männlichkeit. Er ist auch nicht schön im Sinne einer bloß unpraktischen Weiblichkeit – die wenigsten würde das anziehen. Aber soviel ist zuzugeben, daß Schönheit als Jugendanmut seelisch und ausdrucksweise immer ein wenig ins Weibliche spielt; das liegt in ihrem Wesen, ihrem zarten Verhältnis zur Welt und dem Verhältnis der Welt zu ihr begründet und malt sich in ihrem Lächeln. Mit siebzehn, das ist wahr, kann einer schöner sein als Weib und Mann, schön wie Weib und Mann, schön von beiden Seiten her und auf alle Weise, hübsch und schön, daß es zum Gaffen und Sichvergaffen ist für Weib und Mann.

Joseph und seine Brüder II: Der junge Joseph

Es ist selten, daß Schönheit und Wissenschaft sich auf Erden zusammenfinden. Wohl oder übel ist man gewöhnt, die Gelehrsamkeit als häßlich, die Anmut aber als geistlos, und zwar – was eben zur Anmut gehört – als geistlos mit gutem Gewissen vorzustellen, da sie Schrift, Geist und Weisheit nicht nur nicht nötig hat, sondern sogar Gefahr liefe, durch sie entstellt und zerstört zu werden. Die exemplarische Überbrückung der Kluft nun aber, die zwischen Geist und Schönheit gesetzt ist, die Vereinigung beider Auszeichnungen im Einzelwesen erscheint als Aufhebung einer Spannung, die man als im Natürlich-Menschlichen begründet anzusehen gewohnt ist, und läßt ganz unwillkürlich an Göttliches denken.

Joseph und seine Brüder II: Der junge Joseph

Drei Jahre: Im ersten suchte sie, ihm ihre Liebe zu verhehlen, im zweiten gab sie sie ihm zu erkennen, im dritten trug sie sie ihm an.

Drei Jahre: und mußte oder durfte ihn täglich sehen, denn sie lebten einander nahe als Hausgenossen auf Potiphars Hof, was tägliche Nahrung bedeutete der Narrheit und große Gunst für sie, aber zugleich große Qual. Denn mit Müssen und Dürfen verhält sich's in der Liebe nicht ebenso sanft wie beim Schlummer, auch wie beim letzten nicht, wo Joseph in stillenden Reden das Dürfen fürs Müssen gesetzt hatte zur Befriedigung Mont-kaws. Es ist vielmehr ein verschlungener Widerstreit voller Pein und Verworrenheit, welcher auf eine erwünscht-verwünschte Weise die Seele spaltet, dergestalt, daß der Liebende dem Sehen-Müssen ebenso herzlich flucht, wie er es als ein selig Dürfen segnet und, je heftiger er unter den Folgen des letzten Mals leidet, desto sehnlicher nach der nächsten Gelegenheit trachtet, durch Sehen seine Sucht anzufeuern – und zwar gerade dann, wenn diese etwa gar im Begriffe war, nachzulassen, worüber sich dankbar zu freuen der Kranke vernünftigen Grund hätte. Denn tatsächlich kommt es ja vor, daß ein dem Glanze des Gegenstandes irgendwie abträgliches Wiedersehen mit diesem eine gewisse Enttäuschung, Ernüchterung und Abkühlung mit sich bringt, und desto willkommener sollte sie dem Liebenden sein, als durch das Abnehmen der eigenen Verliebtheit, vermöge größerer Geistesfreiheit, die Fähigkeit wächst, zu erobern und dem anderen das zuzufügen, was man selber leidet. Worauf es ankäme, wäre, seiner Leidenschaft Herr und Meister zu sein, nicht aber ihr Opfer; weil nämlich die Möglichkeit, den anderen zu gewinnen, erheblich zunimmt durch Nachlassen des eigenen Gefühls. Davon aber will der Liebende nichts wissen, und die Vorteile wiederkehrender Gesundheit, Frische und Keckheit, welche doch Vorteile sind sogar in bezug auf das Ziel, neben dem er kein höheres kennt, achtet er für nichts gegen die Einbuße, die er durch die Abkühlung seines Gefühls zu erleiden meint. Diese überliefert ihn einem Zustand der Öde und Leere, wie ihn dem Rauschsüchtigen der Entzug der Droge verursachen mag, und aus allen Kräften ist er darauf aus, durch neu entflammende Eindrücke die vorige Verfassung wiederherzustellen.

So steht es mit Müssen und Dürfen in Dingen der Liebesnarrheit, die unter allen Narrheiten die größte ist, so daß man das Wesen der Narrheit und das Verhältnis ihres Opfers zu ihr am besten daran erkennen mag.

Joseph und seine Brüder III: Joseph in Ägypten

Und wie gleichgültig ist es ja auch, wovon die Worte des Geliebten handeln, da es seine Stimme ist, die ihren Leib bildet, da seine Lippen sie formen, sein schöner Blick sie deutend begleitet und seine Gesamtnähe auch die kältesttrockensten noch durchwärmt und tränkt, wie Sonne und Wasser das Erdreich wärmen und tränken. So wird jedes Gespräch zum Liebesgespräche, – und in eigentlicher Reinheit könnte ein solches ja auch gar nicht geführt werden, weil es dann aus den Silben ›ich‹ und ›du‹ bestehen und an übergroßer Monotonie zugrunde gehen müßte, weshalb notwendig immer von anderen Dingen aushilfsweise dabei die Rede sein muß.

Joseph und seine Brüder III: Joseph in Ägypten

Wies in der Magengrube zieht bei dem Gedanken, wozu mir, ganz unvorhergesehenerweise, durch träumerischste Erfindung der Homunculus noch gut geworden, – wer hätte denken können, daß er zu ihr, der Schönsten, in unbändig-lebensmystische Beziehung treten, gut werden würde zu neckisch-scientifischer, neptunisch-thaletischer Begründung und Motivierung des Erscheinens sinnlich höchster Menschenschönheit! ›Das letzte Product der sich immer steigernden Natur ist der schöne Mensch.‹ Der Winckelmann verstand was von Schönheit und sinnlichem Humanismus. Hätte seine Freude gehabt an diesem Übermut, die biologische Vorgeschichte des Schönen in seine Erscheinung aufzunehmen; an der Imagination, daß Liebeskraft der Monade zur Entelechie verhilft, und daß sie, als Klümpchen organischen Schleims im Ocean beginnend, durch namenlose Zeiten des Lebens holden Metamorphosen-Lauf durchmißt hinauf zum edel-liebenswürdigsten Gebilde.

Goethe zu sich selbst. – Lotte in Weimar

Winckelmann ... ›Genau genommen kann man sagen, es sei nur ein Augenblick, in welchem der schöne Mensch schön sei.‹ Merkwürdiger Satz. Wir erwischen im Metaphysischen den Augenblick des Schönen, da es, bewundert viel und viel gescholten, in melancholischer Vollkommenheit hervortritt, – die Ewigkeit des Augenblicks, den der vergangene Freund schmerzlich vergöttlichte mit jenem Wort. Teurer, schmerzlich scharfsinniger Schwärmer und Liebender, ins Sinnliche geistreich vertieft! Kenn ich dein Geheimnis? Den inspirierenden Genius all deiner Wissenschaft, den heute bekenntnislosen Enthusiasmus, der dich mit Hellas verband? Denn dein Aperçu paßt ja eigentlich so recht nur aufs Männlich-Vormännliche, auf den im Marmor nur haltbaren Schönheitsmoment des Jünglings. Was gilts, du hattest das gute Glück, daß ›der Mensch‹ ein masculinum ist, und daß du also die Schönheit masculinisieren mochtest nach Herzenslust.

Goethe zu sich selbst. – Lotte in Weimar

Was ist denn all Menschenwerk, Tat und Gedicht, ohne die Liebe, die ihm zu Hilfe kommt, und den parteiischen Enthusiasmus, ders zu was aufstutzt? Ein Dreck.

Goethe zu sich selbst. – Lotte in Weimar

All Heroismus liegt in der Ausdauer, im Willen zu leben und nicht zu sterben, das ists, und Größe ist nur beim Alter. Ein Junger kann ein Genie sein, aber nicht groß. Größe ist erst bei der Macht, dem Dauergewicht und dem Geist des Alters. Macht und Geist, das ist das Alter und ist die Größe – und die Liebe ists auch erst! Was ist Jugendliebe gegen die geistige Liebesmacht des Alters? Was für ein Spatzenfest ist das, die Liebe der Jugend, gegen die schwindlichte Schmeichelei, die holde Jugend erfährt, wenn Altersgröße sie liebend erwählt und erhebt, mit gewaltigem Geistesgefühl ihre Zartheit ziert – gegen das rosige Glück, worin lebensversichert das große Alter prangt, wenn Jugend sie liebt? Sei bedankt, ewige Güte! Alles wird immer schöner, bedeutender, mächtiger und feierlicher. Und so fortan!

Goethe zu sich selbst. – Lotte in Weimar

Grausamkeit ist ein Haupt-Ingrediens der Liebe und ziemlich gleichmäßig auf die Geschlechter verteilt: die Grausamkeit der Wollust, die Grausamkeit des Undanks, der Unempfindlichkeit, des Unterjochens und Maltraitements. Die Lust am Leiden und am Erdulden der Grausamkeit übrigens ebenso. Und noch fünf, sechs andere Verkehrtheiten – wenn es Verkehrtheiten sind – aber das mag ein moralisches Vorurteil sein –, welche in chymischer Verbindung, ohne daß noch was andres hinzukäme, die Liebe machen.

Goethe zu sich selbst. – Lotte in Weimar

»Einem Lebensgeschenk«, erwiderte ich, »um nicht zu sagen: einem Gottesgeschenk, wie der Musik, soll man nicht Antinomien höhnisch nachweisen, die nur von der Fülle ihres Wesens Zeugnis geben. Man soll sie lieben.«

»Hältst du die Liebe für den stärksten Affekt?« fragte er.

»Weißt du einen stärkeren?«

»Ja, das Interesse.«

Serenus Zeitblom und Adrian Leverkühn. – Doktor Faustus

Denn schmerzlich und beschämend – außer etwa für die Bosheit – ist der Gedanke, daß Reinheit dem Leben im Fleische nicht gegeben ist, daß der Trieb den geistigsten Stolz nicht scheut und der verweigerndste Hochmut der Natur seinen Zoll entrichten muß, so daß man nur hoffen kann, diese Demütigung ins Menschliche, und damit denn auch ins Tierische, nach Gottes Willen, möge sich in der schonend verschöntesten, seelisch gehobensten Form, verhüllt von Liebeshingebung, von läuternder Empfindung vollziehen.

Serenus Zeitblom. – Doktor Faustus

Die Leidenschaft ist zu eingenommen von sich, um sich vorstellen zu können, daß irgend jemand ihr ernstlich entgegen sei. Wenigstens ist dies in Liebesdingen so, wo das Gefühl jedes Recht der Welt für sich in Anspruch nimmt und in aller Verbotenheit und Anstößigkeit ganz unwillkürlich auf Verständnis rechnet.

Doktor Faustus

»Der Idealismus läßt außer acht, daß der Geist durchaus nicht nur von Geistigem angesprochen wird, sondern von der animalischen Schwermut sinnlicher Schönheit aufs tiefste ergriffen werden kann. Sogar der Frivolität hat er schon Huldigungen dargebracht. Philine ist doch am Ende nur ein Hürchen, aber Wilhelm Meister, der seinem Autor nicht gar fernsteht, zollt ihr eine Achtung, mit der die Gemeinheit sinnlicher Unschuld offen geleugnet wird.«

Adrian Leverkühn. – Doktor Faustus

Daß die Bewunderungswürdigkeit des »göttlichen Jünglings« alles Weibliche weit übertrifft und eine Sehnsucht erregt, vergleichlich mit *nichts* in der Welt, ist mir Axiom. Andeutungen des Ideals genügen dem Entzücken.

Tagebuch, 28. August 1950

Von zarten und schwebenden Dingen heißt es zart und schwebend reden, und so werde eine zusätzliche Betrachtung hier behutsam eingerückt. Nur an den beiden Polen menschlicher Verbindung, dort, wo es noch keine oder keine Worte mehr gibt, im Blick und in der Umarmung, ist eigentlich das Glück zu finden, denn nur dort ist Unbedingtheit, Freiheit, Geheimnis und tiefe Rücksichtslosigkeit. Alles, was an Verkehr und Austausch dazwischenliegt, ist flau und lau, ist durch Förmlichkeit und bürgerliche Übereinkunft bestimmt, bedingt und beschränkt. Hier herrscht das Wort, – dies matte und kühle Mittel, dies erste Erzeugnis zahmer, mäßiger Gesittung, so wesensfremd der heißen und stummen Sphäre der Natur, daß man sagen könnte, jedes Wort sei an und für sich und als solches bereits eine Phrase.

Bekenntnisse des Hochstaplers Felix Krull

Mitfühlender Leser! Ich war sehr glücklich. Ich war mir kostbar und liebte mich – auf jene gesellschaftlich nur ersprießliche Art, welche die Liebe zu sich selbst als Liebenswürdigkeit gegen andere nach außen schlagen läßt.

Bekenntnisse des Hochstaplers Felix Krull

»Nun ist denn vor einiger Zeit aus dem leblosen, unorganischen Sein durch Urzeugung, um die es an und für sich schon eine dunkle Sache ist, das organische Leben hervorgegangen, und daß es damit innerlich nicht zum saubersten steht noch zugeht, das versteht sich von vornherein. Ein Kauz könnte ja sagen, die ganze Natur sei nichts als Fäulnis und Schimmel auf dieser Erde, aber das ist nur eine bissige, kauzige Anmerkung und wird bis ans Ende der Tage die Liebe und Freude nicht umbringen, die Freude am Bilde.«

›Marquis de Venosta‹. – Bekenntnisse des Hochstaplers Felix Krull

»Und was wollen Sie? Worauf haben Sie's abgesehen bei Ihren schmelzenden Worten und Blicken? Auf etwas unsagbar Lächerliches, Absurdes und Kindisch-Unappetitliches. Ich sage: unsagbar, aber es ist natürlich gar nicht unsagbar, und ich sage es. Sie wollen, ich soll dareinwilligen, daß wir uns umschlingen, der eine Mensch den anderen, von der Natur sorgsam von ihm getrennten und abgesonderten, und daß Sie Ihren Mund auf meinen drücken, wobei unsere Nasenlöcher kreuzweis stehen und einer des anderen Atem atmet, eine widrige Unschicklichkeit und nichts weiter, doch zum Genuß verdreht durch die Sinnlichkeit, – so nennt man das, ich weiß es wohl, und was das Wort meint, ist ein Sumpf von Indiskretion, worein ihr uns locken wollt, damit wir mit euch darin von Sinnen kommen und zwei gesittete Wesen sich aufführen wie Menschenfresser. Das ist es, worauf Sie hinauswollen bei der Courschneiderei.«

Zouzou Kuckuck zu ›Marquis de Venosta‹. – Bekenntnisse des Hochstaplers Felix Krull

»Der Mensch, wie schön er sei, wie schmuck und blank,
Ist innen doch Gekrös' nur und Gestank.«

»Das ist ein garstiges Verschen, Zouzou«, versetzte ich mit würdig mißbilligendem Kopfschütteln, »garstig, so geistlich es sich gebe. Ich lasse mir all Ihre Krudität gefallen, aber das Verschen, mit dem Sie mir da kommen, ist himmelschreiend. Warum, wollen Sie wissen? Doch, doch, ich nehme mit Bestimmtheit an, daß Sie das wissen wollen und bin auch bereit, es Ihnen zu sagen. Weil dies tückische Verschen den Glauben zerstören will an Schönheit, Form, Bild und Traum, an jedwede Erscheinung, die natürlich, wie es im Worte liegt, Schein und Traum ist, aber wo bliebe das Leben und jegliche Freude, ohne die ja kein Leben ist, wenn der Schein nichts mehr gälte und die Sinnenweide der Oberfläche?«

Zouzou Kuckuck und ›Marquis de Venosta‹. –
Bekenntnisse des Hochstaplers Felix Krull

»Es ist wahr: der Mensch lebt gesondert und abgetrennt vom anderen in seiner Haut, nicht nur, weil er muß, sondern weil er es nicht anders will. Er will so abgesondert sein, wie er ist, will allein sein und will vom anderen im Grunde nichts wissen. Der andere, jeder andere in seiner Haut, ist ihm recht eigentlich widerlich, und nicht widerlich ist ihm ausschließlich und ganz allein die eigene Person. [. . .] Gut. Oder jedenfalls wahr. Ich habe mit diesen Worten die natürliche und gemeingültige Sachlage skizzenhaft, aber zutreffend umrissen und mache in der Rede, die ich eigens für Sie vorbereitet habe, einen Abschnitt.

Denn nun tritt etwas ein, womit die Natur von dieser

ihrer Grundveranstaltung dermaßen überraschend abweicht, etwas, wodurch das ganze ekle Bestehen des Menschen auf Sonderung und Alleinsein mit seiner Leiblichkeit, das eherne Gesetz, daß jeder ausschließlich sich selbst nicht widerlich ist, so völlig und wundersam aufgehoben werden, daß einem, der sich die Mühe nimmt, es zum ersten Male zu sehen – und es ist geradezu Pflicht, das zu tun –, vor Staunen und Rührung die Zähre rinnen kann. Ich sage ›Zähre‹ und übrigens auch ›rinnen‹, weil es poetisch und also der Sache angemessen ist. ›Träne‹ ist mir zu ordinär in diesem Zusammenhang. Tränen vergießt das Auge auch, wenn ein Körnchen Kohlenstaub hineingeflogen ist. Aber ›Zähre‹, das ist etwas Höheres.

[. . .] Nicht lange, so kommt denn auch der Augenblick, wo die enthobenen Leutchen der Lüge und des Gefackels mit dem und jenem und der verzogenen Münder zum Sterben satt sind, wo sie das alles abwerfen, als würfen sie schon ihre Kleider ab, und das einzig wahre Wort in der Welt, für sie das einzig wahre, sprechen, gegen das alles übrige nur vorgewendetes Geschwätz ist: das Wort ›Ich liebe dich‹. Es ist eine wahre Befreiung, die kühnste und süßeste, die es gibt, und damit sinken, man kann auch sagen: tauchen ihre Lippen ineinander zum Kuß, diesem so einzigartigen Geschehen in einer Welt der Getrenntheit und Vereinzelung, daß einem die Zähren kommen könnten.«

›Marquis de Venosta‹ zu Zouzou Kuckuck. –
Bekenntnisse des Hochstaplers Felix Krull

»Die Liebe, liebe Zouzou, ist nicht nur in der Verliebtheit, worin erstaunlicherweise eine gesonderte Leiblichkeit aufhört, der anderen unangenehm zu sein. In zarten Spuren und Andeutungen ihres Daseins durchzieht sie die ganze Welt. Wenn Sie an der Straßenecke dem schmutzigen Bettlerkind, das zu Ihnen aufblickt, nicht nur ein paar Centavos geben, sondern ihm auch mit der Hand, selbst wenn sie ohne Handschuh ist, übers Haar streichen, obgleich wahrscheinlich Läuse darin sind, und ihm dabei in die Augen lächeln, worauf Sie etwas glücklicher weitergehen, als Sie vorher waren, – was ist das anderes als die zarte Spur der Liebe? Ich will Ihnen etwas sagen, Zouzou: Dies Streichen Ihrer bloßen Hand über des Kindes Lausehaar, und daß Sie danach etwas glücklicher sind als zuvor, das ist vielleicht eine erstaunlichere Kundgebung der Liebe als die Liebkosung eines geliebten Leibes.«

›Marquis de Venosta‹ zu Zouzou Kuckuck. –
Bekenntnisse des Hochstaplers Felix Krull

VIII

Deutschland und die Welt

Was deutsch ist, steht im ›Meistersinger‹-Vorspiel ziemlich restlos ausgedrückt.

Der französische Einfluß, 1904

In Deutschlands Seele werden die geistigen Gegensätze *Europas* ausgetragen, – im mütterlichen und im kämpferischen Sinne ›ausgetragen‹. Dies ist seine eigentliche nationale Bestimmung.

Betrachtungen eines Unpolitischen, 1918

Daß Deutschland sich selbst verstehe, um sich selber treu bleiben und zwischen Ost und West seinen eigentümlichen Weg finden zu können, den Weg der Rettung für die abendländische Kultur vor dem Chaos, das hereinbricht, wenn Deutschland versagt: das ist heute Weltnotwendigkeit.

Tischrede auf Pfitzner, 1919

Novalis hat ein tiefes biologisch-moralisches Wort gesprochen, beladen mit Wissen von Lust und Sittlichkeit, Freiheit und Form. Es lautet: »Der Trieb unsrer Elemente geht auf Desoxydation. Das Leben ist erzwungene Oxydation.« Hier ist der Tod als Faszination und Verführung, als Trieb unserer Elemente zur Freiheit, zur Unform und zum Chaos erfaßt, das Leben aber als Inbegriff der Pflicht. Und ist es nicht dies, was den hektischen Träumer von ewiger Brautnacht zu seinen Ideen von Staat und schöner Menschengemeinschaft geführt hat?

Von Deutscher Republik, 1922

Auf jeden Fall ist es eine wundervolle, tief dankenswerte Sache, einem großen Kulturvolk, wie dem deutschen, anzugehören, von seiner Sprache getragen zu sein, sein höchstes Erbgut wahren und fortentwickeln zu dürfen.

Tischrede bei der Feier des fünfzigsten Geburtstags

Der Deutsche gelangt zu Gott auf dem Weg über die Zertrümmerung des Dogmas und durch die Wüste des Nichts; er gelangt zur Gemeinschaft durch alle Tiefen der Einsamkeit und des Individualismus; und zur Gesundheit gelangt er durch letztes Wissen von Krankheit und Tod.

Zur Begrüßung Gerhart Hauptmanns in München

Die Höhe der kritisch-essayistischen Kultur ist Erbteil und neidenswerte Überlieferung bei Ihnen zu Hause – wir Deutschen gerade haben immer noch allen Grund, mit Neid darauf zu blicken, denn immer noch fällt es dem deutschen Geist sehr schwer, die Vereinigung von Ernst und Eleganz für möglich, für erlaubt zu halten.

Brief an Charles Du Bos, 3. Mai 1929

Der Staatsmann, dem wir Deutschen es ungefähr verdanken, daß wir heute den Atem haben für unsere Nasen, Stresemann, war gestorben, und eine Welt trauerte an seiner Bahre. Ich stand in München an dem Maueranschlag, der sein Abscheiden meldete, las das Telegramm im Rükken zweier Männer oder Herren, Angehöriger der sogenannten gebildeten Stände, man sah und hörte es wohl;

denn Männer aus dem Volk, Arbeiter hätten nicht gesprochen wie sie. Der eine sagte: »Er hat Glück gehabt. Über kurz oder lang hätte doch sonst die Kugel ihn gefunden.« Der andere erwiderte: »Hauptsache, daß er weg ist.«

Hauptsache, daß er weg ist! Auch die beiden, die da diese grauenhafte Gemütspolitik trieben, werden einmal weg sein, wir alle werden weg sein, und über uns geht das Leben weiter. Aber ich möchte da unten nicht liegen, wie die liegen werden: mit Schande bedeckt, mit der Schande der Dummheit.

Es war nur politische Dummheit, aber das Gefühl lehrt uns, daß das heute die verbotenste ist – die vom Leben verbotene.

Die Bäume im Garten. Rede für Pan-Europa, 1930

Der Mann, den wir aus einer Art von verrotteter Vaterlandsliebe haben schmähen hören, war ein Deutscher und ein Europäer. Deutschland, Volk, Nation – gewiß, das ist Gemütssphäre des Vergangenen, das sind die Wurzeln, ist das Mütterliche, das Intime, Individuelle und Ewige, es ist Seelenreich. Europa, das ist eine gesellschaftliche und rationale Idee, es ist die Zukunft, es ist das väterliche Prinzip, es ist Geist. Solange die Völker fürchten, solange man sie fürchten läßt, daß sie ihre Seele verraten, indem sie Europa bejahen, weil nämlich Geist und Seele unversöhnliche Gegensätze seien – solange wird Europa nicht sein. Durch die falsch gemüthafte Pflege dieses Gegensatzes aber läuft heute jedes Volk Gefahr, sich vom Weltverstande und seinem Willen zu isolieren.

Eben jetzt schickt Deutschland sich an, den hundertsten Todestag Goethe's zu begehen. Wir werden es nicht tun im Sinn und Geist einer abgeschmackten Mehr-Licht-Legende. Dieser große und totale Mensch war kein Aufklärer und Vernünftling – er fühlte sich dem Dämonischen unterworfen und hat es verehrt. Warum aber vergöttert eine Welt ihn als wahren Liebling des Lebens? Weil er, wie es im Jakobssegen heißt, gesegnet war mit Segen vom Himmel herab und mit Segen von der Tiefe, die unten liegt. Er kannte den Weg zu den Müttern, glaubte ans pflanzenhafte Wachstum im Unbewußten mehr als an den Willenskrampf des Bewußtseins, und längst ist der großsymbolische Unterschied seiner Lebenshaltung zu Schillers Geistes- und Freiheitsrigorosität begriffen und ausgesprochen. Aber den romantischen Dualismus von Geist und Seele, von Geist und Sinnlichkeit hätte er als krankhaft und hypochondrisch von sich gewiesen. Er war hinaus über diesen Gegensatz, wie von Anfang an jeder Künstler es ist. Jeder, der nur eine Geschichte erzählt, die diesen Namen verdient, weiß, daß er ein Bilddenken der Anschauung treibt, dessen Sinnlichkeit er nicht ungeistig möchte nennen hören. Kunst, das ist Leben und Geist zusammen, des Lebens Leben. Kunst ist Vergeistigung des Lebens, der Glaube, daß das Leben den Geist nötig habe.

Die Bäume im Garten. Rede für Pan-Europa, 1930

Ach, und was spielt noch alles an ur-ererbter, an nationaler und tiefnatürlicher Unzulänglichkeit, an winkligem Ungeschick hinein in diese kraus-exakte, versonnene, kindlich-greisenhafte, skurril-dämonische, unendlichkeitskranke Welt deutscher Kunst, schamvoll und dennoch redlich zutage liegend: Philisterei und Pedanterie, grübelnde Mühsal, Selbstplage, rechnende Ängstlichkeit – zusammen wieder und in eins verfließend mit jener Unbedingtheit, zähen Ungenügsamkeit, Hochbedürftigkeit, die die Tapferkeit zeitigt: dies Nichts-sich-Schenken, dies Aufsuchen der letzten Schwierigkeit, dies Lieber-ein-Werk-Verderben-und-weltunbrauchbar-Machen, als nicht an jeder Stelle damit bis zum Äußersten gehen ...

Ja, dies alles ist deutsches Meistertum.

Vom Beruf des deutschen Schriftstellers in unserer Zeit. Ansprache an den Bruder

Man stelle mit Deutschland auf, was man wolle, – meinesgleichen wird nie allein sein.

Postkarte an Ernst Bertram, 9. Juni 1932

Ich habe die Bindung an Heimat, Scholle, Vaterland und Volkskultur als eine natürliche Gegebenheit bezeichnet, die in diesem Sinn heilig und unverwüstlich ist. Das hindert nicht, daß für das politische und soziale Leben die nationale Idee heute die Führung, die Zukunft nicht mehr für sich in Anspruch nehmen kann. Sie hatte ihre heroische Zeit, und diese Zeit ihrer historischen Sendung war das neunzehnte Jahrhundert. Sie ist aus diesem Jahrhundert geboren worden und hat sich in diesem kämpfend und siegend nach allen Seiten hin und in allen Beziehungen, in politischer, sozialer, künstlerischer, vollkommen verwirklicht und ausgelebt. Es ist eine Idee der Vergangenheit und nicht der Zukunft; in aller Welt ist heute nichts mehr mit ihr anzufangen, und nur noch hinausgehen kann man über sie, um zu größeren Zusammenfassungen, die das Leben fordert, zu gelangen. Jeder Mensch von Gefühl und Verstand, auch jeder bessere Politiker, weiß, daß die Völker Europas heute nicht mehr einzeln und abgeschlossen für sich zu leben und zu gedeihen vermögen, sondern daß sie aufeinander angewiesen sind und eine Schicksalsgemeinschaft bilden, die es anzuerkennen und zu verwirklichen gilt. Solcher Lebensnotwendigkeit irgendwelche völkische Naturromantik als Argument entgegenzustellen ist nichts als frivole Quertreiberei. Gleichwohl spukt der Gedanke der sogenannten nationalen Autarkie, das heißt der materiellen und geistigen Absperrung der Völker gegeneinander und ihrer stolzen und mißtrauischen Selbstgenügsamkeit und Selbstversorgung in allen Dingen, heute überall in Europa. Und diese praktisch so unmögliche und allen Tatsachen und Notwendigkeiten des Lebens ins Gesicht schlagende Forderung wird geistig gestützt durch die angebliche Überlebtheit liberaler und humaner Ideen. Was aber zuletzt und tatsächlich immer dahinter steht, ist der Gedanke an den Krieg, dessen man sich, so unmöglich er für jede Vernunft nachgerade geworden ist, nicht entschlagen will und kann.

Rede vor Arbeitern in Wien, 1932

Ich komme auf die zu Anfang dieses Schreibens ausgesprochene Bitte zurück. Ich bitte das Reichsministerium des Inneren, das Zürcher Generalkonsulat zu ermächtigen, mir meinen Ausweis als deutscher Staatsbürger zu erneuern; und ich bitte das Reich, die Münchner Behörde zu bestimmen, die mir dort verbliebene Habe von der

Beschlagnahme zu befreien. Nicht so sehr aus praktischen Gründen bitte ich darum – obgleich diese schwer ins Gewicht fallen – als aus ideellen, aus Gründen der Ehre: weil es nicht mein Wunsch ist und eine Verfälschung meines natürlichen Schicksals bedeuten würde, mit meinem Lande in unseligem Zerwürfnis zu leben, und aus dem Gefühl, daß in den Augen der Welt auch Deutschlands Ehre aus einem solchen Zustande keinen Vorteil züge.

An das Reichsministerium des Inneren, Berlin, Frühjahr 1934

Die Demokratie darf nur für Demokraten gelten, oder es ist aus mit ihr. Ich habe in Budapest schon das richtige Wort gesagt, als ich von »militantem Humanismus« sprach, – ich wunderte mich über den außerordentlichen Beifall. – Es ist ausgemacht, daß Pressefreiheit nicht mehr möglich ist. Der Liberalismus als politisches Prinzip ist wirklich tot – es ist nicht einmal so, daß erst die Fascisten einen darüber belehrt hätten. Daß eine aufgeklärte Diktatur das Wünschenswerte sei, schrieb ich schon anfangs der 20er Jahre.

Tagebuch, 13. August 1936

Das Geheimnis der Sprache ist groß; die Verantwortlichkeit für sie und ihre Reinheit ist symbolischer und geistiger Art, sie hat keineswegs nur künstlerischen, sondern allgemein moralischen Sinn, sie ist die Verantwortlichkeit selbst, menschliche Verantwortlichkeit schlechthin, auch die Verantwortung für das eigene Volk, Reinerhaltung seines Bildes vorm Angesichte der Menschheit, und in ihr wird die Einheit des Menschlichen erlebt, die Ganzheit des humanen Problems, die es niemandem erlaubt, heute am wenigsten, das Geistig-Künstlerische vom Politisch-Sozialen zu trennen und sich gegen dieses im Vornehm-›Kulturellen‹ zu isolieren; diese wahre Totalität, welche die Humanität selber ist und gegen die verbrecherisch verstieße, wer etwa ein Teilgebiet des Menschlichen, die Politik, den Staat, zu ›totalisieren‹ unternähme.

Briefwechsel mit Bonn, Dezember 1936

Der einfache Gedanke daran, wer die Menschen sind, denen die erbärmlich-äußerliche Zufallsmacht gegeben ist, mir mein Deutschtum abzusprechen, reicht hin, diesen Akt in seiner ganzen Lächerlichkeit erscheinen zu lassen. Das Reich, Deutschland soll ich beschimpft haben, indem ich mich gegen *sie* bekannte! Sie haben die unglaubwürdige Kühnheit, sich mit Deutschland zu verwechseln! Wo doch vielleicht der Augenblick nicht fern ist, da dem deutschen Volke das Letzte daran gelegen sein wird, nicht mit ihnen verwechselt zu werden.

Briefwechsel mit Bonn, Dezember 1936

Nein, auch darin war er nicht deutsch, daß er lächelte über das Vortreffliche. Das tut kein Deutscher. Die schauen grimmig drein dabei, weil sie nicht wissen, daß Cultur Parodie ist – Liebe und Parodie ...

Goethe über Schiller. – Lotte in Weimar

Thomas Mann (um 1935)

Sie meinen, sie sind Deutschland, aber ich bins, und gings zugrunde mit Stumpf und Stiel, es dauerte in mir.

Goethe zu sich selbst. – Lotte in Weimar

Das Problem der Humanität als Einheit, das Politische, mit umfaßt von der Frage des Menschen: das war es, wovon der bürgerliche Geist in Deutschland nichts wußte. Es war der verhängnisvolle Fehler dieser gebildeten deutschen Mittelklasse, zwischen Geist und Leben, Denken und Wirklichkeit, einen scharfen Trennungsstrich zu ziehen und von der Höhe einer absoluten Kultur verachtungsvoll auf die Sphäre des Sozialen und Politischen herabzublicken. Dies ist es, was dem bürgerlichen Geist in Deutschland seine heutige Erniedrigung eingetragen hat. Die Hilf- und Widerstandslosigkeit der Demokratie in Deutschland hat hier ihren Grund: in dem vielleicht fundamentalen Mangel an jenem Pragmatismus, der nichts weiter als Lebensfreundlichkeit, Lebensverbundenheit, Verantwortungsgefühl des Geistes ist für das Leben und für die Ergebnisse des Gedankens im Wirklichen, im gesellschaftlichen und politischen Leben der Menschen.

Ansprache zu Heinrich Manns siebzigstem Geburtstag

Die abendländische Menschheit, der deutsche Geist voran, hat in den letzten Jahrzehnten, enttäuscht von der Vernunft, in die sie ein übergläubiges Vertrauen gesetzt, den unteren Mächten, dem Irrationalen, Dämonischen, in einer Art üppiger Verzweiflung, einen übertriebenen und einseitigen Kultus geweiht. In der Widervernunft sah sie das Leben, gegen den Geist glaubte sie dieses verteidigen zu müssen, und es ist ihr darüber der Begriff der Humanität abhanden gekommen, der niemals eines besagt oder das andere, sondern sich nur im Mysterium der Ganzheit erfüllt.

Die Sendung der Musik. Zum fünfzigjährigen Dirigenten-Jubiläum von Bruno Walter, 1944

Auf Wunsch habe ich für Free World einen Aufsatz geschrieben, betitelt »The end«, eine Art von Nekrolog auf den National-Sozialismus, der mir, glaube ich, recht gut gelungen ist. Ich habe dazu Tagebuch-Aufzeichnungen aus dem Beginn der Emigration benutzt, die zeigen, wie die persönliche Verstörung und Beängstigung überherrs[ch]t war von dem Gefühl des Mitleids mit dem unglückseligen deutschen Volk und von der Frage: »Was soll eines Tages, früher oder später, aus diesen Menschen werden?« Denn dass es ein schlechtes Ende, ein Ende mit Schrecken nehmen müsse, davon war ich vom ersten Augenblick an überzeugt und bin in dieser Ueberzeugung auch zur Zeit der grössten Triumphe des Nazitums nie wankend geworden. Nicht schrecklich genug habe ich mir den Ausgang vorgestellt – er ist ja schon übermässig furchtbar und wird immer noch fürchterlicher werden, da das Volk aus der Falle, in die es gegangen, nicht mehr herausfindet. Grausamere Herren hat wohl ein Volk nie gehabt, Herren, die eiserner darauf bestanden, dass es mit ihnen zu Grunde gehe.

Brief an Agnes E. Meyer, 15. Februar 1945

Es ist ein großer Fehler der Sage und des Gedichts, daß sie Faust nicht mit der *Musik* in Verbindung bringen. Er müßte musikalisch, müßte Musiker sein. Die Musik ist dämonisches Gebiet, – Sören Kierkegaard, ein großer Christ, hat das am überzeugendsten ausgeführt in seinem schmerzlich-enthusiastischen Aufsatz über Mozarts ›Don Juan‹. Sie ist christliche Kunst mit negativem Vorzeichen. Sie ist berechnetste Ordnung und chaosträchtige Wider-Vernunft zugleich, an beschwörenden, inkantativen Gesten reich, Zahlenzauber, die der Wirklichkeit fernste und zugleich die passionierteste der Künste, abstrakt und mystisch. Soll Faust der Repräsentant der deutschen Seele sein, so müßte er musikalisch sein; denn abstrakt und mystisch, das heißt musikalisch, ist das Verhältnis des Deutschen zur Welt, – das Verhältnis eines dämonisch angehauchten Professors, ungeschickt und dabei von dem hochmütigen Bewußtsein bestimmt, der Welt an ›Tiefe‹ überlegen zu sein.

Deutschland und die Deutschen, 1945

Klänge es nicht wie abscheuliche Beschönigung, so möchte man sagen, sie hätten ihre Verbrechen aus weltfremdem Idealismus begangen.

Deutschland und die Deutschen, 1945

Erasmus von Rotterdam, der das ›Lob der Torheit‹ schrieb, ein skeptischer Humanist von wenig Innerlichkeit, sah wohl, wovon die Reformation trächtig war. »Wenn du furchtbare Wirrnisse in der Welt wirst entstehen sehen«, sagte er, »dann denke daran, daß Erasmus sie vorausgesagt hat.« Aber der gewaltig innerliche Grobian von Wittenberg war kein Pazifist; er war voll deutscher Bejahung tragischen Schicksals und erklärte sich bereit, das Blut, das da fließen würde, »auf seinen Hals zu nehmen«.

Deutschland und die Deutschen, 1945

»Die Deutschen«, sagte der neugebackene Student, einen Grashalm im Munde, »haben eine doppelgeleisige und unerlaubt kombinatorische Art des Denkens, sie wollen immer eins und das andere, sie wollen alles haben. Sie sind imstande, antithetische Denk- und Daseinsprinzipien in großen Persönlichkeiten kühn herauszustellen. Aber dann vermantschen sie sie, gebrauchen die Prägungen der einen im Sinn der andern, bringen alles durcheinander und meinen, sie können Freiheit und Vornehmheit, Idealismus und Naturkindlichkeit unter einen Hut bringen. Das geht aber wahrscheinlich nicht.«

Doktor Faustus

»Nun, ich bin Jude, müssen Sie wissen, – Fitelberg, das ist ein eklatant jüdischer Name. Ich habe das Alte Testament im Leibe, und das ist eine nicht weniger ernsthafte Sache als das Deutschtum – es schafft im Grunde geringe Disposition für die Sphäre der Valse brillante. Zwar ist es ein deutscher Aberglaube, daß es draußen nur Valse brillante gibt und Ernst nur in Deutschland. Und doch, man ist als Jude im Grunde skeptisch gesinnt gegen die Welt, zugunsten des Deutschtums, auf die Gefahr hin natürlich, Fußtritte einzuhandeln für seine Neigung.«

Der Impresario Saul Fitelberg. – Doktor Faustus

»Wir sind international, – aber wir sind pro-deutsch, sind es wie niemand sonst in der Welt, schon weil wir gar nicht umhinkönnen, die Verwandtschaft der Rolle von Deutschtum und Judentum auf Erden wahrzunehmen. Une analogie frappante! Gleicherweise sind sie verhaßt, verachtet, gefürchtet, beneidet, gleichermaßen befremden sie und sind befremdet. Man spricht vom Zeitalter des Nationalismus. Aber in Wirklichkeit gibt es nur zwei Nationalismen, den deutschen und den jüdischen, und der aller anderen ist Kinderspiel dagegen, – wie das Stockfranzosentum eines Anatole France die reine Mondänität ist im Vergleich mit der deutschen Einsamkeit – und dem jüdischen Erwähltheitsdünkel ... France – ein nationalistischer nom de guerre. Ein deutscher Schriftsteller könnte sich nicht gut ›Deutschland‹ nennen, so nennt man höchstens ein Kriegsschiff. Er müßte sich mit ›Deutsch‹ begnügen, – und da gäbe er sich einen jüdischen Namen, – oh, la, la!«

Saul Fitelberg. – Doktor Faustus

Das Deutsche ist namenlos unpopulär, das steht fest, und ein deutscher Schriftsteller zu sein ein großes Malheur, ein nie aufzuholender Nachteil. In die englische oder auch die französische Kultur hineingeboren zu sein, was für ein Vorzug, ein wieviel leichteres Dasein! Deutsch sein macht scheu. Zur autobiographischen Vertraulichkeit regt es nicht an.

Brief an A. M. Frey, 19. Januar 1952

Wer dauernden Frieden will, muß die Weltregierung wollen. Denn solange wir kein Weltgesetz haben und keine Weltpolizei, wohl aber Mißhelligkeiten und Zerwürfnisse zwischen den Menschen, bleibt Krieg am Ende der einzige Ausweg. Glaubt bitte nicht, daß die Weltregierung gleichbedeutend wäre mit dem Verlust eurer nationalen Unabhängigkeit. Nichts soll euch genommen werden als die Verpflichtung, auf Befehl eurer Regierung in den Krieg zu ziehen. Im übrigen wird die Weltregierung sich nicht einmischen in die Angelegenheiten der Länder.

Eine Welt oder keine, 1949

Die Welt ist komplett verrückt. Wenn man 1932 dem Glauben Ausdruck gab, daß eine organisierte Plan- und Einheitswelt kommen wird, eine gemeinsame Verwaltung der Erde und eine Güterverteilung, unter der es nicht mehr tausend Millionen hungernder Menschen geben wird, so blieb man doch halbwegs ein Ehrenmann. Heute fällt bei ebensolchen Worten die gleichgeschaltete Wut der ganzen Atlantic Pact-Presse, hochrote Männer und keifende Weiber, über einen her und erklärt Mensch und Werk für ewig entehrt und abgetan.

Brief an Siegfried Marck, 1. Januar 1950

Es pflegt leider sehr schnell zu spät zu sein.

Brief an Wolf-Dieter Zimmermann,
17. Oktober 1950

Was kann es seelisch Verstörenderes geben, als wenn der Mensch nicht mehr weiß, was seine Pflicht ist – was er unter Pflicht zu verstehen hat? Aber Japan weiß es im Grunde, und ich weiß es mit ihm. Wir wissen, und jeder geistig Lebendige weiß es, daß *Friede* der eine, große, kategorische Befehl ist, der heute vom Weltgeiste an die Menschheit ergeht; daß nur im Frieden die Völker die ihnen gestellten geschichtlichen Aufgaben erfüllen können, und daß der Krieg nichts wäre als ein Sich Drücken von diesen Aufgaben, das Hinter-die-Schule-laufen eines liederlichen Knaben.

Neujahrsbotschaft nach Japan für die Zeitung *Asahi-Shin-Bun*, 18. Dezember 1950

Christentum, Buddhismus, Islam, Hinduismus, Shintoismus und wie die Bekenntnisse heißen, sie werden eins werden in der Andacht vor dem Geheimnis der menschlichen Existenz, in der religiösen Aufgabe, nach Menschenvermögen die Kluft aufzuheben zwischen Wahrheit und Wirklichkeit, in der universalen Verpflichtung zu einem anständigen Benehmen vor Gott.

Neujahrsbotschaft nach Japan für die Zeitung *Asahi-Shin-Bun*, 18. Dezember 1950

IX

Des Menschen Herz

Hier ist ›Einfried‹, das Sanatorium! Weiß und geradlinig liegt es mit seinem langgestreckten Hauptgebäude und seinem Seitenflügel inmitten des weiten Gartens, der mit Grotten, Laubengängen und kleinen Pavillons aus Baumrinde ergötzlich ausgestattet ist, und hinter seinen Schieferdächern ragen tannengrün, massig und weich zerklüftet die Berge himmelan.

Nach wie vor leitet Doktor Leander die Anstalt. Mit seinem zweispitzigen schwarzen Bart, der hart und kraus ist wie das Roßhaar, mit dem man die Möbel stopft, seinen dicken, funkelnden Brillengläsern und diesem Aspekt eines Mannes, den die Wissenschaft gekältet, gehärtet und mit stillem, nachsichtigem Pessimismus erfüllt hat, hält er auf kurz angebundene und verschlossene Art die Leidenden in seinem Bann, – alle diese Individuen, die, zu schwach, sich selbst Gesetze zu geben und sie zu halten, ihm ihr Vermögen ausliefern, um sich von seiner Strenge stützen lassen zu dürfen.

Tristan

Geselligkeit! Harmlose, festliche Geselligkeit, entnervendes, entwürdigendes, verführerisches Gift voll unfruchtbarer Reize, buhlerische Feindin des Gedankens und des Friedens, du bist etwas Fürchterliches!

Ein Glück

Denn ein Glück, ein kleiner Schauer und Rausch von Glück berührt das Herz, wenn jene zwei Welten, zwischen denen die Sehnsucht hin und wider irrt, sich in einer kurzen, trügerischen Annäherung zusammenfinden.

Ein Glück

»Wo ist Größe? Ja Prosit! Aber von aller eigentlichen Größe und Sendung abgesehen, so gibt es immer noch das, was ich Hoheit nenne, erlesene und schwermütig isolierte Lebensformen, denen man sich gefälligst mit der zartesten Teilnahme zu nahen hat. Übrigens ist die Größe stark, sie trägt Kanonenstiefel, sie hat die Ritterdienste des Geistes nicht nötig. Aber die Hoheit ist rührend, – sie ist, hol' mich der Teufel, das Rührendste, was es auf Erden gibt.«

Dr. Raoul Überbein zu Prinz Klaus Heinrich. – Königliche Hoheit

Wunderlich unglaubhaftes, beschämendes, komisch-traumartiges Abenteuer: Stätten, von denen man eben in tiefster Wehmut Abschied auf immer genommen, vom Schicksal umgewandt und zurückverschlagen in derselben Stunde noch wiederzusehen! Schaum vor dem Buge, drollig behend zwischen Gondeln und Dampfern lavierend, schoß das kleine eilfertige Fahrzeug seinem Ziele zu, indes sein einziger Passagier unter der Maske ärgerlicher Resignation die ängstlich-übermütige Erregung eines entlaufenen Knaben verbarg.

Der Tod in Venedig

Überdies nun aber ist ja der Winter die Jahreszeit, wo die Welt unserer Freiheit und Tugend am dreistesten nachstellt, uns ein gleichmäßig gesammeltes Dasein, ein Dasein der Zurückgezogenheit und der stillen Vertiefung am wenigsten gönnt, und so zieht mich die Stadt denn nur allzuoft noch ein zweites Mal, auch abends noch, an sich, die Gesellschaft macht ihre Rechte geltend, und erst spät, um Mitternacht, setzt eine letzte Tram mich draußen am vorletzten Haltepunkt ihrer Linie ab, oder ich komme auch wohl noch später, wenn schon längst keine Fahrgelegenheit sich mehr bietet, zu Fuße daher, zerstreut, weinselig, rauchend, jenseits natürlicher Müdigkeit und von falscher Sorglosigkeit in betreff aller Dinge umfangen. Dann geschieht es wohl, daß mein Zuhause, mein eigentliches und stilles Leben mir entgegenkommt, mich nicht allein ohne Vorwürfe und Empfindlichkeit, sondern mit größter Freude begrüßt und willkommen heißt und bei mir selbst wieder einführt – und zwar in Bauschans Gestalt. In völliger Dunkelheit, beim Rauschen des Flusses, biege ich ein in die Pappelallee, und nach ein paar Schritten fühle ich mich lautlos umtanzt und umfuchtelt, – ich wußte anfangs minutenlang nicht, wie mir geschah. »Bauschan?« fragte ich in das Dunkel hinein ... Da verstärkt sich das Tanzen und Fuchteln aufs äußerste, es artet aus ins Derwischmäßige und Berserkerhafte, bei dauernder Lautlosigkeit, und in dem Augenblick, wo ich stehenbleibe, habe ich die ehrlichen, wenn auch nassen und schmutzigen Pfoten auf dem Brustaufschlag meines Mantels, und es schnappt und schlappt vor meinem Gesicht, so daß ich mich zurückbeugen muß, indes ich das magere, von Schnee oder Regen ebenfalls nasse Schulterblatt klopfe ... Ja, er hat mich von der Tram abgeholt, der Gute; wohl auf dem laufenden über mein Tun und Lassen, wie immer, hat er sich aufgemacht, als es ihm an der Zeit schien, und mich an der Station erwartet – hat vielleicht lange gewartet, in Schnee oder Regen, und seine Freude über mein endliches Eintreffen weiß nichts von Nachträgerei meiner grausamen Treulosigkeit wegen, obgleich ich ihn heute völlig vernachlässigt habe und all sein Hoffen und Harren vergeblich war. Ich lobe ihn sehr, während ich ihn klopfe und während wir heimwärts gehen. Ich sage ihm, daß er schön gehandelt, und gebe bindende Versprechungen ab in betreff des morgenden Tages, sichere ihm zu (das heißt: nicht sowohl ihm als mir), daß wir morgen mittag bestimmt und bei jeder Witterung auf die Jagd miteinander gehen werden, und unter solchen Vorsätzen verraucht meine Weltlaune, Ernst und Nüchternheit kehren in mein Gemüt zurück, und mit der Vorstellung der Jagdgründe und ihrer Einsamkeit verbindet sich der Gedanke an höhere, geheime und wunderliche Obliegenheiten ...

Aber ich will weitere Einzelzüge zu Bauschans Charakterbild beibringen, so, daß es dem willigen Leser in höchst erreichbarer Lebendigkeit vor Augen trete. Vielleicht gehe ich am geschicktesten vor, indem ich dasjenige des verstorbenen Percy zur Vergleichung heranziehe; denn ein ausgeprägterer Gegensatz als der zwischen diesen beiden Naturen ist innerhalb ein und derselben Gattung kaum erdenklich. Als grundlegend ist festzuhalten, daß Bauschan sich vollkommener geistiger Gesundheit erfreut, während Percy, wie ich schon einflocht, und wie es bei adligen Hunden nicht selten vorkommt, zeit seines Lebens ein Narr war, verrückt, das Musterbild überzüchteter Unmöglichkeit. Es ist davon früher, in größerem Zusammenhange, die Rede gewesen. Hier sei nur Bauschans volkstümlich schlichter Sinn dagegengestellt, sich äußernd zum Beispiel bei Ausgängen oder Begrüßungen, wo denn die Kundgebungen seiner Gemütsbewegung sich durchaus im Bereich des Verständigen und einer gesunden Herzlichkeit halten, ohne je die Grenzen der Hysterie auch nur zu streifen, welche Percy's Gebaren bei jeder solchen Gelegenheit in oft empörender Weise überschritt.

Dennoch ist hiermit nicht der ganze Gegensatz zwischen den beiden Geschöpfen aufgezeigt; in Wahrheit ist er verwickelter und gemischter. Bauschan nämlich ist zwar derb wie das Volk, aber auch wehleidig wie dieses; während sein adliger Vorgänger mit mehr Zartheit und Leidensfähigkeit eine unvergleichlich festere und stolzere Seele verband und trotz aller Narrheit es an Selbstzucht dem Bäuerlein bei weitem zuvortat. Nicht im Sinne einer aristokratischen Lehrmeinung, sondern einzig und allein der Lebenswahrheit zu Ehren hebe ich diese Mischung der Gegensätze von grob und weichlich, zart und standhaft hervor.

Herr und Hund

Kunststücke, zum Beispiel, verlange ich nicht von ihm; es wäre vergebens. Er ist kein Gelehrter, kein Marktwunder, kein pudelnärrischer Aufwärter; er ist ein vitaler Jägerbursch und kein Professor. Ich hob hervor, daß er ein vorzüglicher Springer ist. Wenn es darauf ankommt, so nimmt er jedes Hindernis – ist es allzu hoch, um in freiem Sprunge bewältigt zu werden, so klettert er anspringend hinauf und läßt sich jenseits hinunterfallen, genug, er nimmt es. Aber das Hindernis muß ein wirkliches Hindernis sein, das heißt ein solches, unter dem man nicht durchlaufen oder durchschlüpfen kann: sonst würde Bauschan es als verrückt empfinden, darüber wegzuspringen. Eine Mauer, ein Graben, ein Gitter, ein lückenloser Zaun, das sind solche Hindernisse. Eine querliegende Stange, ein vorgehaltener Stock, das ist *kein* solches, und also kann man auch nicht darüberspringen, ohne mit sich selbst und den Dingen in närrischen Widerspruch zu geraten. Bauschan weigert sich, dies zu tun. Er weigert sich, – versuche es, ihn zum Sprung über ein solches unwirkliches Hindernis zu bewegen; in deiner Wut wird dir schließlich nichts übrigbleiben, als ihn beim Kragen zu nehmen und den gellend Quiekenden hinüberzuwerfen, worauf er sich dann die Miene gibt, als sei hiermit das Ziel deiner Wünsche erreicht, und das Ergebnis mit Tänzen und begeistertem Bellen feiert. Schmeichle ihm, prügle ihn – hier herrscht ein Vernunftwiderstand gegen das reine Kunststück, den du auf keine Weise brechen wirst.

Herr und Hund

Über das Wesen der Langenweile sind vielfach irrige Vorstellungen verbreitet. Man glaubt im ganzen, daß Interessantheit und Neuheit des Gehaltes die Zeit ›vertreibe‹, das heißt: verkürze, während Monotonie und Leere ihren Gang beschwere und hemme. Das ist nicht unbedingt zutreffend. Leere und Monotonie mögen zwar den Augenblick und die Stunde dehnen und ›langweilig‹ machen, aber die großen und größten Zeitmassen verkürzen und verflüchtigen sie sogar bis zur Nichtigkeit. Umgekehrt ist ein reicher und interessanter Gehalt wohl imstande, die Stunde und selbst noch den Tag zu verkürzen und zu beschwingen, ins Große gerechnet jedoch verleiht er dem Zeitgange Breite, Gewicht und Solidität, so daß ereignisreiche Jahre viel langsamer vergehen als jene armen, leeren, leichten, die der Wind vor sich her bläst, und die verfliegen. Was man Langeweile nennt, ist also eigentlich vielmehr eine krankhafte Kurzweiligkeit der Zeit infolge von Monotonie: große Zeiträume schrumpfen bei ununterbrochener Gleichförmigkeit auf eine das Herz zu Tode erschreckende Weise zusammen; wenn ein Tag wie alle ist, so sind sie alle wie einer; und bei vollkommener Einförmigkeit würde das längste Leben als ganz kurz erlebt werden und unversehens verflogen sein. Gewöhnung ist ein Einschlafen oder doch ein Mattwerden des Zeitsinnes, und wenn die Jugendjahre langsam erlebt werden, das spätere Leben aber immer hurtiger abläuft und hineilt, so muß auch das auf Gewöhnung beruhen. Wir wissen wohl, daß die Einschaltung von Um- und Neugewöhnungen das einzige Mittel ist, unser Leben zu halten, unseren Zeitsinn aufzufrischen, eine Verjüngung, Verstärkung, Verlangsamung unseres Zeiterlebnisses und damit die Erneuerung unseres Lebensgefühls überhaupt zu erzielen. Dies ist der Zweck des Orts- und Luftwechsels, der Badereise, die Erholsamkeit der Abwechslung und der Episode. Die ersten Tage an einem neuen Aufenthalt haben jugendlichen, das heißt starken und breiten Gang, – es sind etwa sechs bis acht. Dann, in dem Maße, wie man ›sich einlebt‹, macht sich allmähliche Verkürzung bemerkbar: wer am Leben hängt oder, besser gesagt, sich ans Leben hängen möchte, mag mit Grauen gewahren, wie die Tage wieder leicht zu werden und zu *huschen* beginnen; und die letzte Woche, etwa von vieren, hat unheimliche Rapidität und Flüchtigkeit.

Der Zauberberg

»Sonnwendfeier!« sagte Hans Castorp, »Sommersonnenwende! Bergfeuer und Ringelreihn rund um die lodernde Flamme herum mit angefaßten Händen! Ich habe es nie gesehen, aber ich höre, so wird es gemacht von urwüchsigen Menschen, so feiern sie die erste Sommernacht, mit der der Herbst beginnt, die Mittagsstunde und

Scheitelhöhe des Jahres, von wo es abwärts geht, – sie tanzen und drehen sich und jauchzen. Worüber jauchzen sie in ihrer Urwüchsigkeit, – kannst du dir das begreiflich machen? Worüber sind sie so ausgelassen lustig? Weil es nun abwärts geht ins Dunkel, oder vielleicht, weil es bisher aufwärts ging und nun die Wende gekommen ist, der unhaltbare Wendepunkt, Mittsommernacht, die volle Höhe, mit Wehmut im Übermut? Ich sage es, wie es ist, mit den Worten, die mir dafür einfallen. Es ist melancholischer Übermut und übermütige Melancholie, weshalb die Urwüchsigen jauchzen und um die Flamme tanzen, sie tun es aus positiver Verzweiflung, wenn du so sagen willst, zu Ehren der Eulenspiegelei des Kreises und der Ewigkeit ohne Richtungsdauer, in der alles wiederkehrt.«

Der Zauberberg

»Es ist aber ein Menschenbedürfnis«, sagte Wehsal kläglich, »ein Menschenbedürfnis, lieber Castorp, zu reden und sich das Herz zu erleichtern, wenn man in solchen Schwulitäten sitzt wie ich.«

»Es ist sogar ein Menschen*recht*, Wehsal, wenn Sie wollen. Aber es gibt Rechte, meiner Meinung nach, von denen man unter Umständen vernünftigerweise keinen Gebrauch macht.«

Der Zauberberg

Aber die Regsamkeit ist, wie gewöhnlich, auf der falschen Seite.

Brief an Gerhart Hauptmann, 15. Oktober 1929

Ohne Zweifel hegt und besitzt jeder Mensch, mehr oder weniger bewußt, eine Vorstellung, einen Lieblingsgedanken, der die Quelle seines heimlichen Entzückens bildet und von dem sein Lebensgefühl gespeist und aufrechterhalten wird.

Joseph und seine Brüder II: Der junge Joseph

[. . .] ich gratuliere zu dem männlichen Entschluß, sich wieder heimzutrollen. Nie liegt die Fontane Frage »Was soll der Unsinn?« näher als auf Reisen.

Brief an Dr. Paul Amann, 23. März 1937

»Die Wahrheit, verehrteste Frau, genügt sich nicht immer in der Logik; um bei ihr zu bleiben, muß man sich hie und da widersprechen. Ich bin mit diesem Satze nichts weiter als der Schüler des in Rede Stehenden, von dem man gar häufig Äußerungen vernimmt, die den Widerspruch zu sich selber schon in sich enthalten, – ob um der Wahrheit willen oder aus einer Art von Treulosigkeit und – Eulenspiegelei, das weiß ich nicht, ich kann es jedenfalls nicht beschwören.«

F. W. Riemer zu Charlotte Kestner. – Lotte in Weimar

Riemer betrachtete sie aufmerksam. Das Wort »quälend«, das sie gesprochen, war das erste, das eigentlich zu dem Ausdruck ihres Mundes, den Tränen in ihren Augen paßte. Der schwere Mann wunderte sich und bewunderte es, wie Frauen so etwas machen und wie sie schlau bleiben im Gefühl: Im voraus hatte sie für einen Rede-Text gesorgt, der dem Ausdruck der Qual, einer lebenslangen Qual offenbar, den Tränen, den verzogenen Lippen einen anderen Sinn unterlegte, ihn irreführend interpretierte, so daß er zu jenem lustig-zornigen Gerede zu gehören schien und schon lange in täuschendem Zusammenhange da war, wann das Wort seines wirklichen Sinnes fiel, damit man nicht das Recht hätte, noch auch nur darauf verfalle, ihn auf dieses zu beziehen, vielmehr ihn immer noch im Sinn des früher Geredeten verstände, durch welches sie sich bei Zeiten das Recht auf diesen Ausdruck gesichert und für seine Mißverständlichkeit gesorgt hatte ... Ein raffiniertes Geschlecht, dachte Riemer. In der Verstellung enorm geschickt, befähigt, Verstellung und Aufrichtigkeit untrennbar zu verquicken, und recht für die Gesellschaft, die Herzensintrigue geboren. Wir sind Bären und salonunfähige Tölpel, wir anderen Männer, im Vergleich mit ihnen.

F. W. Riemer im Gespräch mit Charlotte Kestner. – Lotte in Weimar

So kam, nur mit Zurückhaltung vorerwähnt, eher in innerlich gespanntem Schweigen erwartet, der Mittag oder Nachmittag der ehrenvollen Einladung heran; eine Mietskutsche, die Ridel teils mit Rücksicht auf den Staat der Damen und auf seine eigenen Schuhe – denn dieser verhängte fünfundzwanzigste September neigte zum Regnerischen –, teils aus allgemeinem Respect vor dem Anlaß bestellt hatte, hielt vor dem Hause, und die Familie, die am späteren Vormittag einem kalten Frühstück nicht viel Ehre erwiesen hatte, bestieg sie gegen halb drei unter den Augen einiger halb Dutzend kleinresidenzlicher Neugieriger, die sich wie zu einer Hochzeit oder einer Beerdigung unvermeidlich um den wartenden Wagen versammelt hatten, auch von dem Kutscher sich über das Ziel der Fahrt hatten unterrichten lassen. Bei solchen Gelegenheiten begegnet die Bewunderung der Gaffer für die an der Ceremonie stattlich Teilhabenden meistens dem Neide ebendieser auf die Unbeschwerten im Alltagskleide, die nichts damit zu tun haben und sich im stillen sogar selbst ihres Vorteils bewußt sind, so daß bei den Einen Geringschätzung mit dem Gefühl von ›Ihr habt's gut!‹, bei den Anderen Hochachtung und Schadenfreude sich mischen.

Lotte in Weimar

Das 1938 bis 1941 gemietete Haus in Princeton, USA

So sind wir armen Wesen abhängig von kleinen Veränderungen in unserer Körper-Chemie. Aendern Sie die Funktion von ein paar Drüsen in einem Menschen, die »innere Sekretion«, und Sie stellen seine ganze Persönlichkeit auf den Kopf. Es hat etwas Beschämendes und Empörendes.

Brief an Agnes E. Meyer, 16. Juli 1941

Das Wort ›Friede‹ hat immer religiösen Klang, und was es meint, ist ein Geschenk der Gottesklugheit.

Joseph und seine Brüder. Ein Vortrag

Denn das Spielen konnte Jaakobs Sohn und der Rechten seiner Lebtage nicht lassen, als Mann sowenig, der nun schon die Zahl seiner Jahre auf siebenundzwanzig errechnete, wie als unkluger Knabe. Die liebste und lieblichste Form des Spielens aber war ihm die Anspielung, und wenn es anspielungsreich zuging in seinem aufmerksam überwachten Leben und die Umstände sich durchsichtig erwiesen für höhere Stimmigkeit, so war er schon glücklich, da durchsichtige Umstände ja nie ganz düster sein können.

Joseph und seine Brüder IV: Joseph, der Ernährer

Von nun an eigneten sich die stehenden Furchen zwischen Thamars Brauen noch eine dritte Bedeutung zu. Nicht nur vom Zorn über ihre Schönheit sprachen sie und von suchender Anstrengung, sondern auch von Entschlossenheit. Hier sei es erhärtet: Thamar war fest entschlossen, sich, koste es was es wolle, mit Hilfe ihres

Weibtums in die Geschichte der Welt einzuschalten. So ehrgeizig war sie. In diesen unerschütterlichen und – wie alle Unerschütterlichkeit etwas Finsteres hat – fast finsteren Entschluß war ihre geistliche Strebsamkeit eingemündet. Belehrung wird in gewissen Naturen sofort zum Wollen, ja, solche Naturen gehen wohl nur auf Belehrung aus, um ihr Wollen damit zu speisen und ihm ein Ziel zu geben. Thamar hatte über die Welt und ihre Zielstrebigkeit nur belehrt zu werden brauchen, um zu dem unbedingten Entschluß zu gelangen, ihr Weibtum mit dieser Zielstrebigkeit zu verbinden und weltgeschichtlich zu werden.

Wohlverstanden: in der Geschichte der Welt steht jeder. Man braucht nur in die Welt geboren zu sein, um so oder so und schlecht und recht durch sein bißchen Lebensgang zur Gänze des Weltprozesses sein Scherflein beizutragen. Die meisten aber wimmeln peripherisch weitab-seitab, unkund des Hauptgeschehens und ohne Anteil an ihm, bescheiden und im Grunde froh, nicht zu seinem erlauchten Personal zu gehören. Thamar verachtete diese. Kaum war sie belehrt, so wollte sie, – oder richtiger: sie hatte Belehrung genommen, um zu erfahren, was sie wollte und nicht wollte. Sie wollte nicht abseits wimmeln. Recht auf die Bahn wollte dies Landmädchen sich bringen, die Bahn der Verheißung. Von der Familie wollte sie sein, sich einschalten mit ihrem Schoß in die Geschlechterreihe, die in die Zeiten führte zum Heil. Sie war das Weib, und Verkündigung war ihrem Samen geworden. Eine Vor-Mutter Shilohs wollte sie sein.

[. . .]

Diese Frau war nicht so leicht auszuschalten, noch von der Bahn zu bringen – unsere Verblüffung wächst, je länger wir sie im Auge haben. Mit ihrer Stellung in der Zeit schaltete sie frei. Sie war hinabgestiegen in ihr zu den Enkeln, die sie verwünschte, da sie denen im Wege waren, die sie hätte hervorbringen wollen, – nun beschloß sie, aufs neue die Generation zu wechseln und wieder hinaufzusteigen, unter Umgehung des einen, der noch übrig war vom Enkelgeschlecht, und den man ihr nicht überlassen wollte, daß er sie entweder auf die Bahn brächte oder stürbe. Denn ihr Funke durfte nicht ausgelöscht sein, noch litt sie's, daß man sie vertilge vom Erbe Gottes.

Für Juda, Jaakobs Sohn, spielte die Sache sich ab, wie folgt. Nicht gar viele Tage nach dem Tag, da der Löwe wieder die Löwin gemacht und sich vor sein Junges gestellt, kam das Jahr um zu dem Punkt, wo Schafschur war und das Fest der Wollernte, das die Hirten und Hüter der Gegend zu Trunk und Opferschmaus versammelte an wechselndem Ort, und war diesmal ein Platz ausersehen in den Bergen, Timnach genannt, dahin kamen die Hirten und Herren der Hürden von oben hinab und von unten hinauf, daß sie schüren und eine gute Zeit hätten. Juda aber ging hinauf zusammen mit Hirah von Odollam, seinem Freunde und Oberhirten, demselben, durch den er Schua's Tochter kennengelernt; denn sie wollten auch scheren und eine gute Zeit haben, wenigstens Hirah; denn Juda war nicht nach guter Zeit zumute, gar niemals. Er lebte in einer Hölle, zur Strafe für ehemals Mitbegangenes, und die Art, wie seine Söhne ums Leben gekommen waren, sah dieser Hölle recht ähnlich. Vergrämt war er um seine Erberwählung, und lieber hätte um seinetwillen das Jahr zu keinerlei Fest umkommen sollen und zu keiner guten Zeit; denn ist man ein Höllenknecht, so nimmt alle Festlichkeit doch nur das Wesen des Höllischen an und führt zu nichts, als daß man verunsäubert die Erberwählung. Aber was hilft's? Nur wer am Leibe krank, ist vom Leben entschuldigt. Ist man nur krank im Gemüt – das hat keine Gültigkeit, niemand versteht's, und man muß teilnehmen am Leben und mit den anderen die Zeit halten. So hielt Juda mit bei der Schur zu Timnach drei Tage lang, opferte und schmauste.

Den Rückweg hinab in seine Gegend legte er allein zurück; er ging am liebsten allein. Daß er zu Fuße ging, wissen wir, denn er führte einen guten Knaufstock, der etwas wert war, und solchen braucht man nicht für ein Reittier, sondern zum Schreiten. An ihm schritt er die Pfade der Hügel hinab, zwischen Weinhängen und Ortschaften, im Spätglanz des Tages, der rötlich zur Rüste ging. Weg und Steg waren ihm wohl vertraut; da war auch Enam, die Stätte Enajim am Fuße der Höhen, wo er vorbeimußte, gen Ehesib und Odollam, purpurn angestrahlt Häuser, Lehmmauer und Tor von den feiernden Himmeln. Am Tore kauerte eine Gestalt; als er näher kam, sah er, daß sie in ein Ketônet paspasim, das Schleiergewand der Bestrickenden, gehüllt war.

Sein erster Gedanke war: Ich bin allein. Sein zweiter: Ich gehe vorüber. Sein dritter: Ins Untere mit ihr! Muß mir die Kedesche, die Freudennonne am friedlichen Heimweg sitzen? Es sieht mir ähnlich. Aber ich kümmere mich nicht darum, denn ich bin zweimal, der ich bin: der, dem's ähnlich sieht, und der, der sich darüber erbittert, sich verleugnet und zornig vorübergeht. Das alte Lied! Muß es immer wieder gesungen sein? So singen angeschmiedete Rudersklaven aus stöhnender Brust bei der Fron. Droben sang ich's ächzend mit einer Tanzdirne und sollte satt sein für eine Weile. Als ob die Hölle sich je ersättigte! Schmachvolle Neugier, absurde, nach dem hundertfach Abgeschmackten! Was wird sie sagen und wie sich gehaben? Einer, der nach mir kommt, mag es erproben. Ich gehe vorüber.

Und er blieb stehen.

»Die Herrin zum Gruß!« sagte er.

»Sie stärke dich!« flüsterte sie.

Da hatte der Engel der Lüste ihn schon gepackt, und ihr Flüstern machte, daß er vor Neugier erschauerte nach dem Weibe.

»Raunende Wegelagerin«, sagte er mit bebendem Munde, »auf wen wartest du?«

»Ich warte«, antwortete sie, »auf einen lustigen Lüstling, der die Geheimnisse der Göttin mit mir teilen will.«

»Da komm' ich halbwegs recht«, sagte er, »denn ein Lüstling bin ich, wenn auch kein lustiger. Ich habe keine Lust zur Lust, aber sie zu mir. In deinem Amt, denke ich mir, ist man auch nicht sehr lustig zur Lust, sondern muß froh sein, wenn andere Lust haben.«

»Wir sind Spenderinnen«, antwortete sie. »Kommt aber der Rechte, wissen wir auch zu empfangen. Hast du Lust zu mir?«

Er rührte sie an.

»Was gibst du mir aber?« hielt sie ihn auf.

Er lachte.

»Zum Zeichen«, sprach er, »daß ich ein Lüstling mit einem Anflug von Lustigkeit bin, will ich dir einen Ziegenbock von der Herde geben, daß du mein gedenkest.«

»Aber du hast ihn nicht mit dir.«

»Ich will ihn dir schicken.«

»Das sagt man vorher. Nachher ist man ein anderer Mann, der des vorigen Wort nicht kennt. Ich muß ein Pfand haben.«

»Nenne es!«

»Gib mir den Ring deines Fingers, die Knotenschnur um deinen Hals und den Knaufstock in deiner Hand!«

»Du weißt für die Herrin zu sorgen!« sagte er. »Nimm!«

Und er sang das Lied mit ihr am Wege im Abendrot, und sie entschwand um die Mauer. Er aber ging heim und sagte am nächsten Morgen zu Hirah, seinem Hirten:

»Übrigens so und so, du weißt, wie's geht. Es war da am Tor von Enajim, der Stätte Enam, eine Tempelmetze, mit deren Augen es etwas auf sich hatte unter dem Ketônet, – kurz, was rede ich viel unter Männern! Sei so gut und bring ihr den Ziegenbock, den ich ihr versprochen habe, daß ich meine Sachen wiederbekomme, die ich ihr lassen mußte, Ring, Stab und Schnur. Bring ihr einen guten Mamberbock, der was taugt, ich will mich von der Lümpin nicht lumpen lassen. Mag sein, sie sitzt wieder am Tor; sonst frage die Leute!«

Hirah wählte den Bock, teuflisch häßlich und prächtig, mit Ringelhörnern, gespaltener Nase und langem Bart, und führte ihn nach Enajim, ans Tor, wo niemand war. »Die Hure«, fragte er drinnen, »die außen am Wege saß? Wo ist sie? Ihr müßt doch eure Hure kennen!«

Sie antworteten ihm aber:

»Hier war und ist keine Hure. Das gibt's nicht bei uns. Wir sind ein dezentes Städtchen. Such dir woanders die Geiß für deinen Bock, sonst fliegen Steine!«

Das sagte Hirah dem Juda an, der die Achseln zuckte.

»Kann man sie nicht finden«, sprach er, »ist's ihre Schuld. Die meine haben wir angeboten, und kann uns niemand was nachsagen. Mein Sach freilich bin ich los. Der Stock hatte einen Kristallknopf. Tu den Bock wieder zur Herde!«

Damit vergaß er's. Drei Monate später aber ward offenbar, daß Thamar in der Hoffnung war.

Es war ein Skandal, wie er in dieser Gegend lange nicht vorgekommen. Sie hatte als Witwe gelebt, in Leidkleidern, in ihrer Eltern Haus, und nun kam zutage und war nicht mehr zu verbergen, daß sie's getrieben hatte schamlos und todeswürdig! Die Männer grollten dumpf, die Weiber kreischten Hohn und Verwünschung. Denn Thamar war hoffärtig gewesen alle Zeit gegen sie alle und hatte getan, als sei sie was Besseres. Zu Juda kam gleich das Geschrei: »Weißt du's, weißt du's? Thamar, deine Schnur, hat sich aufgeführt, daß sie's nicht länger verbergen kann. Schwanger ist sie von Hurerei!«

Juda erbleichte. Seine Hirschaugen traten vor, seine Nüstern flatterten. Sünder können äußerst reizbar sein gegen die Sünde der Welt; dazu war sein Blut böse gegen das Weib, weil sie ihm zwei Söhne gefressen, und auch, weil er ihr sein Wort gebrochen hatte wegen des dritten.

»Sie hat ein Laster verwirkt«, sagte er. »Ehern sei der Himmel über ihrem Haupt und eisern die Erde unter ihr! Man soll sie mit Feuer verbrennen! Sehr leicht war sie des Brandpfahls schuldig schon längst, nun aber liegt's offen, daß sie einen Greuel begangen hat in Israel und hat ihr Leidkleid besudelt. Man soll sie herausführen vor die Tür ihres Vaters Hauses und sie zu Asche verbrennen. Ihr Blut sei auf ihr!«

Und mit langen Schritten ging er den Petzern voran, die fuchtelten und unterwegs Zulauf hatten von Fuchtelnden aus den Dörfern von allen Seiten, so daß es eine gierige Menge war, die da vor's Witwenhaus rückte in Juda's Gefolge, schmähend und pfeifend. Im Haus drinnen hörte man Thamars Eltern seufzen und heulen, von ihr selbst aber hörte man nichts.

Da wurden drei Männer verordnet, hineinzugehen und gestellig zu machen die Buhlerin. Mit verfestigten Schultern gingen sie, die Arme steif, das Kinn auf der Brust und die Fäuste bereit, daß sie Thamar hinausführten und diese erst Schande stehe und dann verbrannt würde. Über eine Weile aber kamen sie wieder heraus, ohne Thamar, mit Sachen in ihren Händen. Der eine trug einen Ring zwischen zwei Fingern, indem er die anderen spreizte. Der zweite hielt einen Stab, in der Mitte gefaßt, gerad vor sich hin. Der dritte ließ eine Purpurschnur baumeln von seiner Hand. Die Dinge brachten sie vor Jehuda, der vorne stand, und sprachen:

»Das sollen wir dir sagen von Thamar, deiner Schnur: ›Von dem Manne, des diese Pfänder sind, trag' ich mein Pfand. Kennst du sie wohl? Denn siehe: ich bin die Frau nicht, die sich vertilgen läßt samt ihrem Sohn vom Erbe Gottes!‹«

Juda, der Löwe, besah die Dinge, indes ihn die Menge umdrängte und ihm ins Gesicht lugte, und da er zornbleich gewesen war all die Zeit, wurde er nun langsam so rot wie Blut, bis unters Haar und bis in die Augen hinein. Und verstummte. Da fing ein Weib an zu lachen, und dann noch eins, und dann ein Mann und dann viele Männer und Weiber, und endlich lachte schallend und unauslöschlich die ganze Rotte, daß sie in die Hucke gingen vor Lachen und ihre Münder gen Himmel klafften, und riefen: »Juda, du bist's! Juda hat aus seiner Schnur seine Schnurre gemacht! Huhu, hoho und haha!«

Joseph und seine Brüder IV: Joseph, der Ernährer

Aber wer wollte leugnen, daß es bildend sein kann, von unbekannter Größe auch nur zu hören? Allerdings hängt vieles ab von der Art, wie davon gesprochen wird.

Serenus Zeitblom. – Doktor Faustus

Anders nämlich als ich, hielt er darauf, sich im Spott die Freiheit zur Anerkennung zu salvieren, – auf das Recht, um nicht zu sagen: das *Vorrecht* also, einen Abstand zu wahren, der die Möglichkeit wohlwollenden Geltenlassens, bedingter Zustimmung, halber Bewunderung zusammen mit der Mokerie, dem Gelächter in sich schließt.

Serenus Zeitblom über den jungen Adrian Leverkühn. – Doktor Faustus

Auch er wollte nichts wissen, nichts sehen, eigentlich nichts erleben, wenigstens nicht im manifesten, äußerlichen Sinn des Wortes; auf Abwechslung, neue Sinneseindrücke, Zerstreuung, Erholung war er nicht aus, und was besonders diese, die Erholung betrifft, so machte er sich gern über all die Leute lustig, die sich beständig erholen, bräunen und stärken – und niemand wisse, wozu. »Erholung«, sagte er, »ist für die, denen sie zu gar nichts taugt.«

Serenus Zeitblom über Adrian Leverkühn. – Doktor Faustus

»Buße nämlich zu tun für ihre Sünd und Schande, dafür werden ihr weit bessere Facilitäten gewährt sein, wenn ihre Güte und ihr Gut beisammenbleiben und sie mit beiden die Armen begrüßen kann. Hat sie kein Gut mehr, so bleibt ihr nur die Güte, und was frommt Güte ohne Gut? Beinah so wenig wie Gut ohne Güte. Gut scheint mir viel eher, daß sie Güte und Gut bewahre, denn so vermag sie mit dem Gut die Güte zu vollbringen.« Der Erwählte

Also kam das Boot herein, unter dem Winken des Abtes, ließ das Segel fallen, und die Männer stakten es vollends heran, stiegen auch aus zum Schluß in das Wasser und zogen mit Armeskraft den Kahn auf den Sand, indes der Abt sie frohen Wortes begrüßte:

»Hallo, hoihe, ihr Wackeren, Wiglaf und Ethelwulf, willkommen am Lande, im sicheren Port! Daß ihr nur wieder zurück seid aus diesem Wetter, dafür sei Gott gepriesen! Wir täten am besten, alle drei auf der Stelle niederzuknien und Ihm Lob zu singen. Ihr seht wohl, euer Abbot hat sich bitter um euch gesorgt, daß er zum Strande gewallt ist durch Sturm und Regen. Wie geht es euch? Habt ihr denn Fische?«

»Heho, hallo, Herr, is noch mal gutgegangen«, erwiderten sie. »Fische? Nee, dat's nu'n littel bit tau veel verlangt. Wi könn von Lucke seggen, dat uns de Fisch nich hebben, denn dat was Euch 'ne Freise, Herr, un weren Euch coups de vent, da macht Ihr Euch, Herr, gar keen Einbildung von. Da mußt immer een Mann die Seen drawen aus dem Boot un de annere mit all sin Macht den Timon holden, un sonst was an keen Ding ein Denken an.«

›Wie sie reden‹, dachte der Abt. ›Höchst ordinär.‹ Denn er meinte, daß er sich über ihre Sprechweise ärgerte, da er doch nur enttäuscht war, daß sie keine Fische brachten. ›So froh und erleichtert ich bin‹, dachte er, ›daß sie zurück sind, so ist es doch ein großer Tiefstand mit ihnen.‹

»Da Gott euch errettet hat«, sagte er, »nehme ich an, daß ihr Männer recht inbrünstig zu Ihm gebetet habt in euerer Not?«

»Ja, ja, Herr, dat ook.«

»Und habt nichts hineingemischt von anderer Art, an schlechten Sprüchen und allerlei Krimskrams von früher her?«

»Nee, nee, Herr, wie wern wi denn.«

›Wahrscheinlich doch‹, dachte er. ›Bei dem Tiefstand. Was sie für rote Bärte haben, und rot und gesalzen sind ihre sehnigen, muskelknolligen Leiber, bis zum Gürtel nackt. Warum sind sie so nackt und haben sich ihrer Wämser und Juppen entledigt bei solchem Wetter?‹

Seine Augen gingen über das Boot hin, das außen grün bemalt war, von dem aber überall die Farbe schon absprang, so daß die weiße Grundtünche darunter zum Vorschein kam. Es lagen Netze darin, zwei Ruder, ein Staken. Am Hinterteil war etwas verstaut, darüber hatten sie ihre Kleider geworfen.

»Was habt ihr denn da, und was für eine Erhöhung ist das?« fragte er und wies mit dem Stabe darauf.

»Puhr Pipels Stoff«, murmelten jene. »Da kehrt ein Herr gar nich vor.«

›Sollten sie doch Fische haben‹, dachte er, ›und sie nur selber essen wollen? Oder was sonst verbergen sie vor mir mit ihren Kleidern? Sichtlich sind sie verlegen. Der Sache muß man auf den Grund gehen.‹ Und indem er sprach: »Ei, laßt doch mal sehen«, langte er mit seinem

Stabe hinüber und schob ihr schwitzig Zeug beiseite von dem, was es bedeckte. Es war ein Fäßchen, handlich und prall, mit bemalten Dauben.

»Nun aber!« sagte er. »Wie habt ihr Männer das schmucke Fäßlein im Boot? Was ist darin?«

»Wat schell da in sin!« antworteten sie mit abgewandten Gesichtern. »Puhr Pipels Durft. Da is fresch Water in, Teer is da in, is Dram in zum Tippeln.« Und widersprachen sich lächerlich.

»Ihr lügt ja«, sprach tadelnd der Abt. »Richtig reden, das muß man nicht. Aber die Wahrheit sagen, das muß man.« Und er trat näher herzu, betastete das Fäßlein und beugte sich darüber zu besserem Augenschein. Da fuhr er zurück und schlug die Hände zusammen. Durchs Spundloch war aus dem Innern ein Greinen zu ihm gedrungen.

»Du Herre Gott!« rief er. »Still! Keine Regung, keinen Laut, damit ich lausche!« Und beugte sich nochmals darüber. Es greinte wieder.

»Ihr seligen Geister und Boten des Glanzes«, sprach der Abt schon gar nicht mehr laut, denn es verschlug ihm die Stimme, und er bekreuzte sich mehrfach. »Männer ihr, einer Mutter Söhne, Wiglaf und Ethelwulf, woher habt ihr dies Faß? Denn ob ihr's wißt oder nicht, ich schwöre euch, es ist ein Menschenkind darin verborgen.«

Ein Menschenkind bloß? fragten sie. Da wüßten sie gar nichts von und wären enttäuscht, wenn es nichts weiter wäre. Sie hätten das Faß am Eingang zur Bucht mit frostiger Hand von der Freise gefischt, denn da habe ein Kahn ohne Marner sich herumgetrieben, den hätten sie angesteuert und ihn herangestakt und hätten übernommen das Fäßlein in ihr Boot, vermeinend, es möge was fassen, was für puhr Pipel von Nutzen sein könne, und ginge niemand was an, wenn sie Hand darauf legten.

»Kein Wort mehr!« unterbrach sie Gregorjus. »Denn jedes ist müßig und kostbar ein jeder Augenblick. Heraus mit dem Faß im Fluge und herauf damit auf den Strand, hierher, wohin ich die Decke breite von meinen eigenen Schultern. Kein Plappern und Säumen! Dies wunderbare und tief ergreifende Fäßlein geöffnet sofort, auf der Stelle. Ich sage euch: es ist ein lebend Kindlein darin. Brecht gleich den Boden aus, so flink wie behutsam! Nehmt euer Beil, eure Messer! Kratzt weg den Teer rundum, womit es vermacht! O öffnet, öffnet!«

So taten sie. Befeuert von seinem Eifer, hoben sie's flink zu Lande und waren geschickt, wie handliche Männer, die mit Dingen umzugehen verstehen, des Fäßleins Flanke zu lösen, zu spalten und aufzutun. Er kniete dabei, und da die Behausung offen, zog er andachtsvoll und unter leisen Gebeten hervor, was sie barg: ein Wikkelkind, auf Lagen von alexandrinischer Seide gebettet und zugedeckt auch damit, zu seinen Füßen zwei Brote und eine Tafel, sehr kostbar, zum Brief beschrieben. Das Kind aber blinzelte und nieste vor dem Tageslicht, so trübe auch dieses war.

Der Erwählte

Mochten immerhin meine Fibern noch beben, meine Pulse bewegt und unregelmäßig schlagen, so war mein Geist nunmehr, wenn auch nicht nüchtern, so doch vollkommen ruhig, und was ich in der Folge sagte und tat, stellte sich gleichsam ohne mein Zutun und auf die natürlichste Weise, ja zu meiner eigenen augenblicklichen Überraschung ein: wie es ja denn der Nutzen langer Vorübungen und einer gewissenhaften Vertiefung ins Zukünftige ist, daß in der Stunde der Anwendung etwas

Nachtwandlerisch-Mittleres zwischen Tun und Geschehen, Handeln und Leiden sich herstellt, welches unsere Aufmerksamkeit kaum in Anspruch nimmt, und zwar um so weniger, da die Wirklichkeit meistens geringere Anforderungen stellt, als wir ihr allenfalls zutrauen zu müssen glaubten, und wir uns dann wohl in der Lage eines Mannes befinden, der bis an die Zähne gerüstet in einen Kampf geht, worin er, um zu siegen, nur ein einziges Waffenstück leichthin zu handhaben braucht.

Bekenntnisse des Hochstaplers Felix Krull

Übrigens will ich, gewissermaßen auch zur Beruhigung des Lesers, hier einflechten, daß dies für immer das letzte Mal war, daß ich dritter Klasse, als Fahrtgenosse der Unerquicklichkeit reiste. Das, was man Schicksal nennt und was im Grunde wir selber sind, fand, nach unbekannten, aber unfehlbaren Gesetzen wirkend, binnen kurzem Mittel und Wege, zu verhindern, daß es jemals wieder geschah.

Bekenntnisse des Hochstaplers Felix Krull

»Die Häßlichkeit und Bitternis des Lebens kennt man ganz nur in den Niederungen der Gesellschaft und an ihrer höchsten Spitze. Der gemeine Mann ist darin erfahren – und der die Miasmen der Politik atmende Staatenlenker.«

König Dom Carlos I. zu ›Marquis de Venosta‹. – Bekenntnisse des Hochstaplers Felix Krull

Mit Stanko also, dann und wann, eine Zeitlang, besuchte ich die Cabarets, die Café-Terrassen, zumal die des Café de Madrid, wo es um die Stunde des Theaterschlusses sehr bunt und lehrreich zugeht, aber einmal besonders auch die Gala-Soirée des eben für einige Wochen in Paris gastierenden Cirkus Stoudebecker. Über diesen denn doch hier zwei Worte oder einige mehr! Ich würde es meiner Feder nicht verzeihen, wenn sie ein solches Erlebnis nur eben streifte, ohne ihm etwas von der Farbe zu verleihen, die es in so hohem Maße besaß.

Das berühmte Unternehmen hatte das weite Rund seines Zeltes nahe dem Théâtre Sarah Bernhardt und der Seine, am Square Saint Jacques aufgeschlagen. Der Zudrang war ungeheuer, da augenscheinlich die Darbietungen dem Besten gleichkamen oder es übertrafen, was je auf diesem Felde eines kühnen und hochdisziplinierten Haut-goût angeboten worden war. Welch ein Angriff auf die Sinne, die Nerven, die Wollust in der Tat, ein solches in ununterbrochenem Wechsel der Gesichte sich abrollendes Programm phantastischer, an die Grenze des Menschenmöglichen gehender, aber mit leichtem Lächeln und unter Kußhänden vollbrachter Leistungen, deren Grundmodell der Salto mortale ist; denn mit dem Tode, dem Genickbruch spielen sie alle, geschult zur Grazie im äußersten Wagnis, unterm Geschmetter einer Musik, deren Ordinärheit zwar mit dem rein körperlichen Charakter dieser Vorführungen, aber nicht mit ihrer Hochgetriebenheit übereinstimmt und die atembenehmend aussetzt, wenn es zum Letzten, nicht zu Vollbringenden kommt, das dennoch vollbracht wird.

Mit kurzem Kopfnicken (denn der Cirkus kennt nicht die Verbeugung) quittiert der Artist den rauschenden Beifall der die Runde füllenden Menge, dieses einzigartigen Publikums, das sich aus gierigem Schaupöbel und einer Pferde-Lebewelt von roher Eleganz erregend und beklemmend zusammensetzt. Kavallerie-Offiziere, die Mütze schief, in den Logen; junge Fêtards, rasiert, mit Augenglas, Nelken und Chrysanthemen im Aufschlag ihrer weiten gelben Paletots; Kokotten, vermischt mit neugieriger Damenwelt aus vornehmen Faubourgs, in Gesellschaft kennerischer Kavaliere im grauen Gehrock und grauen Zylinder, denen das Doppelperspektiv sportlich auf der Brust hängt wie beim Rennen in Longchamp. Dazu all die betörende, die Menge erregende Leiblichkeit der Manege, die prächtigen, farbigen Kostüme, der glitzernde Flitter, der Stallgeruch, mit seiner Schärfe dem Ganzen die Atmosphäre verleihend, die weiblichen und männlichen Nacktheiten. Jeder Geschmack ist versorgt, jede Lust gestachelt, durch Brüste und Nacken, durch Schönheit auf begreiflichster Stufe, durch wilden Menschenreiz, der sich der sehnenden Grausamkeit der Menge hinwirft in erregenden Körpertaten. Besessen sich gebärdende Reitweiber der Pußta, die unter heiseren Schreien zu berserkerhaften, in Taumel versetzenden Voltigierkünsten das ungesattelte, augenrollende Pferd bespringen. Gymnastiker in der wuchsverklärenden rosa Haut ihres Trikots, strotzende, enthaarte Athletenarme, von den Frauen mit sonderbar kaltem Gesichtsausdruck fixiert, und anmutige Knaben. Wie sehr sagte eine Truppe von Springern und Equilibristen mir zu, die sich nicht nur in gesucht zivilen, aus dem Rahmen des Phantastischen fallenden Sportanzügen, sondern auch in dem Trick gefielen, jede ihrer zum Teil haarsträubenden Übungen vorher in leichter Beratung scheinbar erst zu verabreden. Ihr Bester und offenbar der Liebling aller war ein Fünfzehnjähriger, der, von einem federnden Brett in die Höhe geschnellt, sich zweieinhalbmal in der Luft überschlug und dann, ohne auch nur zu schwanken, auf den Schultern seines Hintermannes, eines älteren Bruders, wie es schien, zu stehen kam, was freilich erst beim dritten Mal gelang. Zweimal mißlang es, er verfehlte die Schultern, fiel davon herunter, und sein Lächeln und Kopfschütteln über den Mißerfolg war ebenso bezaubernd wie die ironisch galante Geste, mit der der Ältere ihn zur Rückkehr aufs Schnellbrett einlud. Möglicherweise war alles Absicht, denn desto rauschender, mit Bravogegröl vermischt, war selbstverständlich der Beifall der Masse, als er beim dritten Mal nach seinem Salto mortale wirklich nicht nur ohne Wank dort oben stand, sondern auch durch ein ›me voilà‹ – Ausbreiten der Hände – den Applaus zum Sturm anfachen konnte. Gewiß aber war er beim kalkulierten oder halb gewollten Mißlingen dem Bruch der Wirbelsäule näher gewesen als im Triumph.

Was für Menschen, diese Artisten! Sind es denn welche? Die Clowns gleich zum Beispiel, grundsonderbare Spaßmacherwesen mit kleinen roten Händen, kleinen, dünn beschuhten Füßen, roten Schöpfen unter dem kegelförmigen Filzhütchen, mit ihrem Kauderwelsch, ihrem auf den Händen Gehen, über alles Stolpern und Hinschlagen, sinnlosen Herumrennen und vergeblichen Helfenwollen, ihren zum johlenden Jubel der Menge entsetzlich fehlschlagenden Versuchen, die Kunststücke ihrer ernsten Kollegen – sagen wir: auf dem Drahtseile – nachzuahmen, – sind diese alterslos-halbwüchsigen Söhne des Unsinns, über die Stanko und ich so herzlich lachten (ich aber tat es in nachdenklichster Hingezogenheit), sind sie, mit ihren mehlweißen und zur äußersten Narretei aufgeschminkten Gesichtern – triangelförmige Brauen, senkrechte Trieflinien unter den rötlichen

Augen, Nasen, die es nicht gibt, zu blödsinnigem Lächeln emporgeschwungene Mundwinkel – Masken also, welche in einem sonst nie vorkommenden Widerspruch stehen zu der Herrlichkeit ihrer Kostüme – schwarzer Atlas etwa, mit silbernen Schmetterlingen bestickt, ein Kindertraum – sind sie, sage ich, Menschen, Männer, vorstellungsweise irgendwie im Bürgerlichen und Natürlichen unterzubringende Personen? Nach meinem Dafürhalten ist es bloße Sentimentalität, zu sagen, sie seien »auch Menschen«, mit den Herzlichkeiten von solchen, womöglich mit Weib und Kind. Ich erweise ihnen Ehre, ich verteidige sie gegen humane Abgeschmacktheit, indem ich sage: nein, sie sind es nicht, sie sind ausgefallene, das Zwerchfell zum Schüttern bringende Unholde der Lächerlichkeit, glitzernde, dem Leben nicht angehörige Mönche der Ungereimtheit, kobolzende Zwitter aus Mensch und närrischer Kunst.

Bekenntnisse des Hochstaplers Felix Krull

X

Des Menschen Heimat

Sommerferien an der See! Begriff wohl irgend jemand weit und breit, was für ein Glück das bedeutete? Nach dem schwerflüssigen und sorgenvollen Einerlei unzähliger Schultage vier Wochen lang eine friedliche und kummerlose Abgeschiedenheit, erfüllt von Tanggeruch und dem Rauschen der sanften Brandung ... Vier Wochen, eine Zeit, die an ihrem Beginne nicht zu übersehen und ermessen war, an deren Ende zu glauben unmöglich und von deren Ende zu sprechen eine lästerliche Roheit war. Niemals verstand es der kleine Johann, wie dieser oder jener Lehrer es über sich gewann, am Schlusse des Unterrichtes Redewendungen laut werden zu lassen wie etwa: »Hier werden wir nach den Ferien fortfahren und zu dem und dem übergehen ...« Nach den Ferien! Er schien sich noch darauf zu freuen, dieser unbegreifliche Mann im blanken Kammgarnrock! Nach den Ferien! War das überhaupt ein Gedanke! So wundervoll weit in graue Ferne entrückt war alles, was jenseits dieser vier Wochen lag!

In einem der beiden Schweizerhäuser, welche, durch einen schmalen Mittelbau verbunden, mit der Konditorei und dem Hauptgebäude des Kurhauses eine gerade Linie bildeten: welch ein Erwachen, am ersten Morgen, nachdem tags zuvor ein Vorzeigen des Zeugnisses wohl oder übel überstanden und die Fahrt in der bepackten Droschke zurückgelegt war! Ein unbestimmtes Glücksgefühl, das in seinem Körper emporstieg und sein Herz sich zusammenziehen ließ, schreckte ihn auf ... er öffnete die Augen und umfaßte mit einem gierigen und seligen Blick die altfränkischen Möbel des reinlichen kleinen Zimmers ... Eine Sekunde schlaftrunkener, wonniger Verwirrung – und dann begriff er, daß er in Travemünde war, für vier unermeßliche Wochen in Travemünde! Er regte sich nicht; er lag still auf dem Rücken in dem schmalen gelbhölzernen Bette, dessen Linnen vor Alter außerordentlich dünn und weich waren, schloß hie und da aufs neue seine Augen und fühlte, wie seine Brust in tiefen, langsamen Atemzügen vor Glück und Unruhe erzitterte.

Buddenbrooks

München leuchtete. Über den festlichen Plätzen und weißen Säulentempeln, den antikisierenden Monumenten und Barockkirchen, den springenden Brunnen, Palästen und Gartenanlagen der Residenz spannte sich strahlend ein Himmel von blauer Seide, und ihre breiten und lichten, umgrünten und wohlberechneten Perspektiven lagen in dem Sonnendunst eines ersten, schönen Junitages.

Vogelgeschwätz und heimlicher Jubel über allen Gassen ... Und auf Plätzen und Zeilen rollt, wallt und summt das unüberstürzte und amüsante Treiben der schönen und gemächlichen Stadt. Reisende aller Nationen kutschieren in den kleinen, langsamen Droschken umher, indem sie rechts und links in wahlloser Neugier an den Wänden der Häuser hinaufschauen, und steigen die Freitreppen der Museen hinan ...

Viele Fenster stehen geöffnet, und aus vielen klingt Musik auf die Straßen hinaus, Übungen auf dem Klavier, der Geige oder dem Violoncell, redliche und wohlgemeinte dilettantische Bemühungen. Im ›Odeon‹ aber wird, wie man vernimmt, an mehreren Flügeln ernstlich studiert.

Junge Leute, die das Nothung-Motiv pfeifen und abends die Hintergründe des modernen Schauspielhauses füllen, wandern, literarische Zeitschriften in den Seitentaschen ihrer Jacketts, in der Universität und der Staatsbibliothek aus und ein. Vor der Akademie der bildenden Künste, die ihre weißen Arme zwischen der Türkenstraße und dem Siegestor ausbreitet, hält eine Hofkarosse. Und auf der Höhe der Rampe stehen, sitzen und lagern in farbigen Gruppen die Modelle, pittoreske Greise, Kinder und Frauen in der Tracht der Albaner Berge.

Lässigkeit und hastloses Schlendern in all den langen Straßenzügen des Nordens ... Man ist von Erwerbsgier nicht gerade gehetzt und verzehrt dortselbst, sondern lebt angenehmen Zwecken. Junge Künstler, runde Hütchen auf den Hinterköpfen, mit lockeren Krawatten und ohne Stock, unbesorgte Gesellen, die ihren Mietzins mit Farbenskizzen bezahlen, gehen spazieren, um diesen hellblauen Vormittag auf ihre Stimmung wirken zu lassen, und sehen den kleinen Mädchen nach, diesem hübschen, untersetzten Typus mit den brünetten Haarbandeaus, den etwas zu großen Füßen und den unbedenklichen Sitten ... Jedes fünfte Haus läßt Atelierfensterscheiben in der Sonne blinken. Manchmal tritt ein Kunstbau aus der Reihe der bürgerlichen hervor, das Werk eines phantasievollen jungen Architekten, breit und flachbogig, mit bizarrer Ornamentik, voll Witz und Stil. Und plötzlich ist irgendwo die Tür an einer allzu langweiligen Fassade von einer kecken Improvisation umrahmt, von fließenden Linien und sonnigen Farben, Bacchanten, Nixen, rosigen Nacktheiten ...

Es ist stets aufs neue ergötzlich, vor den Auslagen der Kunstschreinereien und der Basare für moderne Luxusartikel zu verweilen. Wieviel phantasievoller Komfort, wieviel linearer Humor in der Gestalt aller Dinge! Überall sind die kleinen Skulptur-, Rahmen- und Antiquitätenhandlungen verstreut, aus deren Schaufenstern dir die Büsten der florentinischen Quattrocento-Frauen voll einer edlen Pikanterie entgegenschauen. Und der Besitzer des kleinsten und billigsten dieser Läden spricht dir von Donatello und Mino da Fiesole, als habe er das Vervielfältigungsrecht von ihnen persönlich empfangen ...

Aber dort oben am Odeonsplatz, angesichts der gewaltigen Loggia, vor der sich die geräumige Mosaikfläche ausbreitet, und schräg gegenüber dem Palast des Regenten drängen sich die Leute um die breiten Fenster und Schaukästen des großen Kunstmagazins, des weitläufigen Schönheitsgeschäftes von M. Blüthenzweig. Welche freudige Pracht der Auslage! Reproduktionen von Meisterwerken aus allen Galerien der Erde, eingefaßt in kostbare, raffiniert getönte und ornamentierte Rahmen in einem Geschmack von preziöser Einfachheit; Abbildungen moderner Gemälde, sinnenfroher Phantasien, in denen die Antike auf eine humorvolle und realistische Weise wiedergeboren zu sein scheint; die Plastik der Renaissance in vollendeten Abgüssen; nackte Bronzeleiber und zerbrechliche Ziergläser; irdene Vasen von steilem Stil, die aus Bädern von Metalldämpfen in einem schillernden Farbenmantel hervorgegangen sind; Prachtbände, Triumphe der neuen Ausstattungskunst, Werke modischer Lyriker, gehüllt in einen dekorativen und vornehmen Prunk; dazwischen die Porträts von Künstlern, Musikern, Philosophen, Schauspielern, Dichtern, der Volksneugier nach Persönlichem ausgehängt ... In dem ersten Fenster, der anstoßenden Buchhandlung zunächst, steht auf einer Staffelei ein großes Bild, vor dem die Menge sich staut: eine wertvolle, in rotbraunem Tone ausgeführte Photographie in breitem, altgoldenem Rahmen, ein aufsehenerregendes Stück, eine Nachbildung des Clous der großen internationalen Ausstellung des Jahres, zu deren Besuch an den Litfaßsäulen, zwischen Konzertprospekten und künstlerisch ausgestatteten Empfehlungen von Toilettenmitteln, archaisierende und wirksame Plakate einladen.

Blick um dich, sieh in die Fenster der Buchläden! Deinen Augen begegnen Titel wie ›Die Wohnungskunst seit der Renaissance‹, ›Die Erziehung des Farbensinnes‹, ›Die Renaissance im modernen Kunstgewerbe‹, ›Das Buch als Kunstwerk‹, ›Die dekorative Kunst‹, ›Der Hunger nach Kunst‹; – und du mußt wissen, daß diese Weckschriften tausendfach gekauft und gelesen werden, und daß abends über ebendieselben Gegenstände vor vollen Sälen geredet wird . . .

Hast du Glück, so begegnet dir eine der berühmten Frauen in Person, die man durch das Medium der Kunst zu schauen gewohnt ist, eine jener reichen und schönen Damen von künstlich hergestelltem tizianischen Blond und im Brillantenschmuck, deren betörenden Zügen durch die Hand eines genialen Porträtisten die Ewigkeit zuteil geworden ist, und von deren Liebesleben die Stadt spricht, – Königinnen der Künstlerfeste im Karneval, ein wenig geschminkt, ein wenig gemalt, voll einer edlen Pikanterie, gefallsüchtig und anbetungswürdig. Und sieh, dort fährt ein großer Maler mit seiner Geliebten in einem Wagen die Ludwigstraße hinauf. Man zeigt sich das Gefährt, man bleibt stehen und blickt den beiden nach. Viele Leute grüßen. Und es fehlt nicht viel, daß die Schutzleute Front machen.

Die Kunst blüht, die Kunst ist an der Herrschaft, die Kunst streckt ihr rosenumwundenes Zepter über die Stadt hin und lächelt. Eine allseitige respektvolle Anteilnahme an ihrem Gedeihen, eine allseitige, fleißige und hingebungsvolle Übung und Propaganda in ihrem Dienste, ein treuherziger Kultus der Linie, des Schmuckes, der Form, der Sinne, der Schönheit obwaltet ... München leuchtete.

Gladius Dei

Und Tonio Kröger fuhr gen Norden. Er fuhr mit Komfort (denn er pflegte zu sagen, daß jemand, der es innerlich so viel schwerer hat als andere Leute, gerechten Anspruch auf ein wenig äußeres Behagen habe), und er rastete nicht eher, als bis die Türme der engen Stadt, von der er ausgegangen war, sich vor ihm in die graue Luft erhoben. Dort nahm er einen kurzen, seltsamen Aufenthalt ...

Ein trüber Nachmittag ging schon in den Abend über, als der Zug in die schmale, verräucherte, so wunderlich vertraute Halle einfuhr; noch immer ballte sich unter dem schmutzigen Glasdach der Qualm in Klumpen zusammen und zog in gedehnten Fetzen hin und wider, wie damals, als Tonio Kröger, nichts als Spott im Herzen, von hier gefahren war. – Er versorgte sein Gepäck, ordnete an, daß es ins Hotel geschafft werde, und verließ den Bahnhof.

Das waren die zweispännigen, schwarzen, unmäßig hohen und breiten Droschken der Stadt, die draußen in einer Reihe standen! Er nahm keine davon; er sah sie nur an, wie er alles ansah, die schmalen Giebel und spitzen Türme, die über die nächsten Dächer herübergrüßten, die blonden und lässig-plumpen Menschen mit ihrer breiten und dennoch rapiden Redeweise rings um ihn her, und ein nervöses Gelächter stieg in ihm auf, das eine heimliche

Verwandtschaft mit Schluchzen hatte. – Er ging zu Fuß, ging langsam, den unablässigen Druck des feuchten Windes im Gesicht, über die Brücke, an deren Geländer mythologische Statuen standen, und eine Strecke am Hafen entlang.

Großer Gott, wie winzig und winklig das Ganze erschien! Waren hier in all der Zeit die schmalen Giebelgassen so putzig steil zur Stadt emporgestiegen? Die Schornsteine und Maste der Schiffe schaukelten leis in Wind und Dämmerung auf dem trüben Flusse. Sollte er jene Straße hinaufgehen, die dort, an der das Haus lag, das er im Sinne hatte? Nein, morgen. Er war so schläfrig jetzt. Sein Kopf war schwer von der Fahrt, und langsame, nebelhafte Gedanken zogen ihm durch den Sinn.

Tonio Kröger

Wohin ging er? Er wußte es kaum. Es war wie gestern. Kaum daß er sich wieder von diesem wunderlich würdigen und urvertrauten Beieinander von Giebeln, Türmchen, Arkaden, Brunnen umgeben sah, kaum daß er den Druck des Windes, des starken Windes, der ein zartes und herbes Aroma aus fernen Träumen mit sich führte, wieder im Angesicht spürte, als es sich ihm wie Schleier und Nebelgespinst um die Sinne legte ... Die Muskeln seines Gesichtes spannten sich ab; und mit stille gewordenem Blick betrachtete er Menschen und Dinge. Vielleicht, daß er dort, an jener Straßenecke, dennoch erwachte ...

Wohin ging er? Ihm war, als stehe die Richtung, die er einschlug, in einem Zusammenhange mit seinen traurigen und seltsam reuevollen Träumen zur Nacht ... Auf den Markt ging er, unter den Bogengewölben des Rathauses hindurch, wo Fleischer mit blutigen Händen ihre Ware wogen, auf den Marktplatz, wo hoch, spitzig und vielfach der gotische Brunnen stand. Dort blieb er vor einem Hause stehen, einem schmalen und schlichten, gleich anderen mehr, mit einem geschwungenen, durchbrochenen Giebel, und versank in dessen Anblick. Er las das Namensschild an der Tür und ließ seine Augen ein Weilchen auf jedem der Fenster ruhen. Dann wandte er sich langsam zum Gehen.

Wohin ging er? Heimwärts. Aber er nahm einen Umweg, machte einen Spaziergang vors Tor hinaus, weil er Zeit hatte. Er ging über den Mühlenwall und den Holstenwall und hielt seinen Hut fest vor dem Winde, der in den Bäumen rauschte und knarrte. Dann verließ er die Wallanlagen unfern des Bahnhofes, sah einen Zug mit plumper Eilfertigkeit vorüberpuffen, zählte zum Zeitvertreib die Wagen und blickte dem Manne nach, der zuhöchst auf dem allerletzten saß. Aber am Lindenplatze machte er vor einer der hübschen Villen halt, die dort standen, spähte lange in den Garten und zu den Fenstern hinauf und verfiel am Ende darauf, die Gatterpforte in ihren Angeln hin- und herzuschlenkern, so daß es kreischte. Dann betrachtete er eine Weile seine Hand, die kalt und rostig geworden war, und ging weiter, ging durch das alte, untersetzte Tor, am Hafen entlang und die steile zugige Gasse hinauf zum Haus seiner Eltern.

Es stand, eingeschlossen von den Nachbarhäusern, die sein Giebel überragte, grau und ernst wie seit dreihundert Jahren, und Tonio Kröger las den frommen Spruch, der in halb verwischten Lettern über dem Eingang stand. Dann atmete er auf und ging hinein.

Sein Herz schlug ängstlich, denn er gewärtigte, sein

Vater könnte aus einer der Türen zu ebener Erde, an denen er vorüberschritt, hervortreten, im Kontor-Rock und die Feder hinterm Ohr, ihn anhalten und ihn wegen seines extravaganten Lebens streng zur Rede stellen, was er sehr in der Ordnung gefunden hätte. Aber er gelangte unbehelligt vorbei. Die Windfangtür war nicht geschlossen, sondern nur angelehnt, was er als tadelnswert empfand, während ihm gleichzeitig zumute war wie in gewissen leichten Träumen, in denen die Hindernisse von selbst vor einem weichen und man, von wunderbarem Glück begünstigt, ungehindert vorwärts dringt ... Die weite Diele, mit großen, viereckigen Steinfliesen gepflastert, widerhallte von seinen Schritten. Der Küche gegenüber, in der es still war, sprangen wie vor alters in beträchtlicher Höhe die seltsamen, plumpen, aber reinlich lackierten Holzgelasse aus der Wand hervor, die Mägdekammern, die nur durch eine Art freiliegender Stiege von der Diele aus zu erreichen waren. Aber die großen Schränke und die geschnitzte Truhe waren nicht mehr da, die hier gestanden hatten ... Der Sohn des Hauses beschritt die gewaltige Treppe und stützte sich mit der Hand auf das weißlackierte, durchbrochene Holzgeländer, indem er sie bei jedem Schritte erhob und beim nächsten sacht wieder darauf niedersinken ließ, wie als versuche er schüchtern, ob die ehemalige Vertrautheit mit diesem alten, soliden Geländer wieder herzustellen sei ... Aber auf dem Treppenabsatz blieb er stehen, vorm Eingang zum Zwischengeschoß. An der Tür war ein weißes Schild befestigt, auf dem in schwarzen Buchstaben zu lesen war: Volksbibliothek.

Volksbibliothek? dachte Tonio Kröger, denn er fand, daß hier weder das Volk noch die Literatur etwas zu suchen hatten. Er klopfte an die Tür ... Ein Herein ward laut, und er folgte ihm. Gespannt und finster blickte er in eine höchst unziemliche Veränderung hinein.

Das Geschoß war drei Stuben tief, deren Verbindungstüren offenstanden. Die Wände waren fast in ihrer ganzen Höhe mit gleichförmig gebundenen Büchern bedeckt, die auf dunklen Gestellen in langen Reihen standen. In jedem Zimmer saß hinter einer Art von Ladentisch ein dürftiger Mensch und schrieb. Zwei davon wandten nur die Köpfe nach Tonio Kröger, aber der erste stand eilig auf, wobei er sich mit beiden Händen auf die Tischplatte stützte, den Kopf vorschob, die Lippen spitzte, die Brauen emporzog und den Besucher mit eifrig zwinkernden Augen anblickte ...

»Verzeihung«, sagte Tonio Kröger, ohne den Blick von den vielen Büchern zu wenden. »Ich bin hier fremd, ich besichtige die Stadt. Dies ist also die Volksbibliothek? Würden Sie erlauben, daß ich mir ein wenig Einblick in die Sammlung verschaffe?«

»Gern!« sagte der Beamte und zwinkerte noch heftiger ... »Gewiß, das steht jedermann frei. Wollen Sie sich nur umsehen ... Ist Ihnen ein Katalog gefällig?«

»Danke«, antwortete Tonio Kröger. »Ich orientiere mich leicht.« Damit begann er, langsam an den Wänden entlangzuschreiten, indem er sich den Anschein gab, als studiere er die Titel auf den Bücherrücken. Schließlich nahm er einen Band heraus, öffnete ihn und stellte sich damit ans Fenster.

Hier war das Frühstückszimmer gewesen. Man hatte hier morgens gefrühstückt, nicht droben im großen Eßsaal, wo aus der blauen Tapete weiße Götterstatuen hervortraten ... Das dort hatte als Schlafzimmer gedient. Seines Vaters Mutter war dort gestorben, so alt sie war, unter schweren Kämpfen, denn sie war eine genußfrohe

Besuch im Vaterhaus
Illustration von Erich M. Simon zu »Tonio Kröger« (1933)

Weltdame und hing am Leben. Und später hatte dort sein Vater selbst den letzten Seufzer getan, der lange, korrekte, ein wenig wehmütige und nachdenkliche Herr mit der Feldblume im Knopfloch ... Tonio hatte am Fußende seines Sterbebettes gesessen, mit heißen Augen, ehrlich und gänzlich hingegeben an ein stummes und starkes Gefühl, an Liebe und Schmerz. Und auch seine Mutter hatte am Lager gekniet, seine schöne, feurige Mutter, ganz aufgelöst in heißen Tränen; worauf sie mit dem südlichen Künstler in blaue Fernen gezogen war ... Aber dort hinten, das kleinere, dritte Zimmer, nun ebenfalls ganz mit Büchern angefüllt, die ein dürftiger Mensch bewachte, war lange Jahre hindurch sein eigenes gewesen. Dorthin war er nach der Schule heimgekehrt, nachdem er einen Spaziergang, wie eben jetzt, gemacht, an jener Wand hatte sein Tisch gestanden, in dessen Schublade er seine ersten, innigen und hilflosen Verse verwahrt hatte ... Der Walnußbaum ... Eine stechende Wehmut durchzuckte ihn. Er blickte seitwärts durchs Fenster hinaus. Der Garten lag wüst, aber der alte Walnußbaum stand an seinem Platze, schwerfällig knarrend und rauschend im Winde. Und Tonio Kröger ließ die Augen auf das Buch zurückgleiten, das er in Händen hielt, ein hervorragendes Dichtwerk und ihm wohlbekannt. Er blickte auf diese schwarzen Zeilen und Satzgruppen nieder, folgte eine Strecke dem kunstvollen Fluß des Vortrags, wie er in gestaltender Leidenschaft sich zu einer Pointe und Wirkung erhob und dann effektvoll absetzte ...

Tonio Kröger

Das ist kein Wald und kein Park, das ist ein Zaubergarten, nicht mehr und nicht weniger. Ich will das Wort vertreten, obgleich es sich im Grunde um eine karge, eingeschränkte und zur Krüppelhaftigkeit geneigte Natur handelt, die mit ein paar einfachen botanischen Namen erschöpft und bezeichnet ist. Der Grund ist wellig, er hebt und senkt sich beständig, und das ergibt die schöne Geschlossenheit der Veduten, die Unabsehbarkeit auch nach den Seiten hin; ja, wenn die Holzung sich meilenweit nach rechts und links erstreckte oder so weit, wie sie sich in die Länge erstreckt, statt daß sie von der Mitte her beiderseits nur einhundert und etliche Schritte mißt, so könnte man sich nicht geborgener, vertiefter und abgeschiedener in ihr fühlen. Einzig das Ohr ist durch gleichmäßiges Rauschen von Westen her gemahnt an die befreundete Nähe des Flusses, den man nicht sieht . . . Es gibt da Schluchten, ganz angefüllt mit Holunder-, Liguster-, Jasmin- und Faulbaumgebüsch, so daß an qualmigen Junitagen die Brust den Duft kaum zu bergen weiß. Und wieder gibt es Bodenvertiefungen – die reinen Kiesgruben, an deren Abhängen und auf deren Grunde nichts als ein paar Weidentriebe und ein wenig trockener Salbei gedeihen.

Das alles will nicht aufhören, sonderbar auf mich zu wirken, obwohl es mir seit manchem Jahr zum täglichen Aufenthalt geworden. Irgendwie berührt dies viele Eschenlaub, das an riesige Farren erinnert, berühren diese Schlingranken und dies Röhricht, diese Feuchtigkeit und Dürre, dies kärgliche Dickicht mich phantastisch, und um meinen ganzen Eindruck zu sagen: es ist ein wenig, als finde man sich in die Landschaft einer anderen Erdperiode versetzt, oder auch in eine unterseeische, als wandle man auf Wassersboden, – eine Vorstellung, die ja mit der Wahrheit dies und das zu tun hat; denn Wasser stand hier ehemals vielerorten, in jenen Senkungen zumal, die jetzt als viereckige Wiesenbassins, mit wilden Baumschulen naturgesäter Eschen bestanden, Schafen zur Weide dienen, und von denen eine gleich hinter meinem Hause gelegen ist.

Die Wildnis ist in die Kreuz und Quere von Pfaden durchzogen, Streifen niedergetretenen Grases teilweise nur, oder auch kiesigen Fußsteigen, die ganz offenbar nicht angelegt, sondern eben nur durch Begehung entstanden sind, ohne daß man zu sagen vermöchte, wer sie wohl ausgetreten haben könnte; denn daß Bauschan und ich einem Menschen darauf begegnen, ist eine befremdende Ausnahme, und mein Begleiter bleibt bei solchem Anblick wohl stutzend stehen und läßt einen einzelnen dumpfen Blaff vernehmen, der ziemlich genau auch meine eigenen Empfindungen dem Zwischenfall gegenüber zum Ausdruck bringt. Selbst an schönen Sonntagnachmittagen im Sommer, wenn aus der Stadt eine große Menge Spaziergänger sich in unsre Gegend ergießt (denn immer ist es hier um ein paar Grad kühler als anderwärts), können wir auf diesen inneren Wegen so gut wie ungestört wandeln; denn die Leute kennen sie nicht, und dann zieht auch das Wasser, der Fluß, wie es zu gehen pflegt, sie mächtig an, und dicht an ihn gedrängt, so dicht wie möglich, auf dem untersten Quai, wenn es angeht, das heißt: wenn er nicht überschwemmt ist, bewegt sich der Menschenstrom in die Landschaft hinaus und abends wieder zurück. Höchstens, daß uns da drinnen im Busche ein gelagertes Liebespaar aufstößt, welches mit kecken und scheuen Tieraugen uns aus seinem Neste entgegenblickt, so, als wollte es trotzig fragen, ob wir etwa gegen seine Anwesenheit dahier und gegen sein Tun und abseitiges Treiben irgend etwas zu erinnern hätten, – was wir schweigend verneinen, indem wir uns beiseite machen: Bauschan mit jener Gleichgültigkeit, in der ihn alles beläßt, was nicht Wildgeruch nach sich zieht, und ich mit vollkommen verschlossener und ausdrucksloser Miene, welche alles auf sich beruhen und weder Beifall noch Mißbilligung im geringsten durchscheinen läßt.

Jene Pfade nun aber sind nicht die einzigen Verkehrs- und Verbindungsmittel in meinem Park. Es gibt daselbst *Straßen* – genauer gesagt, Zurüstungen sind vorhanden, die einmal Straßen gewesen sind, oder solche einmal haben werden sollen, oder, will's Gott, vielleicht auch wirklich noch einmal sein werden ... Die Sache ist diese: Spuren der bahnbrechenden Hacke und eines sanguinischen Unternehmertums zeigen sich noch ein gutes Stück über den angebauten Teil der Gegend, die kleine Villenkolonie hinaus. Man hatte weit geschaut, kühn geplant. Die Handelssozietät, die vor zehn oder fünfzehn Jahren den Landstrich in die Hand genommen, hatte es anders, großartiger nämlich, damit (und mit sich selber) im Sinne gehabt, als es dann kam; nicht auf die Handvoll Villen, die dastehen, hatte die Siedelung sich beschränken sollen. Baugründe waren in Menge vorhanden, wohl einen Kilometer flußabwärts war – und ist heute noch – alles zum Empfange von Käufern und Liebhabern einer seßhaften Lebensweise bereit. Großzügigkeit hatte geherrscht in den Ratssitzungen der Genossenschaft. Man hatte sich nicht mit sichernden Uferbauten, mit der Herstellung eines gangbaren Quais, mit gärtnerischen Anpflanzungen begnügt; ziemlich weit hinaus hatte man an das Gehölz selbst die kultivierende Hand angelegt, Rodungen vorgenommen, Schwemmkies aufgeschüttet, die Wildnis durch Straßen gegliedert, ein paarmal in die

Länge und öfter noch in die Quere – schön gedachte, splendide Straßen oder Entwürfe zu solchen aus grobem Schwemmkies, mit der Andeutung eines Fahrdammes und geräumiger Bürgersteige, auf welchen nun aber keine Bürger wandeln, außer Bauschan und mir: jener auf dem guten und haltbaren Leder seiner vier Sohlen, ich auf genagelten Stiefeln, von wegen des Schwemmkieses. Denn die Villen, die nach Berechnung und Absicht der Sozietät längst freundlich an ihnen prangen müßten, sind vorderhand ausgeblieben, obgleich doch ich mit so gutem Beispiel vorangegangen bin und mein Haus in dieser Gegend gebaut habe. Sie sind, sage ich, ausgeblieben seit zehn, seit fünfzehn Jahren, und kein Wunder also, daß eine gewisse Mißstimmung sich auf die Gegend herniedersenkte, daß Unlust zu weiteren Aufwendungen und zur Fertigstellung des weitläufig Begonnenen Platz griff im Schoße der Sozietät.

Und doch war die Sache schon so weit gediehen, daß diese Straßen ohne Anwohner ihre ordnungsmäßigen Namen haben, so gut wie irgendeine im Weichbilde der Stadt oder außerhalb seiner; das aber wüßte ich gern, welcher Träumer und sinnig rückblickende Schöngeist von Spekulant sie ihnen zuerteilt haben mag. Da ist eine Gellert-, eine Opitz-, eine Fleming-, eine Bürger-Straße, und sogar eine Adalbert-Stifter-Straße ist da, auf der ich mich mit besonders sympathischer Andacht in meinen Nagelschuhen ergehe. Pfähle sind, wie es bei ungeschlossen bebauten Vorstadtstraßen, die keine Hausecke darbieten, zu geschehen pflegt, an ihren Eingängen errichtet und an ihnen die Straßenschilder befestigt: blaue Emailschilder, wie hierzulande üblich, mit weißen Lettern. Aber ach, dieselben sind nicht in dem besten Zustande, allzu lange schon nennen sie Straßenskizzen beim Namen, an denen niemand wohnen will, und nicht zuletzt sind sie es, die die Merkmale der Mißstimmung, des Fiaskos und der stockenden Entwicklung hier deutlich zur Schau stellen. Vernachlässigt ragen sie; für ihre Unterhaltung, ihre Erneuerung ist nicht gesorgt, und Wetter und Sonne haben ihnen übel mitgespielt. Die Schmalte ist vielfach abgesprungen, die weißen Lettern vom Rost zerstört, so daß statt einzelner von ihnen nur braune Flecken und Lücken mit häßlich gezackten Rändern gähnen, welche die Namensbilder zerreißen und ihre Ablesung oft erschweren. Namentlich eines der Schilder machte mir strenge Kopfarbeit, als ich zuerst hierher kam und die Gegend forschend durchdrang. Es war ein ausnehmend langes Schild und das Wort »Straße« ohne Unterbrechung erhalten; von dem eigentlichen Namen aber, der, wie gesagt, sehr lang war oder gewesen war, zeigte sich die übergroße Mehrzahl der Buchstaben völlig blind und vom Roste zerfressen: die braunen Lücken ließen auf ihre Anzahl schließen; erkennbar aber war nichts als am Anfange die Hälfte eines S, irgendwo in der Mitte ein e und am Schlusse wieder ein e. Das war zu wenig für meinen Scharfsinn, ich fand, daß es eine Rechnung mit allzu vielen Unbekannten sei. Lange stand ich, die Hände auf dem Rücken, blickte zu dem langen Schilde empor und studierte. Dann ging ich weiter mit Bauschan auf dem Bürgersteige. Aber während ich mir einbildete, an andre Dinge zu denken, arbeitete es unterderhand in mir weiter, mein Geist trachtete nach dem zerstörten Namen, und plötzlich schoß es mir ein, – ich blieb stehen und erschrak: hastig ging ich zurück, nahm abermals vor dem Schilde Aufstellung, verglich und probierte. Ja, es traf zu und kam aus. Es war die Shakespeare-Straße, in der ich wandelte.

Herr und Hund

Der Rheingau hat mich hervorgebracht, jener begünstigte Landstrich, welcher, gelinde und ohne Schroffheit sowohl in Hinsicht auf die Witterungsverhältnisse wie auf die Bodenbeschaffenheit, reich mit Städten und Ortschaften besetzt und fröhlich bevölkert, wohl zu den lieblichsten der bewohnten Erde gehört. Hier blühen, vom Rheingaugebirge vor rauhen Winden bewahrt und der Mittagssonne glücklich hingebreitet, jene berühmten Siedlungen, bei deren Namensklange dem Zecher das Herz lacht, hier Rauenthal, Johannisberg, Rüdesheim, und hier auch das ehrwürdige Städtchen, in dem ich, wenige Jahre nur nach der glorreichen Gründung des Deutschen Reiches, das Licht der Welt erblickte. Ein wenig westlich des Knies gelegen, welches der Rhein bei Mainz beschreibt, und berühmt durch seine Schaumweinfabrikation, ist es Hauptanlegeplatz der den Strom hinauf und hinab eilenden Dampfer und zählt gegen viertausend Einwohner. Das lustige Mainz war also sehr nahe und ebenso die vornehmen Taunusbäder, als: Wiesbaden, Homburg, Langenschwalbach und Schlangenbad, welch letzteres man in halbstündiger Fahrt auf einer Schmalspurbahn erreichte. Wie oft in der schönen Jahreszeit unternahmen wir Ausflüge, meine Eltern, meine Schwester Olympia und ich, zu Schiff, zu Wagen und mit der Eisenbahn, und zwar nach allen Himmelsrichtungen: denn überall lockten Reize und Sehenswürdigkeiten, die Natur und Menschenwitz geschaffen. Noch sehe ich meinen Vater in kleinkariertem, bequemem Sommeranzug mit uns in irgendeinem Wirtsgarten sitzen – ein wenig weitab vom Tische, weil sein Bauch ihn hinderte, nahe heranzurücken – und mit unendlichem Behagen ein Gericht Krebse nebst goldenem Rebensaft genießen. Oftmals war auch mein Pate Schimmelpreester dabei, betrachtete Land und Leute scharf prüfend durch seine rundäugige Malerbrille und nahm das Große und Kleine in seine Künstlerseele auf.

Mein armer Vater war Inhaber der Firma ›Engelbert Krull‹, welche die untergegangene Sektmarke ›Lorley extra cuvée‹ erzeugte. Unten am Rhein, nicht weit von der Landungsbrücke, lagen ihre Kellereien, und nicht selten trieb ich mich als Knabe in den kühlen Gewölben umher, schlenderte gedankenvoll die steinernen Pfade entlang, welche in die Kreuz und Quere zwischen den hohen Gestellen hinführten, und betrachtete die Heere von Flaschen, die dort in halbgeneigter Lage übereinandergeschichtet ruhten. Da liegt ihr, dachte ich bei mir selbst (wenn ich auch meine Gedanken natürlich noch nicht in so treffende Worte zu fassen wußte), da liegt ihr in unterirdischem Dämmerlicht, und in euerem Innern klärt und bereitet sich still der prickelnde Goldsaft, der so manchen Herzschlag beleben, so manches Augenpaar zu höherem Glanze erwecken soll! Noch seht ihr kahl und unscheinbar aus, aber prachtvoll geschmückt werdet ihr eines Tages zur Oberwelt aufsteigen, um bei Festen, auf Hochzeiten, in Sonderkabinetten eure Pfropfen mit übermütigem Knall zur Decke zu schleudern und Rausch, Leichtsinn und Lust unter den Menschen zu verbreiten. Ähnlich sprach der Knabe; und so viel wenigstens war richtig, daß die Firma ›Engelbert Krull‹ auf das Äußere ihrer Flaschen, jene letzte Ausstattung, die man fachmännisch die Coiffure nennt, ein ungemeines Gewicht legte. Die gepreßten Korke waren mit Silberdraht und vergoldetem Bindfaden befestigt und mit purpurrotem Lack übersiegelt, ja, ein feierliches Rundsiegel, wie man es an Bullen und alten Staatsdokumenten sieht, hing an einer Goldschnur noch besonders herab; die

Hälse waren reichlich mit glänzendem Stanniol umkleidet, und auf den Bäuchen prangte ein golden umschnörkeltes Etikett, das mein Pate Schimmelpreester für die Firma entworfen hatte und worauf außer mehreren Wappen und Sternen, dem Namenszuge meines Vaters und der Marke ›Lorley extra cuvée‹ in Golddruck eine nur mit Spangen und Halsketten bekleidete Frauengestalt zu sehen war, welche, mit übergeschlagenem Beine auf der Spitze eines Felsens sitzend, erhobenen Armes einen Kamm durch ihr wallendes Haar führte. Übrigens scheint es, daß die Beschaffenheit des Weines dieser blendenden Aufmachung nicht vollkommen entsprach. »Krull«, mochte mein Pate Schimmelpreester wohl zu meinem Vater sagen, »Ihre Person in Ehren, aber Ihren Champagner sollte die Polizei verbieten. Vor acht Tagen habe ich mich verleiten lassen, eine halbe Flasche davon zu trinken, und noch heute hat meine Natur sich nicht von diesem Angriff erholt. Was für Krätzer verstechen Sie eigentlich zu diesem Gebräu? Ist es Petroleum oder Fusel, was Sie bei der Dosierung zusetzen? Kurzum, das ist Giftmischerei. Fürchten Sie die Gesetze!« Hierauf wurde mein armer Vater verlegen, denn er war ein weicher Mensch, der scharfen Reden nicht standhielt. »Sie haben leicht spotten, Schimmelpreester«, versetzte er wohl, indem er nach seiner Gewohnheit mit den Fingerspitzen zart seinen Bauch streichelte, »aber ich muß billig herstellen, weil das Vorurteil gegen die heimischen Fabrikate es so will – kurz, ich gebe dem Publikum, woran es glaubt. Außerdem sitzt die Konkurrenz mir im Nacken, lieber Freund, so daß es kaum noch zum Aushalten ist.« Soweit mein Vater.

Unsere Villa gehörte zu jenen anmutigen Herrensitzen, die, an sanfte Abhänge gelehnt, den Blick über die

Rheinlandschaft beherrschen. Der abfallende Garten war freigebig mit Zwergen, Pilzen und allerlei täuschend nachgeahmtem Getier aus Steingut geschmückt; auf einem Postament ruhte eine spiegelnde Glaskugel, welche die Gesichter überaus komisch verzerrte, und auch eine Äolsharfe, mehrere Grotten sowie ein Springbrunnen waren da, der eine kunstreiche Figur von Wasserstrahlen in die Lüfte warf und in dessen Becken Silberfische schwammen. Um nun von der inneren Häuslichkeit zu reden, so war sie nach dem Geschmack meines Vaters sowohl lauschig wie heiter. Trauliche Erkerplätze luden zum Sitzen ein, und in einem davon stand ein wirkliches Spinnrad. Zahllose Kleinigkeiten: Nippes, Muscheln, Spiegelkästchen und Riechflakons waren auf Etageren und Plüschtischchen angeordnet; Daunenkissen in großer Anzahl, mit Seide oder vielfarbiger Handarbeit überzogen, waren überall auf Sofas und Ruhebetten verteilt, denn mein Vater liebte es, weich zu liegen; die Gardinenträger waren Hellebarden, und zwischen den Türen waren jene luftigen Vorhänge aus Rohr und bunten Perlenschnüren befestigt, die scheinbar eine feste Wand bilden und die man doch, ohne eine Hand zu heben, durchschreiten kann, wobei sie sich mit einem leisen Rauschen oder Klappern teilen und wieder zusammenschließen. Über dem Windfang war eine kleine, sinnreiche Vorrichtung angebracht, die, während die Tür, durch Luftdruck aufgehalten, langsam ins Schloß zurücksank, mit feinem Klingen den Anfang des Liedes ›Freut euch des Lebens‹ spielte.

Bekenntnisse des Hochstaplers Felix Krull

Vor Zeiten war ein Herzog in Flandern und Artois, Grimald mit Namen. Sein Schwert hieß Eckesachs. Sein kastilianisch Leibroß war Guverjorß genannt. Geborgener schien kein Fürst in Gottes Gunst als dieser, und kühnlich ging hin sein Blick über die ihm erblich angestorbenen Lande mit fetten Städten und starken Burgen, ruhte, von Selbstachtung streng, auf seiner maisnie und Knappenschaft nebst Läufern, Köchen, Küchenjungen, Posaunern, Tambours, Fiedlern und Flutisten, auf seinem Leibgesinde, bestehend aus zwölf Knaben erlauchten Stammes und süßer Sitten, darunter auch zwei Sarazenensöhne, die wegen ihres Götzen Mohammed zu hänseln er ihren kristlichen Kumpanen nicht erlaubte. Wenn er mit seinem Weibe Baduhenna, der hohen Dame, zur Kirche oder zu festlicher Tafel schritt, so sprangen diese Pagen, zu zweien sich an den Händen haltend, in bunten Strümpfen vor ihnen her, indem sie die Füße kreuzweis setzten und die Köpfe wiegten.

Seine Stammburg, wo Herzog Grimald meistens Hof hielt, war Chastel Belrapeire und lag auf den Höhen des Schafe nährenden Artois, von ferne anzusehen wie auf der Drechselbank gedreht mit ihren Dächern, Söllern, Vorfesten und turmverstärkten Mauerringen, eine wehrhafte Zuflucht, wie wohl ein Fürst sie braucht: gegen wilde Feinde von auswärts sowohl wie gegen böse Launen der eigenen Untertanen; doch höchst wohnlich und den Sinnen angenehm zugleich. Ihr Kernwerk war ein ragender Donjon, rechteckig, mit Innenräumen von hoher Pracht, derengleichen aber nicht nur der Wohnturm, sondern noch manch Sonderbau und Innenflügel im Zuge der Mauer barg, und von des Donjons Saal ging außen eine gerade Stiege nieder in den Burghof und Rasengarten, wo wohlummauert eine breit schattende

Linde stand. Auf ihrer Rundbank saß gern das Herzogspaar an Sommernachmittagen auf Kissen von Pfellelseide aus Halap und Damaskus, während rings zu ihren Füßen auf Teppichen, von Knappen in das geschonte Gras gespreitet, die Burggesellschaft sich in gefälligen Gruppen geordnet hielt, und man lauschte viel wahren und trüglichen Mären der Spielleute, welche die Saiten kneipend von Artus kündeten, dem Herrscher aller Britanneisen, vom Gutwetterkönig Orendel, wie er im Spätherbst bitteren Schiffbruch leidet und dem Eisriesen zum Knechte wird, von den Kämpfen kristlicher Ritter mit abscheulich fremden Völkern in so entlegenen Ländern wie Ethnise, Gylstram oder Rankulat: Kranichköpfen, Stirnäuglern, Plattfüßlern, Pygmäen und Giganten; von den außerordentlichen Gefahren des Magnetbergs und der Überlistung der Greifen um ihr rotes Gold; vom Glaubensstreit des heiligen Silvester vor Kaiser Konstantin mit einem Juden: der raunte einem Stier den Namen seines Gottes ins Ohr, und tot fiel der Stier zu Boden. Silvester aber rief Christum an: Da stieg der Bulle wieder auf seine Beine und verkündete mit Donnergebrüll die Überlegenheit des wahren Glaubens.

Dies alles nur beispielsweise. Sonst gab man einander spitzfindige Rätsel auf oder trieb auch lose Conversation voll Corteisie und Fug, so daß manch Frohgelächter, aus Herren- und Damenstimmen gemischt, die Luft erfüllte.

Für mein Teil muß ich lachen, weil einige denken könnten, im Saale droben hätten abends qualmende Fakkeln von Stroh und knallende Kienspäne zur Leuchte gebrannt. Ach nein! Da hingen Kronen von der Decke, mit flimmernden Kerzen dicht besteckt, und Wandarme hielten Kerzenbündel, zehnfachen Scheines, in den Raum. Es gab da zwei marmorne Feuerherde, auf denen

Aloe und Sandelholz verbrannte, und den Estrich deckten breite Teppiche, auf denen, wenn es galt und etwa der Fürst von Kanvoleis oder der König von Anschouwe – Bien soi venu, beau Sire! – des Herzogs Gäste waren, auch noch Reiser und Binsen grün und Blumen verstreut lagen. Zu Tafel saßen Herr Grimald und Frau Baduhenna auf Stühlen mit Polstern von arabischem Achmardi, ihnen gegenüber ihr Kaplan. Die Spielleute saßen ganz unten am Tische, oder es saß auch dies Volk an gesondertem Katzentisch und die Gesellschaft an Vierertischen, von der Wand gelassen und weiß gedeckt, und je vier Knappen reichten goldne Becken und seidenbunte Trokkentücher und schnitten kniend vor. Hofgerecht war die Speise: Reiher und Fisch und Schafskoteletts und Vögel, im Sprenkelholz gefangen, und fette Krapfen. Zu jedem Gerichte gab es Brühe, Pfeffer und Agraß (womit ich Obstsauce meine), und emsig, das Antlitz hochgerötet (denn sie tranken selbst hinter den Türen), füllten die Knappen die Becher mit Wein und Maulbeerwein und rotem Sinopel und würzigem Lautertrank, will sagen: Klaret, womit vorzüglich gern und häufig Herr Grimald die Gurgel netzte.

Der Erwählte

XI

Huldigungen und Diagnosen

Ein neuer Band von Briefen Theodor Fontane's ist erschienen, – etwas ganz Entzückendes. Wir haben nun die beiden Bände der Familienbriefe und zwei mit Briefen an seine Freunde. Sind noch mehr da? Man soll sie herausgeben! Und zwar meine ich namentlich solche Äußerungen, die aus späten Tagen stammen, Briefe des alten Fontane; denn die des mittleren und jungen sind im Vergleich damit unbeträchtlich. Scheint es nicht, daß er alt, sehr alt werden mußte, um ganz er selbst zu werden? Wie es geborene Jünglinge gibt, die sich früh erfüllen und nicht reifen, geschweige denn altern, ohne sich selbst zu überleben, so gibt es offenbar Naturen, denen das Greisenalter das einzige gemäße ist, klassische Greise sozusagen, berufen, die idealen Vorzüge dieser Lebensstufe, als Milde, Güte, Gerechtigkeit, Humor und verschlagene Weisheit, kurz, jene höhere Wiederkehr kindlicher Ungebundenheit und Unschuld, der Menschheit aufs vollkommenste vor Augen zu führen. Zu diesen gehörte er; und es sieht aus, als habe er das gewußt und es eilig gehabt, alt zu werden, um recht lange alt zu sein. 1856, mit siebenunddreißig Jahren, schreibt er an seine Frau: »Daran, daß ich anfange, an Musik Gefallen zu finden, merk' ich deutlich, daß ich alt werde. Musik und die schönen Linien einer Statue fangen an, mir wohlzutun; die Sinne werden feiner, und die erste Regel des Genusses lautet: Nur keine Anstrengung! In der Jugend ist das alles anders.« Dreiundzwanzig Jahre später schreibt er an seinen Verleger Hertz: »Ich fange erst an. Nichts liegt hinter mir, alles vor mir, ein Glück und ein Pech zugleich. Auch ein Pech. Denn es ist nichts Angenehmes, mit Neunundfünfzig als ein ›ganz kleiner Doktor‹ dazustehen.« Vierzehn Jahre später gibt er sein Meisterwerk . . .

Man betrachte seine Bildnisse: das jugendliche im

ersten Bande der Briefe an seine Freunde etwa neben der späten Profilaufnahme, die den Nachlaßband schmückt. Man vergleiche das blasse, kränklich-schwärmerische und ein bißchen fade Antlitz von dazumal mit dem prachtvollen, fest, gütig und fröhlich dreinschauenden Greisenhaupt, um dessen zahnlosen, weiß überbuschten Mund ein Lächeln rationalistischer Heiterkeit liegt, wie man es auf gewissen Altherren-Porträts des achtzehnten Jahrhunderts findet, – und man wird nicht zweifeln, wann dieser Mann und Geist auf seiner Höhe war, wann er in seiner persönlichen Vollkommenheit stand.

Dies Bild zeigt den Fontane der Werke und Briefe, den alten Briest, den alten Stechlin, es zeigt den unsterblichen Fontane. Der sterbliche, nach allem, was man hört, war mangelhafter und hat die Leute wohl oft enttäuscht. Er ist siebenzig, als er zu seiner Tochter von der Kraft und Frische spricht, die zum Vergnügen viel mehr noch als zum Arbeiten gehöre, und gesteht, daß die Frage: »Was soll der Unsinn?« ganz und gar von ihm Besitz zu nehmen drohe. Aber er bildet sich wohl nur ein, daß er jener Art Frische je recht eigentlich teilhaft gewesen ist, und er hat wohl nur vergessen, daß der mißmutige Quietismus der »berühmten Frage« ihn mehr oder weniger zu allen Zeiten besessen hat. »Um sich hier zu amüsieren«, schreibt er, siebenunddreißigjährig, aus Paris, »bedarf es gewisser guter und schlechter Eigenschaften, die ich beide nicht habe. Zunächst muß man Französisch können; und das ist eine große Tugend, die ich nicht habe. Außerdem muß man Libertin sein, Hazard spielen, Mädchen nachlaufen, Rendezvous verabreden, türkischen Tabak rauchen, das Billardqueue zu handhaben wissen und so weiter. Wer von alledem nichts hat und weiß, der ist ein verlorenes Subjekt und tut gut, seine Koffer zu packen, wenn er sich den Schwindel angesehen und seine Kunstvisiten im Louvre und in Versailles beendet hat.« Das ist eine etwas grämliche Äußerung für einen Mann in der Blüte der Jahre, der zum erstenmal Paris auf sich wirken läßt. Aber es ist die Äußerung einer geistig beladenen, von der Verpflichtung zur Produktion absorbierten Existenz, die sich zum Vergnügen notwendig übellaunig und widerwillig verhält; und es ist namentlich die Äußerung einer zwar dauerhaften und zu späten Meisterleistungen bestimmten, aber nervös gequälten Konstitution, für welche die Jugend kein angemessener Zustand war und die zur Harmonie eigentlich erst im Alter gelangen konnte, wo weder wir selbst noch die anderen ›Frische‹ von uns verlangen, und wo die Frage: »Was soll der Unsinn?« zu einer natürlichen, menschlich erlaubten und darum sympathischen Grundstimmung wird.

Seine nervöse Verfassung muß eine gewisse Ähnlichkeit mit der Wagners gehabt haben, der freilich munter bis zur Albernheit sein konnte, in dessen langem, ergiebigem Schöpferleben das Gefühl des Wohlseins aber eine Ausnahme gewesen zu sein scheint; der, konstipiert, melancholisch, schlaflos, allgemein gepeinigt, sich mit dreißig Jahren in einem Zustand befindet, daß er sich oft niedersetzt, um eine Viertelstunde lang zu weinen; der vor der Beendung des ›Tannhäuser‹ zu sterben fürchtet und mit fünfunddreißig Jahren sich für zu alt hält, um die Ausführung des Nibelungenplanes zu unternehmen; der fortwährend erschöpft, jeden Augenblick ›fertig‹ ist, mit vierzig »täglich an den Tod denkt« und mit fast siebenzig den ›Parsifal‹ schreiben wird. Der Temperamentsunterschied ist groß, und bei Fontane ist alles kühler, gemäßigter. Aber seine Briefe geben Kunde von seiner raschen Erschöpfbarkeit, seiner inneren Gehetztheit; und offenbar hat er nicht geglaubt, es zu hohen Jahren zu bringen. Wenn er mit siebenunddreißig sich altern fühlt, so sieht er sich mit siebenundfünfzig am Ziel. Er hat »nun alles Irdische erreicht: geliebt, geheiratet, Nachkommenschaft erzielt, zwei Orden gekriegt, und in den Brockhaus gekommen. Es fehlt nur noch zweierlei: Geheimer Rat und Tod. Des einen bin ich sicher, auf den anderen verzicht' ich allenfalls.« Zwei Jahre später hat er im Theater einen Ärger, »im Grunde genommen nur eine Bagatelle; und doch war mir eine Viertelstunde lang zu Mut, als müßt' ich auf dem Platze bleiben; das Herz schlug mir krankhaft, und um die Hüften herum hatt' ich einen heftigen Schmerz ... Nervös war ich immer, aber doch nicht so. Und dann sag' ich mir wieder: Was will man denn noch? Das Leben liegt hinter einem, und die meisten Achtundfünfziger sind noch ganz anders ramponiert.« Er ist ramponiert, das Leben liegt hinter ihm; und was er noch zu geben haben wird, sind lediglich achtzehn Bände, von denen bis zu ›Effi Briest‹ hinauf einer immer besser ist als der andere.

In einem Brief aus den siebenziger Jahren sucht er während einer ehelichen Verstimmung seine nervöse Gereiztheit und Verdrießlichkeit seiner Frau gegenüber zu entschuldigen. »Wenn ich bei einer Arbeit nicht von der Stelle kann«, schreibt er, »oder das Gefühl des Mißlungenen habe, so bedrückt das mein Gemüt, und aus bedrücktem Gemüt heraus kann ich nicht nett, quick, elastisch und liebenswürdig sein.« Aber er hat wohl zu denen gehört, deren Lebensleistung ins Heldenmäßige wächst, weil sie nie von der Stelle zu kommen meinen; die das Vollkommene erreichen, weil sie ewig das Gefühl des Mißlungenen haben; und so liebenswürdig seine Briefe sind, so habe ich noch keinen getroffen, der ihn persönlich gekannt und ihn quick, elastisch und liebenswürdig gefunden hätte. Man erinnert sich seiner als eines »pimpligen« alten Herrn, dem von überströmender Schaffenslust nicht eben viel anzumerken war. Eine Dame, die seine Bekanntschaft in einem Badeort gemacht hatte, erzählte mir, daß er ihr auf die Frage, wie es heute mit seiner Arbeit gegangen sei, geantwortet habe: »Gott, schlecht. Ich habe da in der Laube gesessen, und anderthalb Stunden lang fiel mir nichts ein. Und als es gerade anfing, ein bißchen zu drippeln, da kamen ja die Kinder und machten Lärm; und da war es denn für heute vorbei.« Die Dame äußerte sich in abschätzigem Sinne über diese Art von Dichtertum. Wenn einer schon angeblich Talent habe, meinte sie, und die Schriftstellerei als Beruf betreibe, dann sei ein solches Geständnis doch einfach blamabel. Wahrscheinlich hätte der Alte ihr halbwegs zugestimmt; denn er war bescheiden, dachte würdig, aber nicht groß von sich; und obgleich er nach Jahrgang und Ausrüstung ein Mitglied des europäischen Heroengeschlechtes war, zu welchem Bismarck, Moltke und Wilhelm der Erste, Helmholtz, Wagner, Menzel, Zola, Ibsen und Tolstoi gehörten, so war er doch ganz ohne die feierliche Wesensüberspannung, die Ewigkeitsoptik auf sich selbst, die Großmannssucht, welche das zarte Geschlecht von 1870 entnervt.

Der alte Fontane

Platen, der Lyriker, gilt für den Mann der Strenge, des kalten Ebenmaßes, des klassizistischen Formalismus. Es ist wahr, er hat den Zerfall der Form bekämpft, die Zeit gegeißelt, weil sie sich romantischer Zerweichung überließ, und dem, was er als das Schlechte empfand, der

Auflösung, das kunstrein Gestaltete, die heilige Form als das Wahre und Unverlierbare entgegengestellt. »Ich schwöre«, sagte er in der unsterblichen ›Morgenklage‹:

Ich schwöre den schönen Schwur, getreu stets
zu sein
Dem hohen Gesetz, und will, in Andacht vertieft,
Voll Priestergefühl verwalten
Dein groß Prophetenamt.

Wie hätte er dies Pathos missen mögen? Es hielt ihn aufrecht in den Schmerzen und Demütigungen seines kurzen, zugleich erhabenen und kummervollen, um nicht zu sagen: kümmerlichen Lebens.

Ein Trost nur bleibt mir, daß ich jeder Bürde
Vielleicht ein Gleichgewicht vermag zu halten
Durch meiner Seele ganze Kraft und Würde.

Der Ausdruck dieser Kraft und Würde, durch die seine Seele über das Ungemach, die Beleidigungen des Lebens triumphierte, war die Form, und in einem Sonett hat er es in dem eigentümlich kunstgeläuterten Parlando, das den Stil dieser Gattung ausmacht und das er wie kein anderer beherrschte, vollendet ausgesprochen:

Wem Kraft und Fülle tief im Busen keimen,
Die Form beherrscht er mit gerechtem Stolze,
Bewegt sich leicht, wenn auch in schweren Reimen.
Er schneidet sich des Liedes flücht'ge Bolze
Gewandt und sicher, ohne je zu leimen,
Und *was* er fertigt, ist aus ganzem Holze.

Dennoch kann nur Unkenntnis diesen Dichter auf das rational Formale und Rhetorische festlegen wollen und in der Vorstellung verharren, ihm fehle Weichheit, Beschwingtheit, Liedzauber, Musik, jener Hauch und Farbenstaub, jener Tonfall magischer Innigkeit, den vorzüglich der Deutsche als eigentlich lyrisch ehrt. Es ist wahr, daß Gesang ihm je länger je mehr das hoch und kultisch *Gesagte* bedeutete. Aber das Einfältige und Melodische, auch das Geheimnisvolle und seltsam Inspirative ist da, und ich könnte es aufzeigen, wenn die Zeit es erlaubte. Nur *ein* Gedicht aus dieser weicheren, wenn man will: romantischeren Sphäre will ich Ihnen ganz vorsagen, das Sie alle kennen, das gewiß viele von Ihnen auswendig wissen, wie ich es von früh an auswendig weiß, und dessen Ruhm auf seinem unendlichen Reichtum an seelischen Beziehungen beruht. Platen schrieb es mit neunundzwanzig Jahren, als er Kadettenhaus und Pageninstitut, das verfehlte Leutnantsleben, die Studienzeit in Würzburg und Erlangen und die erste italienische Reise hinter sich hatte, die die Venezianischen Sonette zeitigte, schrieb es zehn Jahre vor seinem Tode, und so viel sagt es von ihm – so ganz sagt es ihn aus, daß man mit diesem Gedicht den Dichter identifizieren mag, mit ihm und mit seinem Titel. Es lautet:

Wer die Schönheit angeschaut mit Augen,
Ist dem Tode schon anheimgegeben,
Wird für keinen Dienst der Erde taugen,
Und doch wird er vor dem Tode beben,
Wer die Schönheit angeschaut mit Augen!

Ewig währt für ihn der Schmerz der Liebe,
Denn ein Tor nur kann auf Erden hoffen,
Zu genügen einem solchen Triebe:
Wen der Pfeil des Schönen je getroffen,
Ewig währt für ihn der Schmerz der Liebe!

Ach, er möchte wie ein Quell versiechen,
Jedem Hauch der Luft ein Gift entsaugen
Und den Tod aus jeder Blume riechen:
Wer die Schönheit angeschaut mit Augen,
Ach, er möchte wie ein Quell versiechen!

»Ewig währt für ihn der Schmerz der Liebe!« Von dem, der dies gestand, hat Goethe geurteilt, er habe der Liebe nicht. Der große Mann irrte. Er mochte auf Platen – und auf wen nicht! – mit hochväterlichem Lobe und Tadel herabsehen, denn zum Schöpfertum großen Stils fehlte dem Ansbacher Aristokratenspröß der Segen mächtiger und ausdauernder Vitalität, und seine selbstbefeuernden Ankündigungen von Dichtertaten, die er in sich zu tragen inbrünstig wähnte, mußten ihm den Vorwurf leerer Prahlerei eintragen. Was aber der glücklich Große ihm absprechen zu sollen meinte, die Liebe, eben sie hatte er: die Liebe nämlich, die jenes Gedicht durchtränkt und sein ganzes schwermütig-lobpreisendes, zu höchsten Flügen immer wieder begeistert ansetzendes Werk erfüllt, die unendliche und unstillbare Liebe, die in den Tod einmündet, die der Tod ist, weil sie auf Erden nicht Genüge findet, und die er, ein früh und unheilbar Getroffener, den »Pfeil des Schönen« nennt.

Man kennt die spielerisch makabre und pointenhafte Verkoppelung der Begriffe Liebe und Tod, wie die Romantik und wie noch Heine in seinen romantisierenden Liedchen und Romanzen sie dichterisch praktizierte. Hier, in Platens Gedicht, sind diese Ideen auf eine Weise aneinandergebunden, die weit über das äußerlich und sentimental Romantische hinausführt in eine Seelenwelt, für die ebendiese geheimnisvollen Verse »Wer die Schönheit angeschaut mit Augen, ist dem Tode schon anheimgegeben« die Ur- und Grundformel bilden, eine Welt, in welcher der Lebensbefehl, die Gesetze des Lebens, Vernunft und Sittlichkeit nichts gelten, eine Welt trunken hoffnungsloser Libertinage, die zugleich eine Welt der stolzesten Form und der Todesstrenge ist und die den Adepten lehrt, daß das Prinzip der Schönheit und Form nicht der Sphäre des Lebens entstammt, daß seine Beziehung zu ihm höchstens die eines rigorosen und melancholischen Kritizismus ist: es ist die Beziehung des Geistes zum Leben. Liebc und Tod, diese Zusammenziehung romantischen Witzes, ist es noch nicht, was die Welt, von der ich spreche, bestimmt. Schönheit und Tod, und daß der Pfeil des Schönen der des Todes und ewigen Sehnsuchtsschmerzes ist, erst darin vollendet sich's. Tod, Schönheit, Liebe, Ewigkeit sind die Sprachsymbole dieses zugleich platonischen und rauschvoll musikalischen Seelenwunders voll Faszination und Verführung, von welchem unser Gedicht, ein monoton und hoffnungslos in sich selbst zurückkehrendes Zauberritornell, raunend zu künden versucht; und die auf Erden das Zeichen seiner Ritterschaft tragen, die Ritter der Schönheit, sind Todesritter.

›*Tristan*‹ – so hat Platen jenes Gedicht überschrieben. Wie sonderbar! Es muß ein eigentümlich vertiefter und traumwandlerischer, in weite Zusammenhänge verwobener Augenblick gewesen sein, als seine Hand über das Lied diesen Titel schrieb.

August von Platen

Es gibt Äußerungen der Gehässigkeit und des herabsetzenden Willens über große Naturen, polemisch-boshafte und aus Übelwollen hellsichtige Äußerungen, aus denen man mehr über ihren Gegenstand lernen kann als aus dem schwungvollsten Panegyrikus. Ich denke an den Brief eines gleichgültigen Herrn von Bretschneider an den Berliner Friedrich Nicolai aus dem Jahre 1775, worin der Schreiber mit einer Antipathie, die des psychologischen Scharfblicks nicht entbehrt, über den jungen Verfasser von ›Werthers Leiden‹, über seinen unzuverlässigen Verstand und unbeständiges Gemüt sich äußert und worin er ihm als Dichter die folgenden Anlagen bewilligt: »Es liegt in Goethe«, sagt er, »ein gewisser Same von Fähigkeit, oder vielmehr, er hat ein poetisches Genie, das alsdann wirkt, wenn er, nachdem er mehrere Zeit einen Stoff herumgetragen und in sich bearbeitet und alles gesammelt hat, was zu seiner Sache dienen kann, sich an seinen Schreibtisch setzt. Zum Gelegenheitsdichter hätte er sich nicht geschickt. Denn er kann außer seiner Ordnung nichts machen. Wenn ihm etwas auffällt, so bleibt es in seinem Gemüt und Kopf hangen, alles, was ihm nur aufstößt, sucht er mit dem Klumpen Ton zu verkneten, den er in der Arbeit hat, und denkt und sinnt auf nichts anderes als dieses Objekt.« Die Stelle hat herabsetzenden, verkleinernden Akzent, aber sie spricht mit verneinendem Vorzeichen psychologisch-konstitutionelle Wahrheiten aus, die sich dann in größtem schöpferischen Stil bewährt haben. Es gäbe nur zwei Wege, ein bedeutendes Ziel zu erreichen, so hat man Goethe erklären hören: *Gewalt* und *Folge*. Der Weg dieses großen Gewaltlosen und Friedensmenschen war die Folge, die Konsequenz, die ruhige Ausdauer. Er trieb das Prinzip gelegentlich ins Groteske und deutete eine erschreckende Bereitschaft an, sich um der Pflicht willen selbst zum Stumpfsinn zu bekennen. »Und wäre es meine Aufgabe«, ruft er, »diese Streusandbüchse, die hier vor mir steht, immerfort auszuschütten und wieder zu füllen, – ich würde es mit unermüdlicher Geduld und genauester Sorgfalt tun.«

Man beobachtet an ihm ein Element der Sorglichkeit, der Vorsorge, das man als zur bürgerlichen Sittlichkeit gehörig betrachten darf. »Wer vorsieht«, sagt er, »ist Herr des Tages.« Er feiert den frühen Tag, den Morgen, an dem wir am klügsten, aber auch am sorglichsten seien, »denn auch die Sorge«, fügt er hinzu, »ist eine Klugheit, wiewohl nur eine passive; die Dummheit weiß von keiner Sorge«. Und der Preis des Morgens als der eigentlichen Tageszeit schöpferischer Tüchtigkeit erhebt sich ins Feierliche, wenn er ausruft:

Tag vor dem Tage, göttlich werde du verehrt!
Denn aller Fleiß, der männlich schätzenswerte,
Ist morgendlich.

Es ist dieser Zug von Sorglichkeit, womit der Zeitkultus, die Zeitheiligung, Zeitökonomie zusammenhängt, die jede Minute ausschöpft und sein Leben zu einem der vielfältig fleißigsten gemacht hat, die je geführt worden sind. Er hat die Minute verherrlicht in dem Stammbuchverschen für seinen Enkel, diesem Spruch, mit dem er eine sentimental-pessimistische Sentenz des von ihm wenig geachteten Jean Paul beantwortete:

Ihrer sechzig hat die Stunde,
Über tausend hat der Tag.
Söhnchen, werde dir die Kunde,
Was man alles leisten mag.

Sein Acker die Zeit. Im Grunde kennt er kein Ausruhen. Er bekennt von sich, daß er die Stunden, die man jedem anderen zur Erholung bewilligt, zu vielfältiger

Tätigkeit auszunützen gehabt habe. Man erwartet den Neunundsiebzigjährigen bei einer Gesellschaft in seinem Hause, an der auch Tieck teilnimmt, und sendet endlich, ich nehme an: mit Vorbedacht, ein hübsches junges Mädchen zu ihm in sein Arbeitszimmer, wo der Greis im Hausrock vor einem Haufen Schriften am Schreibpult steht. Ihre Bitte, die Versammlung mit seiner Gegenwart zu erfreuen, erzürnt ihn. Ob man glaube, daß er zu jedem laufe, der warte, ruft er ärgerlich. »Was würde dann aus dem da werden!« Und zeigt auf die offenen Bogen. »Wenn ich tot bin, macht's keiner. Sagen Sie das drüben der Gesellschaft.« Aber da die Kleine sich traurig entfernen will, wird er weich und ruft sie zurück: »Ein Greis, der noch arbeiten will«, sagt er sanft, »darf nicht jedem zu Gefallen seinen Willen umstimmen. Tut er's, so wird er der Nachwelt gar nicht gefallen.« Ein rührendes kleines Vorkommnis, und man kann bürgerlicher Ethik keine höhere Ehre erweisen, als indem man diese Fleißestreue bis zum letzten als bürgerlich anspricht. Man darf es wohl, denn die Liebe zu Mühe und Arbeit, der asketische Glaube daran ist ja auch von einer Soziologie, die die bürgerliche Geistesform religiös-protestantisch begründet, als seelisches Zubehör der Bürgerlichkeit gekennzeichnet worden. »Solche *Mühe* hat Gott dem Menschen gegeben«, war das Bibelwort, das Goethe vielleicht am häufigsten zitiert hat, und er pflegte dabei das ü von Mühe auf eine halb humoristische, halb desperate Weise in die Länge zu ziehen.

Dem großen Friedlichen, dem Menschentum gleichwohl Kämpfertum bedeutete, war nach seiner Erklärung der titanisch-gigantische, himmelstürmende Sinn im tiefsten fremd. Er habe, sagt er, seiner Dichtungsart keinen Stoff verliehen, »eher ziemte es sich mir, darzustellen jenes friedliche, plastische, allenfalls duldende Widerstreben, das die Obergewalt anerkennt, aber sich ihr gleichsetzen möchte«. Das betrachtsame, überschauende, gerechte Prinzip seines Wesens, das in alle Erscheinungen eindringt, aus ihnen allen zu sprechen weiß und das Leben in seiner Gesamtheit gutheißt, schließt das Tragische aus, vor dem er Furcht und Scheu bekennt und von dem er sagt, daß es ihn zerstören müßte. Ein Zug von Nüchternheit und Vernünftigkeit ist darin, den hohe Schwarmgeister und Seraphiker der Poesie gleich Novalis als antipoetisch empfinden konnten. Es ist ein verwirrendes Paradoxon, daß Novalis den ›Wilhelm Meister‹, nicht ohne gute Belege beizubringen, als einen »Candide, gerichtet gegen die Poesie«, bezeichnen mochte, und die Kritik, die dieser hektische Mystiker an dem größten Roman der Deutschen geübt hat, ist ein glänzendes Beispiel jener polemischen Dokumente, von denen wir sprachen und aus deren Negativität mehr zu lernen ist als aus irgendwelchen Begeisterungen. Undichterisch im höchsten Grade hat Novalis den ›Meister‹ zu nennen gewagt, so poetisch auch die Darstellung sei, eine Satire auf Poesie, Religion und so weiter, aus Stroh und Hobelspänen sei ein wohlschmeckendes Gericht, ein Götterbild zusammengesetzt. Hinten sei alles Farce. »Die ökonomische Natur ist die wahre übrigbleibende ... Das Romantische geht darin zugrunde, auch die Naturpoesie, das Wunderbare. Es handelt bloß von gewöhnlichen menschlichen Dingen, die Natur und der Mystizism sind ganz vergessen. Es ist eine poetisierte bürgerliche und häusliche Geschichte ... Das erste Buch im Meister zeigt, wie angenehm sich auch gemeine, alltägliche Begebenheiten hören lassen, wenn sie gefällig moduliert vorgetragen werden, wenn sie, in eine gebildete, geläufige Sprache einfach gekleidet, mäßigen Schritts vorübergehen. Ein ähnliches Vergnügen gewährt ein Nachmittag unterwegs, im Schoß einer Familie zugebracht, die, ohne ausgezeichnete Menschen in sich zu schließen, ohne eine ausgesucht reizende Umgebung zu haben, doch durch die Nettigkeit und Ordnung ihres Hauswesens, durch die zusammenstimmende Tätigkeit ihrer mäßigen Talente und Einsichten und die zweckmäßige Benutzung und Ausfüllung ihrer Sphäre und Zeit ein gern zurückgerufenes Angedenken hinterläßt.« – Denken wir nicht an den Mann in Karlsbad und sein Wort vom »gesetzten« Dichter? »Goethe ist ganz *praktischer* Dichter«, sagte Novalis ein andermal. »Er ist in seinen Werken, was der Engländer in seinen Waren ist: höchst einfach, nett, bequem und dauerhaft. Er hat in der deutschen Literatur das getan, was Wedgwood in der englischen Kunstwelt getan hat, er hat, wie die Engländer, einen natürlichen ökonomischen und einen durch Verstand erworbenen edlen Geschmack ... seine Neigung ist, eher etwas Unbedeutendes ganz fertig zu machen, ihm die höchste Politur und Bequemlichkeit zu geben, als eine Welt anzufangen und etwas zu tun, wovon man voraus wissen kann, daß man es nicht vollkommen ausführen wird.«

Die Bosheit dieser Kennzeichnungen darf uns nicht hindern, das bedingt Genaue und Zutreffende darin anzuerkennen. Das Wort »bürgerlich« fehlt nicht darin, und daß Novalis der Magie dieser Bürgerlichkeit zugänglich war wie einer, beweist er an anderer Stelle, wo er erklärt, so sonderbar es manchem scheinen möchte, sei doch nichts wahrer, als daß es nur die Behandlung, das Äußere, die Melodie des Stils sei, welche zur Lektüre uns hinziehe und uns an dieses oder jenes Buch fessele. »›Wilhelm Meisters Lehrjahre‹«, sagt er, »sind ein mächtiger

Beweis dieser Magie des Vortrags, dieser eindringenden Schmeichelei einer klugen, gefälligen, einfachen und doch mannigfaltigen Sprache. Wer diese Anmut des Sprechens besitzt, kann uns das Unbedeutendste erzählen, und wir werden uns angezogen und unterhalten finden; diese geistige Einheit ist die wahre Seele eines Buches, wodurch uns dasselbe persönlich und wirksam vorkommt«.

Man kann den vernünftigen Zauber, den kindlich-göttlichen Liebreiz der Goethischen Schreibweise nicht kühler, aber auch nicht genauer kennzeichnen, als es mit diesen Worten des Novalis geschieht. Denn es ist ja wahr, daß jede Verstiegenheit, jeder poetische Überschwang diesem Stile fremd ist, der dennoch immer zum Äußersten geht, sich auf einer mittleren Linie mit diskreter Kühnheit, meisterlicher Gewagtheit und unfehlbarer künstlerischer Sicherheit dahinbewegt: gewandt, präzis, bis in die etwas amtliche Diktatprosa des Alters hinein von einem rhythmischen Zauber, der die klarste Mischung von Eros und Logos bildet und uns wohlig und unwiderstehlich führt und trägt. Das Wort ist nicht etwa gehoben, getragen, feierlich, priesterlich oder pathetisch – aus Goethe's Schule kommend, in seinem Geschmack lebend, kann man eine solche Sprache gar nicht lesen und innerlich hören, sie widersteht und langweilt hoffnungslos –, sondern alles ist in mittlerer Stimmlage und Stärke gesprochen, prosaisch *gesagt*, selbst in der Lyrik, aber von einer sonderbar prosaischen, heiteren Kühnheit: Das Wort wird neugeschaffen, unabgenutzt, einmalig, als würde es zum ersten Male aus dem Schoß der Sprache emporgehoben, neu erfunden, mit seinem Sinn neu verbunden, und zwar so, daß dieser Sinn dadurch eigentümlich zu transzendieren beginnt und etwas heiter Geisterhaftes entsteht, etwas, was zugleich

»goldig«, wie man in Westdeutschland sagt, und sublim ist, gesittet-verwegen in dem besonderen Sinn von Goethe's eigenem Ausspruch, daß in jedem Künstler »ein Keim von Verwegenheit« liege, ohne den kein Talent denkbar sei. Es ist im ›Faust‹ nicht weniger so als im ›Divan‹ und in der Prosa; und wenn die Kühnheit des Künstlers ist, so darf man das Mittlere, Gemäßigte darin als bürgerlich ansprechen.

Goethe als Repräsentant des bürgerlichen Zeitalters

Die Passion für Wagners zaubervolles Werk begleitet mein Leben, seit ich seiner zuerst gewahr wurde und es mir zu erobern, es mit Erkenntnis zu durchdringen begann. Was ich ihm als Genießender und Lernender verdanke, kann ich nie vergessen, nie die Stunden tiefen, einsamen Glückes inmitten der Theatermenge, Stunden voll von Schauern und Wonnen der Nerven und des Intellektes, von Einblicken in rührende und große Bedeutsamkeiten, wie eben nur diese Kunst sie gewährt. Meine Neugier nach ihr ist nie ermüdet; ich bin nicht satt geworden, sie zu belauschen, zu bewundern, zu überwachen – nicht ohne Mißtrauen, ich gebe es zu; aber die Zweifel, Einwände, Beanstandungen taten ihr so wenig Abbruch wie die unsterbliche Wagnerkritik Nietzsche's, die ich immer als einen Panegyrikus mit umgekehrtem Vorzeichen, als eine andere Form der Verherrlichung empfunden habe. Sie war Liebeshaß, Selbstkasteiung. Wagners Kunst war die große Liebesleidenschaft von Nietzsche's Leben. Er hat sie geliebt, wie Baudelaire, der Dichter der ›Fleurs du Mal‹, sie geliebt hat, von dem man erzählt, er habe noch in der Agonie, in der Lähmung und halben Verblödung seiner letzten Tage, vor Freude gelächelt, wenn der Name Wagners genannt wurde – il a souri d'allégresse. So pflegte Nietzsche in seiner paralytischen Nacht beim Klang dieses Namens aufzuhorchen und zu erwidern: »Den habe ich sehr geliebt.« Er hat ihn sehr gehaßt, aus geistigen, kulturmoralischen Gründen, die hier nicht zur Erörterung stehen. Aber es wäre seltsam, wenn ich allein stände mit der Erfahrung, daß Nietzsche's Polemik gegen Wagner der Begeisterung eher ein Stachel ist, als daß sie sie zu lähmen vermöchte.

Was ich beanstandete, von jeher, oder besser, was mich gleichgültig ließ, war Wagners Theorie, – kaum habe ich mich je bereden können, zu glauben, daß überhaupt je jemand sie ernst genommen habe. Was sollte ich anfangen mit dieser Addition von Musik, Wort, Malerei und Gebärde, die sich als das allein Wahre und als die Erfüllung aller künstlerischen Sehnsucht ausgab? Mit einer Kunstlehre, der zufolge der ›Tasso‹ dem ›Siegfried‹ nachzustehen hätte? Es war ein starkes Stück, fand ich, die Einzelkünste aus dem Zerfall einer ursprünglich theatralischen Einheit abzuleiten, in die sie zu ihrem Glück dienend zurückkehren sollten. Die Kunst ist ganz und vollkommen in jeder ihrer Erscheinungsformen; man braucht nicht ihre Gattungen zu summieren, um sie vollkommen zu machen. Das zu denken, ist *schlechtes* neunzehntes Jahrhundert, eine schlimm mechanistische Denkungsweise, und Wagners siegreiches Werk beweist nicht seine Theorie, sondern nur sich selbst. Es lebt und wird lange leben, aber die Kunst wird es in den Künsten überleben und die Menschheit durch sie bewegen, wie eh und je. Es wäre kindliche Barbarei, zu glauben, Höhe und Intensität der Kunstwirkung ergäben sich aus dem gehäuften Maß ihrer sinnlichen Aggression.

Leiden und Größe Richard Wagners

Der allgemeine seelische Charakter von Wagners Musik hat etwas pessimistisch Schweres, langsam Sehnsüchtiges, im Rhythmus Gebrochenes und aus dunklem Wirrsal nach Erlösung im Schönen Ringendes; es ist die Musik einer beladenen Seele, nicht tänzerisch zu den Muskeln redend, sondern ein Wühlen, Sichschieben und Drängen von unsüdlicher Mühsal, die Lenbachs Mutterwitz schlagend kennzeichnete, als er eines Tages zu Wagner sagte: »Ihre Musik – ach was, das ist ja ein Lastwagen nach dem Himmelreich.« – Aber sie ist nicht nur das. Über ihrer Seelenschwere darf man das Kecke, Stolze und Heitere nicht vergessen, das sie ebenfalls hervorbringen kann, in den ritterlichen Themen etwa, den Motiven Lohengrins, Stolzings und Parsifals, nicht das Elbisch-Naturneckische und Liebliche der Rheintöchterterzette, den parodischen Witz und gelehrten Übermut des Meistersingervorspiels, auch nicht die Ländlerlustigkeit des Volkstanzes im dritten Akt. Wagner kann alles. Er ist ein Charakteristiker ohnegleichen.

Leiden und Größe Richard Wagners

Man findet in wagneroffiziellen Werken allen Ernstes die Behauptung, der ›Tristan‹ sei unbeeinflußt von Schopenhauerscher Philosophie. Das zeugt von sonderbarer Uneinsichtigkeit. Die erzromantische Nachtverherrlichung dieses erhaben morbiden, verzehrenden und zaubervollen, in alle schlimmsten und hehrsten Mysterien der Romantik tief eingeweihten Werkes ist freilich nichts spezifisch Schopenhauerisches. Die sinnlich-übersinnlichen Intuitionen des ›Tristan‹ kommen von weiter her: von dem inbrunstvollen Hektiker Novalis, der schreibt:

»Verbindung, die auch für den Tod geschlossen ist, ist eine Hochzeit, die uns eine Genossin für die Nacht gibt. Im Tode ist die Liebe am süßesten; für den Liebenden ist der Tod eine Brautnacht, ein Geheimnis süßer Mysterien.« Und der in den ›Hymnen an die Nacht‹ klagte: »Muß immer der Morgen wieder kommen? Endet nie des Irdischen Gewalt? Wird nie der Liebe geheimes Opfer ewig brennen?« Tristan und Isolde nennen sich »Nachtgeweihte« – das steht wörtlich bei Novalis: »Der Nacht Geweihte.« Und geistesgeschichtlich noch merkwürdiger, noch bezeichnender für die Herkunft, den Gefühls- und Gedankengrund des Tristanwerkes sind seine Beziehungen zu einem Büchlein von üblem Leumund, zu Friedrich von Schlegels ›Lucinde‹, worin es heißt: »Wir sind unsterblich wie die Liebe. Ich kann nicht mehr sagen, meine Liebe oder deine Liebe, beide sind sie gleich und vollkommen eines, so viel Liebe als Gegenliebe. Es ist Ehe, ewige Einheit und Verbindung unserer Geister, nicht bloß für das, was wir diese oder jene Welt nennen, sondern für eine wahre, unteilbare, namenlose, unendliche Welt, für unser ganzes, ewiges Sein und Leben.« – Hier ist das Gedankenbild des Todes- und Liebestrankes: »Darum würde ich auch, wenn es mir Zeit schiene, ebenso froh und ebenso leicht eine Tasse Kirschlorbeerwasser mit dir ausleeren wie das letzte Glas Champagner, was wir zusammen tranken mit den Worten von mir: ›So laß uns den Rest unseres Lebens austrinken!‹« – Hier ist auch der Gedanke des Liebestodes: »Ich weiß, auch du würdest mich nicht überleben wollen, du würdest dem voreiligen Gemahle auch im Sarge folgen und aus Lust und Liebe in den flammenden Abgrund steigen, in den ein rasendes Gesetz die indischen Frauen zwingt und die zartesten Heiligtümer der Willkür durch grobe Absicht und Befehl entweiht und zerstört.« – Hier ist die Rede von dem »Enthusiasmus der Wollust«, was zugleich eine echt Wagnerische Formel ist. – Hier ist in Prosa ein erotisch-quietistischer Lob- und Preisgesang auf den Schlaf, das Paradies der Ruhe, die heilige Stille der Passivität, die im ›Tristan‹ einlullendes Hornmotiv und Gesang der geteilten Violinen geworden ist. – Und es war nicht mehr und nicht weniger als ein literarhistorischer Fund, als ich schon als junger Mensch in dem Liebesdialog zwischen Lucinde und Julius die ekstatische Replik anstrich: »O ewige Sehnsucht! – Doch endlich wird des Tages fruchtlos Sehnen, eitles Blenden sinken und erlöschen, und eine große Liebesnacht sich ewig ruhig fühlen« – und an den Rand schrieb: »Tristan«. Ich weiß noch heute nicht, ob diese wörtliche Anlehnung, diese Wiederkehr des Gleichen als unbewußte Reminiszenz je sonst bemerkt worden ist, – sowenig ich weiß, ob philologisch bekannt ist, daß Nietzsche's Buchtitel ›Die fröhliche Wissenschaft‹ aus Schlegels ›Lucinde‹ stammt.

Leiden und Größe Richard Wagners

Es war eine bemerkenswert *pessimistische* Einschätzung; und wirklich unterrichtet jedes Handbuch darüber, daß Schopenhauer erstens der Philosoph des Willens und zweitens derjenige des Pessimismus sei. Aber das ist kein Erstens und Zweitens, sondern es ist ein und dasselbe, und er war das Zweite, weil und indem er das Erste war, – war notwendig Pessimist, weil er der Philosoph und Psychologe des Willens war. Wille, als Gegenteil ruhenden Genügens, ist an sich selbst etwas fundamental Unseliges; er ist Unruhe, Streben *nach* etwas, Notdurft, Lechzen,

Gier, Verlangen, Leiden, und eine Welt des Willens kann nichts anderes als eine Welt des Leidens sein. Der sich in allem Seienden objektivierende Wille büßt im Physischen seine metaphysische Lust in einem sehr wörtlichen Sinn dieser Redensart: er »büßt« für sie aufs furchtbarste in der Welt und durch die Welt, die er hervorgebracht hat und die als Werk der Begierde und der Drangsal sich gar schauerlich bewährt. Indem nämlich die Weltwerdung des Willens sich nach dem principium individuationis, durch seine Zersplitterung in die Vielheit vollzieht, vergißt er seine ursprüngliche Einheit und wird, obgleich in aller Zerstückelung der *eine*, zu einem millionenfach mit sich selbst entzweiten, gegen sich selbst streitenden Willen, welcher, sich selbst verkennend, in jeder seiner Erscheinungen sein Wohlsein, seinen »Platz an der Sonne« auf Kosten einer anderen, ja aller anderen sucht und so beständig die Zähne in sein eigenes Fleisch schlägt, jenem Tartaros-Insassen gleich, der gierig sein eigenes Fleisch verzehrte. Dies ist ganz wörtlich zu verstehen. Platons »Ideen« sind bei Schopenhauer heillos gefräßig geworden, denn als die Stufen der Objektivation des Willens machen sie sich gegenseitig die Materie, den Raum, die Zeit streitig. Der Tierwelt muß die Pflanzenwelt zur Nahrung, jedes Tier wieder einem anderen zur Beute und Nahrung dienen, und so zehrt der Wille zum Leben immerfort an sich selbst. Der Mensch schließlich sieht das Ganze als zu seinem Gebrauch geschaffen an, bringt aber seinerseits den Greuel des Kampfes aller gegen alle, die Selbstentzweiung des Willens zur furchtbarsten Deutlichkeit, nach dem Spruche: »Homo homini lupus.«

Überall, wo Schopenhauer auf das Leiden der Welt, den Jammer und die Lebenswut der multiplen Willensinkarnationen zu reden kommt (und er redet sehr viel und sehr ausführlich davon), erreicht seine von Natur außerordentliche Beredsamkeit, erreicht sein schriftstellerisches Genie die glänzendsten und eisigsten Gipfel seiner Vollendung. Er spricht davon mit einer schneidenden Vehemenz, mit einem Akzent der Erfahrung, des umfassenden Bescheidwissens, der entsetzt und durch seine gewaltige Wahrheit entzückt. Es ist auf gewissen Seiten ein wilder kaustischer Hohn auf das Leben, funkelnden Blickes und mit verkniffenen Lippen, unter Einstreuung griechischer und lateinischer Zitate; ein erbarmungsvoll-erbarmungsloses Anprangern, Feststellen, Aufrechnen und Begründen des Weltelends, – bei weitem nicht so niederdrückend übrigens, wie man bei soviel Genauigkeit und finsterem Ausdruckstalent erwarten sollte, mit einer seltsam tiefen Genugtuung erfüllend vielmehr kraft des geistigen Protestes, der in einem unterdrückten Beben der Stimme vernehmbaren menschlichen Empörung, die sich darin ausdrückt. Diese Genugtuung empfindet jeder; denn spricht ein richtender Geist und großer Schriftsteller im allgemeinen vom Leiden der Welt, so spricht er auch von deinem und meinem, und bis zum Triumphgefühl fühlen wir alle uns gerächt durch das herrliche Wort.

Mangel, Not, Sorge um die Erhaltung des Lebens, – diese zuerst; dann, sind sie mit Mühe verbannt, Geschlechtstrieb, Liebesleid, Eifersucht, Neid, Haß, Angst, Ehrgeiz, Geldgeiz, Krankheit und so fort und so unerschöpflich fort: alle Übel, deren Quelle der innere Widerstreit des Willens ist, entsteigen der Büchse der Pandora. Und was bleibt auf ihrem Grunde zurück? Die Hoffnung? Ach, nein: die Langeweile; denn zwischen Schmerz und Langerweile wird jedes Menschenleben hin und her geworfen. Der Schmerz ist das Positive, die Lust seine bloße Aufhebung, also ein Negatives, und sofort geht sie in Langeweile über – wie der Grundton, zu dem der Irrgang der Melodie zurückführt, wie die Harmonie, in welche die Disharmonie mündet, immerfort ausgehalten, unerträgliche Langeweile erregen würden. Erfüllungen? Es gibt sie. Aber verglichen mit der langen Qual unseres Begehrens, der Unendlichkeit unserer Wünsche sind sie kurz und kärglich, und gegen ein Verlangen, das erfüllt wird, bleiben wenigstens zehn ungestillt. Übrigens ist die Befriedigung nur scheinbar, denn der erfüllte Wunsch macht alsbald einem neuen Platz: jener ist ein erkannter, dieser ein noch unerkannter *Irrtum*. Kein erlangtes Objekt des Wollens kann dauernde Befriedigung gewähren; es gleicht nur dem Almosen, das, dem Bettler zugeworfen, sein Jammerdasein von heute auf morgen verlängert. Das Glück? Es wäre die Ruhe. Aber sie eben ist nicht möglich für das Subjekt des Wollens. Jagen, Fliehen, Unheil fürchten, nach Genuß gieren – alles gleich, die Sorge für den stets fordernden Willen erfüllt und bewegt ohn' Unterlaß das Bewußtsein, und so liegt das Subjekt des Wollens immerdar auf dem drehenden Rade des Ixion, schöpft immer im Siebe der Danaiden, es ist der ewig schmachtende Tantalus.

[...] Es gibt einen Zustand, worin das Wunder geschieht, daß die Erkenntnis sich vom Willen losreißt, das Subjekt aufhört, ein bloß individuelles zu sein und zum reinen, willenlosen Subjekt der Erkenntnis wird. Man nennt ihn den *ästhetischen* Zustand. Er ist eine der größten und tiefsten Erfahrungen Schopenhauers, und über so gräßliche Akzente er verfügt zur Beschreibung der Qualen der Willensherrschaft, so seraphische Laute findet seine Prosa, so überschwenglich äußert sich seine

Dankbarkeit, wenn er – und es geschieht ausgiebig und unermüdlich – auf die Segnungen der *Kunst* zu reden kommt. Die geistige Formung und Deutung dieses seines vielleicht persönlichsten Erlebnisses bewerkstelligte er als Schüler Platons und Kants. »Schön ist«, hatte Kant bestimmt, »was *ohne Interesse* gefällt.« Ohne Interesse – mit Recht hieß das für Schopenhauer: ohne Beziehung auf den Willen. Das ästhetische Gefallen war rein, interesselos, willensfrei, es war »Vorstellung« im zugleich intensivsten und heitersten Sinn, klare, ungetrübte und tief beruhigte Anschauung. Und warum war es das? Hier mußte Platon helfen und der latente Ästhetizismus seiner Ideenlehre. Die Ideen! Sie waren es, für die im ästhetischen Zustande die Erscheinungen, diese Abbilder der Ewigkeit, durchsichtig wurden; der geöffnete Blick auf sie, – das war die lautere, große, sonnenhafte, *objektive* Anschauung, deren allein der Genius – und auch er nur eben in seinen genialen Stunden und Augenblicken –, deren mit ihm der genießende Empfänger des ästhetischen Werkes gewürdigt war.

Wie, und der Intellekt sollte es sein, der den Blick zu solchem Schauen öffnete? Ja, der vom Willen losgerissene, der zur reinen und unschuldigen Erkenntnis gewordene Intellekt. Unnötig zu sagen, daß es in der Kunst nicht intellektuell in des Wortes engerem Sinne zuging, daß nicht das Denken, die Abstraktion, der Verstand den glückseligen Zustand herbeiführte. Kunst war nicht lehrbar, sie war ein Geschenk der Intuition. Der Intellekt war dabei nur im Spiel, insofern eben er es war, der die Welt zur Vorstellung machte. Durchaus brauchte man nichts von der metaphysischen Bewandtnis der Dinge, von Erscheinung und Idee, von Kant und Platon zu wissen, um der Kunst teilhaftig zu sein. Den ästhetischen Zustand nach seinem wahren Wesen zu erklären, ihn dem abstrakten Denken zugänglich zu machen, war Sache der Philosophie – freilich wohl nur einer Philosophie, die mehr von Kunst verstand, mehr von Kunst *erlebt* hatte als alle frühere und zeitgenössische. Sie wußte und lehrte, daß der Blick der Kunst derjenige der *genialen Objektivität* war, – und hier erinnere man sich daran, was früher über das Mittlertum der Kunst als Quelle der *Ironie* gesagt wurde: so wird man gewahr werden, daß Ironie und Objektivität zusammengehören und *eines* sind. Apollon, der Fernhintreffende, der Musengott, ist ein Gott der Ferne und der Distanz, – nicht des Verstricktseins, des Pathos und der Pathologie, – des Leidens nicht, sondern der Freiheit, ein objektiver Gott, der Gott der Ironie ... In ihr also, so sah es Schopenhauer, in der genialen Objektivität, war die Erkenntnis dem Sklavendienste des Willens entrissen, die Aufmerksamkeit länger von keinem Motiv des Wollens getrübt: wir waren im Zustande einer Hingebung, die den Dingen als bloßer Vorstellung galt, nicht mehr sofern sie Motive waren, und nie gekannte Ruhe war uns auf einmal geschenkt. »Uns ist«, sagt unser Autor, »völlig wohl. Es ist der schmerzenslose Zustand, den Epikuros als das höchste Gut und als den Zustand der Götter pries: denn wir sind, für jenen Augenblick, des schnöden Willensdranges entledigt, wir feiern den Sabbath der Zuchthausarbeit des Wollens, das Rad des Ixion steht still.«

Schopenhauer

Was war es, was Nietzsche ins Unwegsame trieb, ihn unter Qualen dort hinaufgeißelte und ihn den Martertod am Kreuz des Gedankens sterben ließ? Sein Schicksal –

und sein Schicksal war sein Genie. Aber dieses Genie hat noch einen anderen Namen. Er lautet: Krankheit – dies Wort nicht in dem vagen und allgemeinen Sinn genommen, in welchem es sich so leicht mit dem Begriff des Genies verbindet, sondern in einem so spezifischen und klinischen Verstande, daß man sich wiederum dem Verdacht des Banausentums und dem Vorwurf aussetzt, man wolle die schöpferische Lebensleistung eines Geistes damit entwerten, der als Sprachkünstler, Denker, Psycholog die ganze Atmosphäre seiner Epoche verändert hat. Das wäre ein Mißverständnis. Oft ist gesagt worden, und ich sage es wieder: Krankheit ist etwas bloß Formales, bei dem es darauf ankommt, womit es sich verbindet, womit es sich erfüllt. Es kommt darauf an, *wer* krank ist: ein Durchschnittsdummkopf, bei welchem die Krankheit des geistigen und kulturellen Aspektes freilich entbehrt, oder ein Nietzsche, ein Dostojewski. Das Medizinisch-Pathologische ist *eine* Seite der Wahrheit, ihre naturalistische sozusagen, und wer die Wahrheit als Ganzes liebt und willens ist, ihr unbedingt die Ehre zu geben, wird nicht aus geistiger Prüderie irgendeinen Gesichtspunkt verleugnen, unter dem sie gesehen werden kann. Man hat es dem Arzte Möbius sehr verübelt, daß er ein Buch geschrieben hat, worin er die Entwicklungsgeschichte Nietzsche's als die Geschichte einer progressiven Paralyse fachmännisch darstellt. Ich habe an der Entrüstung darüber nie teilnehmen können. Der Mann sagt, auf seine Weise, die unbestreitbare Wahrheit.

Nietzsche's Philosophie im Lichte unserer Erfahrung

Thomas Mann (1949)

Soviel ich sehe, sind es zwei Irrtümer, die das Denken Nietzsche's verstören und ihm verhängnisvoll werden. Der erste ist eine völlige, man muß annehmen: geflissentliche Verkennung des Machtverhältnisses zwischen Instinkt und Intellekt auf Erden, so, als sei dieser das gefährlich Dominierende, und höchste Notzeit sei es, den Instinkt vor ihm zu retten. Wenn man bedenkt, wie völlig bei der großen Mehrzahl der Menschen der Wille, der Trieb, das Interesse den Intellekt, die Vernunft, das Rechtsgefühl beherrschen und niederhalten, so gewinnt die Meinung etwas Absurdes, man müsse den Intellekt überwinden durch den Instinkt. Nur historisch, aus einer philosophischen Augenblickssituation, als Korrektur rationalistischer Saturiertheit, ist diese Meinung zu erklären, und sofort bedarf sie der Gegen-Korrektur. Als ob es nötig wäre, das Leben gegen den Geist zu verteidigen! Als ob die geringste Gefahr bestünde, daß es je zu geistig zugehen könnte auf Erden! Die einfachste Generosität sollte dazu anhalten, das schwache Flämmchen der Vernunft, des Geistes, der Gerechtigkeit zu hüten und zu schützen, statt sich auf die Seite der Macht und des instinkthaften Lebens zu schlagen und sich in einer korybantischen Überschätzung seiner »verneinten« Seiten, des Verbrechens zu gefallen, – dessen Schwachsinn wir Heutigen erlebt haben. Nietzsche tut – und hat damit viel Unheil angerichtet –, als sei es das moralische Bewußtsein, das dem Leben, wie Mephistopheles, die kalte Teufelsfaust entgegenstrecke. Für mein Teil sehe ich nichts besonders Teuflisches in dem Gedanken (einem alten Mystiker-Gedanken), daß einmal durch den Menschengeist das Leben aufgehoben werden könnte, – womit es ja gute, unendlich gute Weile hat. Die Gefahr, daß das Leben auf diesem Stern sich durch die Vervollkommnung der Atombombe selber aufhebt, ist wesentlich dringender. Aber auch das ist unwahrscheinlich. Das Leben ist eine zähe Katze, und eine solche ist die Menschheit.

Der zweite von Nietzsche's Irrtümern ist das ganz und gar falsche Verhältnis, in das er Leben und Moral zueinander bringt, wenn er sie als Gegensätze behandelt. Die Wahrheit ist, daß sie zusammengehören. Ethik ist Lebensstütze, und der moralische Mensch ein rechter Lebensbürger, – vielleicht etwas langweilig, aber höchst nützlich. Der wahre Gegensatz ist der von Ethik und *Ästhetik*. Nicht die Moral, die Schönheit ist todverbunden, wie viele Dichter gesagt und gesungen haben, – und Nietzsche sollte es nicht wissen? »Als Sokrates und Plato anfingen, von Wahrheit und Gerechtigkeit zu sprechen«, sagt er einmal, »da waren sie keine Griechen mehr, sondern Juden – oder ich weiß nicht was.« Nun, die Juden haben sich, dank ihrer Moralität, als gute und ausharrende Kinder des Lebens erwiesen. Sie haben, nebst ihrer Religion, ihrem Glauben an einen gerechten Gott, die Jahrtausende überdauert, während das liederliche Ästheten- und Artistenvölkchen der Griechen sehr bald vom Schauplatz der Geschichte verschwunden ist.

Nietzsche's Philosophie im Lichte unserer Erfahrung

Es ist nicht leicht, zu enden, wenn man von Schillers spezifischer Größe einmal zu reden begonnen hat, – einer Großheit, generös, hochfliegend, flammend, emporreißend, wie selbst Goethe's weisere Natur-Majestät sie nicht bietet, weltalls-trunken und menschheitlich-kulturpädagogisch, männlich in alldem aufs höchste. Und in dieser fast übermäßigen, schon fast naturfremden, dem Willen, der Freiheit, der Bewußtheit verschworenen

Männlichkeit nun also steckt ein Künstlerkind, das in aller Welt nichts Höheres weiß als das *Spiel*, das da sagt, unter allen Geschöpfen allein der Mensch könne spielen, und er sei Mensch nur ganz, wenn er spiele. Wohl, das ist ästhetische Philosophie. Aber das Lächeln, das wir uns gelegentlich zu verbeißen haben vor Schiller'scher Grandiosität, gilt einem Ewig-Knabenhaften, das zu ihr gehört, dieser Lust am höheren Indianerspiel, am Abenteuerlichen und psychologisch Sensationellen, an der Plutarch-Biographie des Extremen, ungeheurer Tugend und erhabenen Verbrechens, – dieser Phantasieentzündlichkeit für die »namenlose Größe« des Kronendiebstahls, für die Annalen menschlicher Verirrungen und seltener Verderbnisse des Charakters, den ›Pitaval‹, die Geschichte merkwürdiger Verschwörungen und Rebellionen, Jesuiten-Intrigen, Inquisition, Bastille und Opfer des Glücksspiels . . . Die Frauen, auch sie gehören dazu, das verhältnislose Verhältnis zu ihnen – Amalia, Thekla, – und zur ätherischen Blässe der Gestalten die pueril prahlende Sinnlichkeit, eine Erotik, die sich so recht mondän und ausgepicht gebärdet und Fiesco sagen läßt: »Das Frauenzimmer ist nie so schön als im Schlafgewand – es ist die Tracht seines Gewerbes«, – worauf Julia Imperiali erwidert: »Das ist leichtfertig.« Es ist kolossal leichtfertig! Aber das große Kind, das Ewig-Knabenhafte, reicht es nicht weit hinaus über diese frühe Stufe der Produktion in den Reifestand seines Künstlertums, steckt es nicht in seiner oft überschwunghaften Rhetorik, seiner kalkulierten Theatralik, in der Phantasie und Natur so viel »mit einander abzukarten haben«, und noch in der gewissen Grausamkeit des Tragikers, von der Goethe spricht, als er Eckermann die Geschichte erzählt, wie Schiller bei der Bühnenbearbeitung des ›Egmont‹ ihn habe durchaus, aber vergebens, dazu überreden wollen, daß in der Gefängnisszene, wo Egmont das Urteil vorgelesen wird, Alba in einer Maske und in einen Mantel gehüllt im Hintergrund erscheinen solle, um sich, unersättlich in Rache und Schadenfreude, an Egmonts Todesgrauen zu weiden? Man muß sich die ungleichen Freunde nur vorstellen: wie Goethe sich lachend auf frankfurterisch wehrt: »Noi, noi, mein Bester, wo denke Sie hin, das ist ja greulich!« und Schiller auf schwäbisch – denn er schwäbelte unverbesserlich – insistiert: »Aber ich schwör Ihne, es wird großen Effekt mache und dem Publiko recht in die Seele schneide!«

»Er war ein großer, wunderlicher Mensch«, sagt Goethe mit erinnerungsvollem, wehmütig heiterem Kopfschütteln und fügt, wie so oft ganz ins Gedenken an ihn verloren, noch manches hinzu über Schillers recht theatergemäße Gleichgültigkeit, ja Abneigung gegen alles Motivieren: wie er den Geßler geradehin einen Apfel vom Baum habe brechen lassen mit dem Befehl, Tell solle ihn vom Kopf seines Knaben schießen, und welche Not er, Goethe, gehabt habe, den Freund zu bestimmen, doch wenigstens ein paar Verse einzuschalten, worin der Junge mit der Geschicklichkeit seines Vaters großtue, wohl auf hundert Schritt einen Apfel vom Baum zu schießen, damit der Phantasie des Tyrannen ein wenig nachgeholfen und sie auf den legendären Apfelschuß nur erst ein bißchen sorgsam gebracht werde. Schiller schickt dann diese Verse nachträglich an Iffland und schreibt dazu, sie müßten aufgenommen werden, denn er habe gefunden, daß es da an Motivation etwas fehle. Daß jemand anderes ihm seine übertriebene Großzügigkeit hat verweisen müssen, braucht Iffland nicht zu wissen.

Versuch über Schiller

XII

Über sich selbst

Wozu arbeitet man? Wozu müht man sich, es den Menschen, den besseren Menschen recht zu machen? Nicht, um geliebt und gelobt zu werden. Ich finde, man tut es vielmehr, um lieben und loben zu dürfen. Man tut es, um der eigenen Liebe, der Lobpreisung und Dankbarkeit, die man im eigenen Herzen hegt, einige Würde zu schaffen, damit sie in Stunden, wie der gegenwärtigen, nicht ein armes, ehrloses, verschwindendes Gefühlchen seien, das den Menschen gleichgültig sein kann, sondern denen, die sie teilen, und vielleicht auch dem, dem sie gelten, irgend etwas bedeuten und wohl gar festlich-stellvertretenderweise zu Worte kommen dürfen. Man trachtet nach dem eigenen Guten, sei es noch so beschränkt und bescheiden, um dem Guten überhaupt ein wenig näher zu kommen, um daran teilzuhaben und sich in solcher Stunde ein wenig ›vom Bau‹ fühlen zu dürfen, vom Bau des Guten.

Tischrede auf Pfitzner

Stimmung ist nicht Betrunkenheit. Stimmung ist Ausgeschlafenheit, Frische, tägliche Arbeit, Spazierengehen, reine Luft, wenig Menschen, gute Bücher, Friede, Friede ...

Über den Alkohol

Jetzt ist es schon unwirtlich hier draußen. Die Tage sind kurz, der Garten ist kahl, es riecht dort nach faulenden Blättern und Kohlenrauch. Nun fahre ich bald zur Stadt. Und zu den städtischen Dingen, auf die man sich freut, wenn der Winter kommt, gehört auch Ihr Schaufenster. Bald gehe ich wieder um Mittag, nach der Arbeit, oder gegen Abend, wenn das elektrische Licht die eleganten Anerbietungen der Läden noch glänzender, noch verlokkender macht, durch die Briennerstraße und spreche bei Ihnen ein. Sie kommen mir dann aus Büchergründen entgegen und setzen das Augenglas auf, und wenn Sie mich mit einiger Schwierigkeit erkannt haben, so begrüßen Sie mich nicht ohne stille Hoffnung. »Was gibt es Neues?« frage ich, und dann breiten Sie gefällig vor mir aus, was es Neues gibt: Große Prunkdrucke aus Hans von Webers Verlag, kostbare Kuriositäten der ›Insel‹, Georg Müllers reiche vielfältige Gaben (besonders seine antiken Klassiker sind eine Lust!), meines ausgezeichneten Freundes Samuel Fischer feinbürgerliche Gaben und anderes mehr. Und ich sehe alles an und lobe alles und erkundige mich nach den Preisen und finde sie angemessen.

Und dann kaufe ich ein Reclamheftchen.

Glückwunsch an einen Buchhändler

Bin ich ein Dichter? War ich's zuweilen? Ich weiß nicht.
In Frankreich
Hieße Poet ich nicht. Man scheidet bequem und verständig
Dort den Reimschmied vom Manne der gradausgehenden Rede.
Jener heißt Dichter, der andere Autor etwa, Stiliste
Oder Schriftsteller; und wahrlich, man schätzt sein Talent nicht geringer.
Nur eben Dichter nennt man ihn nicht: er drechselt nicht Verse.

Gesang vom Kindchen

Es ist gut, so am Morgen zu gehen, die Sinne verjüngt, die Seele gereinigt von dem Heilbade und langen Lethetrunke der Nacht. Mit kräftigem Vertrauen blickst du dem bevorstehenden Tage entgegen, oder du zögerst wohlig, ihn zu beginnen, Herr einer außerordentlichen, unbeanspruchten und unbeschwerten Zeitspanne zwischen Traum und Tag, die dir zum Lohn ward für eine sittliche Führung. Die Illusion eines stetigen, einfachen, unzerstreuten und beschaulich in sich gekehrten Lebens, die Illusion, ganz dir selbst zu gehoren, beglückt dich; denn der Mensch ist geneigt, seinen augenblicklichen Zustand, sei dieser nun heiter oder verworren, friedlich oder leidenschaftlich, für den wahren, eigentümlichen und dauernden seines Lebens zu halten und namentlich jedes glückliche ex tempore sogleich in seiner Phantasie zur schönen Regel und unverbrüchlichen Gepflogenheit zu erheben, während er doch eigentlich verurteilt ist, aus dem Stegreif und moralisch von der Hand in den Mund zu leben.

Herr und Hund

Wie alle Gewässer vom Meere bis zum kleinsten Schilftümpel liebe ich Bäche sehr, und wenn mein Ohr, im sommerlichen Gebirge etwa, das heimliche Geplantsch und Geplauder eines solchen von ferne vernimmt, so gehe ich dem flüssigen Laute wohl lange nach, wenn es sein muß, um seinen Ort zu finden, dem versteckt-gesprächigen Söhnchen der Höhen ins Angesicht zu sehen und seine Bekanntschaft zu machen. Schön sind Gießbäche, die zwischen Tannen und über steile Felsenstufen mit hellem Donnern herabkommen, grüne, eiskalte Bäder bilden und in weißer Auflösung senkrecht zur nächsten Stufe stürzen. Aber auch den Bächen der Ebene sehe ich mit Vergnügen und Neigung zu, ob sie nun flach sind, so daß sie kaum die geschliffenen, silbrig-schlüpfrigen Kiesel ihres Bettes bedecken, oder so tief wie kleine Flüsse, die im Schutze beiderseits tief überhangender Weiden voll und kräftig dahinwallen, in der Mitte rascher strömend als an den Seiten. Wer folgte nicht auf Wanderungen dem Lauf der Gewässer, wenn er nur frei ist, seine Wahl zu treffen? Die Anziehungskraft, die das Wasser auf den Menschen übt, ist natürlich und sympathetischer Art. Der Mensch ist ein Kind des Wassers, zu neun Zehnteln besteht unser Leib daraus, und in einem bestimmten Stadium unserer Entwicklung vor der Geburt besitzen wir Kiemen. Für meine Person bekenne ich gern, daß die Anschauung des Wassers in jederlei Erscheinungsform und Gestalt mir die weitaus unmittelbarste und eindringlichste Art des Naturgenusses bedeutet, ja, daß wahre Versunkenheit, wahres Selbstvergessen, die rechte Hinlösung des eigenen beschränkten Seins in das allgemeine mir nur in dieser Anschauung gewährt ist. Sie kann mich, etwa gar die des schlafenden oder schmetternd anrennenden Meeres, in einen Zustand so tiefer organischer Träumerei, so weiter Abwesenheit von mir selbst versetzen, daß jedes Zeitgefühl mir abhanden kommt und Langeweile zum nichtigen Begriffe wird, da Stunden in solcher Vereinigung und Gesellschaft mir wie Minuten vergehen. Aber auch über das Geländer eines Steges, der über einen Bach führt, gebeugt, könnte ich stehen, solange ihr wollt, verloren in den Anblick des Fließens, Strudelns und Strömens, und ohne daß jenes andere Fließen um mich und in mir, das eilige Schleichen der Zeit, mir in Angst oder Ungeduld etwas anzuhaben vermöchte.

Herr und Hund

Gestern Nachmittag Besprechung der Vorlesung in den »Nachrichten«, die mein Talent als edel, mürb, herbstlich und zukunftslos behandelt. Auch gut.

Tagebuch, 20. Oktober 1920

Ich habe es gut, aber nicht zu gut, so ist es in Ordnung.

Unterwegs, 1925

Ja, ich will hoffen, daß ich ihm einigen Dank abgestattet habe, dem Meer meiner Kindheit, der Lübecker Bucht. Seine Palette war es am Ende, derer ich mich bediente, und wenn man meine Farben matt fand, glutlos, enthaltsam, nun, so mögen gewisse Durchblicke zwischen silbrigen Buchenstämmen in eine Pastellblässe von Meer und Himmel daran schuld sein, auf denen mein Auge ruhte, als ich ein Kind und glücklich war.

Lübeck als geistige Lebensform

Ich bin ein Mensch des Gleichgewichts. Ich lehne mich instinktiv nach links, wenn der Kahn rechts zu kentern droht, – und umgekehrt.

Brief an Karl Kerényi, 20. Februar 1934

Es gibt nichts Schöneres als ehrenvolle Rückzugsgefechte, und außerdem wissen wir vielleicht nicht, wie stark wir noch sind.

Brief an René Schickele, 2. April 1934

Sobald man über das Leben nachdenkt, kommen einem die Tränen.

Kondolenz-Brief an Hedwig Fischer, 2. November 1934

Der Tag der Abreise ist gekommen, es ist Zeit. Genug und übergenug des Trubels. Die Sehnsucht nach Einsamkeit und Ruhe gleicht körperlichem Durst. Was soll mir das alles. Meine Abneigung gegen das »Leben« wurde ihrer selbst recht bewußt. Ihre Formel ist das Fontanesche »Was soll der Unsinn«.

Tagebuch, 5. Juli 1935, New York

Danach Beschäftigung mit von Knopf gesandten Besprechungen des Omnibus. Saturday Review: »The saddest happy man alive today«. Zu übersetzen: »Das melancholischste Glückskind unserer Tage«. Gut. – [. . .] Herald Tribune (Lewis Gannett): »No writer in the present-day world has faced his age with more profound pessimism; none has left his readers so little depressed«. – Sehr hübsch.

Tagebuch, 26. Juni 1936

Für einen produktiven Menschen bleibt die entscheidende Frage immer: Was kommt dabei heraus? – sei es dann mit diesem »dabei« wie immer bestellt. Das Eine kann ich darüber sagen: Ich habe mich immer redlich bemüht, ein Mensch zu sein.

Brief an Agnes E. Meyer, 16. Dezember 1939

*Das zerstörte ›Buddenbrook-Haus‹ in Lübeck,
davor das Ehepaar Mann (1953)*

Haben Sie meine Weihnachtsbotschaft an das deutsche Volk gelesen? Sie werden mir zu solchen Aeusserungen nie gratulieren, weil Sie es, wie ich wohl fühle, nicht gern sehen, dass ich mich innerlich und aeusserlich politisch zu sehr engagiere. Sie haben insofern recht, als ich zur Liebe geboren bin und nicht zum Hass. Dieser ist mir aufgezwungen worden und hilft mir nicht, ich selbst zu sein. Wünschen Sie mir zum Neuen Jahr, dass ich durch den Untergang des Grundschlechten vom Hass erlöst werden möge!

Brief an Agnes E. Meyer, 29. Dezember 1940

Ich habe einen hässlichen Katarrh aus der Metropole mitgebracht, und mir ist zu Mute, alsob ich bettlägrig werden sollte. Ich habe in letzter Zeit dem Prinzip des »Trotzdem« etwas zu reichlich gehuldigt und muss zuweilen an Goethes Wort denken: »Unbedingte Tätigkeit macht zuletzt bankerott.« Aber wie fängt man es an, untätig zu sein?

Brief an Agnes E. Meyer, 16. Februar 1941

Diese meine Lieblingsjahreszeit ist ja schön auch hier, aber wie es in Küsnacht war und sogar in Princeton, das war mir doch lieber. Hier blüht allerlei Violettes und Rosinfarbenes, das mehr aussieht wie aus Papier, und das einen, da man es nicht anzusprechen weiß, auch nicht anspricht. – Doch, den Oleander weiß ich anzusprechen, er blüht sehr schön. Aber ich habe ihn im Verdacht, es das ganze Jahr zu tun.

Brief an Erich von Kahler, 1. Juni 1941, Pacific Palisades (Kalifornien)

Ich habe viel auszustehen von Dummköpfen, die sich für deutscher halten, als mich.

Brief an Agnes E. Meyer, 29. März 1945

Sind diese zwölf Jahre und ihre Ergebnisse denn von der Tafel zu wischen und kann man tun, als seien sie nicht gewesen? Schwer genug, atembeklemmend genug war, Anno dreiunddreißig, der Choc des Verlustes der gewohnten Lebensbasis, von Haus und Land, Büchern, Andenken und Vermögen, begleitet von kläglichen Aktionen daheim, Ausbootungen, Absagen. Nie vergesse ich die analphabetische und mörderische Radio- und Pressehetze gegen meinen Wagner-Aufsatz, die man in München veranstaltete und die mich erst recht begreifen ließ, daß mir die Rückkehr abgeschnitten sei; das Ringen nach Worten, die Versuche, zu schreiben, zu antworten, mich zu erklären, die »Briefe in die Nacht«, wie René Schickele, einer der vielen dahingegangenen Freunde, diese erstickten Monologe nannte. Schwer genug war, was dann folgte, das Wanderleben von Land zu Land, die Paßsorgen, das Hoteldasein, während die Ohren klangen von den Schandgeschichten, die täglich aus dem verlorenen, verwildernden, wildfremd gewordenen Lande herüberdrangen. Das haben Sie alle, die Sie dem »charismatischen Führer« (entsetzlich, entsetzlich, die betrunkene Bildung!) Treue schworen und unter Goebbels Kultur betrieben, nicht durchgemacht. Ich vergesse nicht, daß Sie später viel Schlimmeres durchgemacht haben, dem ich entging; aber das haben Sie nicht gekannt: das Herzasthma des Exils, die Entwurzelung, die nervösen Schrecken der Heimatlosigkeit.

Warum ich nicht nach Deutschland zurückgehe, 1945

»Ein Wirrwarr von Irrtümern und Gewalt« hat Goethe die Politik dieser Welt genannt. Aber soll man sich darum von den Menschen und vom Menschen abwenden und sich ganz der Mystik ergeben, wie gewisse englische Schriftsteller es tun? Es käme einem doch wie Fahnenflucht vor.

Brief an Agnes E. Meyer, 6. September 1948

Du hast recht, daß der »Als ob«-Charakter des Lebens sich heute besonders zugespitzt hat, aber mehr oder weniger war es wohl immer so, daß man lebte, alsob der Boden unter einem ganz sicher wäre, und alsob man für eine sichere Zukunft arbeitete. Ich halte es da ganz wie Du und fahre fort mit meinem Treiben, als könnte nicht morgen schon alles in die Luft fliegen.

Brief an Viktor Mann, 11. März 1949

Redliche Geringschätzung für die Mittelmäßigkeit, die von Meisterschaft nicht *weiß* und also ein leichtes, dummes Leben führt, gestehe ich ein und finde, daß viel zu viele Leute schreiben. Unter gleich Bedürftigen aber darf ich mich einen guten Kollegen nennen, der nicht ängstlich wegsieht von dem, was neben ihm Gutes und Großes geschieht, und der die Bewunderung viel zu sehr liebt, viel zu sehr an sie glaubt, als daß er die seine den Toten vorbehielte.

Die Entstehung des Doktor Faustus

Ich bin so gemütlos, wenig Sinn fürs Vergangene zu haben und finde Jean Paul schrecklich sentimental, wenn er sagt: »Die Erinnerung ist ein Paradies, aus dem wir nicht vertrieben werden können.« Wieso Paradies? Ich muß immer frisch in neuen Dingen leben.

Brief an Emil Preetorius, 20. Oktober 1949

Fahren Sie nur fort, zu glauben, dass ich es gut meine bei allen Fehlern, die die Verworrenheit der Zeit mich begehen lässt, und denen man vielleicht nur entgeht, wenn man sich allein um das eigene Wohl kümmert.

Brief an Agnes E. Meyer, 27. März 1950

Ich las neulich, daß in Deutschland, wo es viel ›name calling‹ gibt, ein geistliches Gremium meinem Lebenswerk jede Christlichkeit abgesprochen habe. Das ist schon Größeren geschehen, es weckt allerlei Erinnerungen. Aber für den eigenen Fall habe ich besondere Zweifel, – die sich weniger auf den Inhalt meiner Schriften als auf den Impuls beziehen, dem sie ihr Dasein verdanken. Wenn es christlich ist, das Leben, sein eigenes Leben, als eine Schuld, Verschuldung, Schuldigkeit zu empfinden, als den Gegenstand religiösen Unbehagens, als etwas, das dringend der Gutmachung, Rettung und Rechtfertigung bedarf, – dann haben jene Theologen mit ihrer Aufstellung, ich sei der Typus des a-christlichen Schriftstellers, nicht so ganz recht. Denn selten wohl ist die Hervorbringung eines Lebens – auch wenn sie spielerisch, skeptisch, artistisch und humoristisch schien – so ganz und gar, vom Anfang bis zum sich nähernden Ende, eben diesem bangen Bedürfnis nach Gutmachung, Reinigung und Rechtfertigung entsprungen, wie mein persönlicher und so wenig vorbildlicher Versuch, die Kunst zu üben.

Meine Zeit, 1950

Wer fünfundsiebzig Jahre dahier verbracht hat, der weiß etwas von der Gnade der Zeit und ihrer geduldigen Erfüllung. Er hat auch eine gewisse Anhänglichkeit gefaßt an diese grüne Erde, und wenn er, wie bald! hinabsinkt in ihren Schoß, so gönnt er den Menschengeschlechtern, die droben durchs Licht ziehen, daß ihr Los nicht Elend sei und die Schmach der Vertierung, sondern Friede und Freude.

Meine Zeit, 1950

Weltruhm ist mir nichtig genug, aber wie garkein Gewicht hat er mehr gegen ein Lächeln von ihm, den Blick seiner Augen, die Weichheit seiner Stimme! Platen und andere, von denen ich nicht der Unterste, haben das in Scham, Schmerz und mutlosem Gefühl, das dennoch seinen Stolz hat, erlebt.

Tagebuch, 11. Juli 1950

Ich wiederhole immer: Dies Ober-Engadin ist der schönste Aufenthalt der Welt. Nicht leicht spreche ich von »Glöck«, aber ich glaube beinahe, ich bin glücklich hier.

Brief an Otto Basler, 30. Juli 1950, St. Moritz

Was die Liebesabenteuer betrifft, so gilt es einzugestehen, daß man um ihretwillen *auszieht*.

Tagebuch, 28. August 1950

Mein Streben ist, das Schwere leicht zu machen; mein Ideal: Klarheit; und wenn ich lange Sätze schreibe, wozu die deutsche Sprache nun einmal neigt, lasse ich es mir, ich glaube: nicht ohne Erfolg, angelegen sein, der Periode vollkommene Durchsichtigkeit und Sprechbarkeit zu wahren.

Konzept eines Briefes an Irita Van Doren, 28. August 1951

Tatsächlich fühle ich mich in erster Linie als Humorist – und das ist eine Art von Selbstgefühl, das sich mit dem Olympischen und Pompösen schlecht zusammenreimt. Humor, sollte ich denken, ist ein Ausdruck der Menschenfreundlichkeit und guter Erdenkameradschaft, kurz der Sympathie, welche es darauf absieht, den Menschen ein Gutes zu tun, sie das Gefühl der Anmut zu lehren und befreiende Heiterkeit unter ihnen zu verbreiten.

Konzept eines Briefes an Irita Van Doren, 28. August 1951

Bald bin ich wieder bei Ihnen auf Ihrer »Burg«, mit den guten Frauen. Wir werden schmälen und seufzen und ein bißchen an der Menschheit verzweifeln, was uns im Grunde beiden nicht liegt, und noch unseren Spaß haben dabei an der großen, großen Dummheit. Flaubert konnte sich geradezu begeistern für sie. »H–énorme!« sagte er voll staunender Bewunderung ihres Riesenmaßes.

Auf Wiedersehen, lieber alter Weggenosse durchs Tal der Tränen, worin uns beiden der Trost der Träume gegeben war, des Spieles und der Form.

Brief an Hermann Hesse zum fünfundsiebzigsten Geburtstag, 14. Juni 1952

Es gibt ferne Himmelskörper, deren Materie von so unglaublicher Dichtigkeit ist, daß ein Kubikzoll davon bei uns zwanzig Zentner wiegen würde. So ist es mit der Zeit schöpferischer Menschen; sie ist von anderer Struktur, anderer Dichtigkeit, anderer Ergiebigkeit als die lokker gewobene und leicht verrinnende der Mehrzahl, und verwundert darüber, welches Maß an Leistung in der Zeit unterzubringen ist, fragt wohl der Mann der Mehrzahl: »Wann machst du das alles nur?«

Lob der Vergänglichkeit

Von meinen Geschwistern bin ich allein übrig, nachgerade übrig allein von einer ganzen vertrauten Generation. Ausdauer hat ihr Melancholisches.

Brief an Werner Weber, 6. Oktober 1952

Nun lassen Sie mich folgendes sagen, Sie werden es schon aus gelegentlichen privaten Äußerungen von mir gemerkt haben, daß ich mich immer ein bißchen gelangweilt fühle, wenn die Kritik meine persönliche Arbeit so ganz und gar auf den Begriff der Ironie festlegt und mich so durchaus als einen Ironiker betrachtet, ohne den Begriff des Humors dabei mit in Betracht zu ziehen, der doch in meinem Falle, wie mir scheint, nicht ganz wegfallen kann und darf. Lassen Sie mich die Dinge auf die Spitze stellen. Ironie, wie mir scheint, ist der Kunstgeist, der dem Leser oder Lauscher ein Lächeln, ein intellektuelles Lächeln möchte ich sagen, entlockt, während der Humor das herzaufquellende Lachen zeitigt, das ich als Wirkung der Kunst persönlich höher schätze und als Wirkung meiner eigenen Produktion mit mehr Freude begrüße als das erasmische Lächeln, das durch die Ironie erzeugt wird. Ich muß sagen – Sie wissen, ich habe viel öffentlich vorgelesen in meinem Leben, und ich habe jedesmal mich am meisten gefreut und mich auf dem Podium am glücklichsten gefühlt, wenn meine Vorlesung im Auditorium ein herzliches Lachen erzeugte.

Ich glaube nicht, daß man in meinem Jugendwerk, das ja gewissermaßen grundlegend ist für alles, was folgte, den ›Buddenbrooks‹, vorwiegend Ironie finden wird. Es ist doch vielmehr ein Buch pessimistischen Humors, verzeihen Sie die vielleicht paradoxe Zusammenstellung, ein Buch, dessen Quellen und Ingredienzien nicht allein Schopenhauer und Wagner und der französische, russische, englische Roman sind, sondern nicht zuletzt der niederdeutsche Humor, der sich ausdrückt in dem Werk Fritz Reuters, einem der ersten literarischen Eindrücke, der mir überhaupt zuteil wurde und der in diesem Buch sehr stark nachwirkt.

Ich freue mich immer, wenn man in mir weniger einen Ironiker als einen Humoristen sieht, und ich glaube, daß es nicht schwer sein wird, in meinem Schreibwerk das humoristische Element nachzuweisen. Nehmen Sie die

Figur des Jaakob in der Joseph-Tetralogie. Nun, das ist eine hochpathetische Figur, und doch ist sie zweifellos für das Gefühl jedes Lesers von einem eigentümlichen Humor umwittert. Selbst in einer Szene, die an und für sich durchaus tragisch sein müßte, wie der Klage Jaakobs um den vermeintlich zerrissenen Lieblingssohn, im Gespräch also mit Eliezer, wo Jaakob mit Gott hadert und ihm seine moralische Zurückgebliebenheit hinter der Entwicklung des Menschenherzens vorwirft, selbst da ist Humor, den man nicht mit Ironie verwechseln kann, es ist etwas wesentlich anderes.

Oder nehmen Sie ein anderes Beispiel, das mir gerade einfällt. Da ist in einem der neueren Kapitel der Memoiren des Hochstaplers Felix Krull eine Szene, wo ein Professor der Naturwissenschaften den jungen Pseudo-Marquis darüber belehrt, daß der schöne, vollschlanke Frauenarm, von dem man, wenn man Glück hat, gelegentlich umschlungen wird, nichts anderes ist als der Krallenflügel des Urvogels und die Brustflosse des Fisches, worauf der sogenannte Marquis antwortet: »Ja, Herr Professor, ich danke, ich werde in Zukunft daran denken.« Sehen Sie, bei dieser Stelle ist immer im Auditorium herzlich gelacht worden, es war eine der Stellen, deren Wirkung mir die Genugtuung bereitete, die ein Humorist empfindet, wenn sein Publikum in Heiterkeit versetzt wird.

Nun also denke ich nach über noch ein Beispiel. Gut denn, da ist der doch gewiß melancholische und tiefernste Roman vom ›Doktor Faustus‹. Sollte man glauben, daß sich humoristische Elemente in dieses Buch, auch in dieses Buch, hineingestohlen haben? Sie haben sich nicht hineingestohlen, ich habe sie sehr bewußt hineingebracht, wohl wissend, wie notwendig dieses Element gerade in diesem Buch sein werde. Sehen Sie, schon die Idee, die Erzählung des Lebens des Helden, des Komponisten Leverkühn, dem guten Humanisten Zeitblom in den Mund zu legen oder aus seiner Feder zu lassen, schon dieser Einfall, das Dämonische durch ein ausgesprochen undämonisches Medium gehen zu lassen, schon diese Idee ist ein ausgesprochen humoristischer Einfall mit humoristischen Absichten, die sich, wenigstens in den ersten Teilen des Buches weitgehend, glaube ich, bewähren. Da habe ich Ihnen aus dem Stegreif, wir improvisieren ja, drei Beispiele gegeben, die allenfalls für mein Humoristentum sprechen könnten.

Humor und Ironie. Beitrag zu einer Rundfunkdiskussion

Mir fällt da gerade eine kleine Geschichte ein, die mir immer Spaß gemacht hat. Sie handelt von dem Komponisten Ditters von Dittersdorf, der ein Gespräch mit dem Kaiser Joseph über Haydn hatte. Der Kaiser fragte den Ditters: »Was halten Sie nun aber von Haydns Stücken für Kammermusik?« Darauf Ditters: »Nun, Majestät, daß sie in der ganzen Welt Sensation machen, und das mit allem Rechte.« Darauf fragt ihn der Kaiser: »Tändelt er nicht manches Mal gar zu viel?« Und darauf sagt Ditters: »Er hat die Gabe zu tändeln, ohne jedoch die Kunst herabzuwürdigen.« Nun, ich kann nur sagen: wenn ich gelegentlich mit der Sprache getändelt habe, so muß ich hoffen, daß ich dabei niemals ernstlich die Kunst herabgewürdigt habe.

Humor und Ironie. Beitrag zu einer Rundfunkdiskussion

Ich leide gewiß nicht an übertriebenem Selbstbewußtsein, aber die dreiste Witzelei über mich als abgetaner Existenz und altes Eisen ist ja zu dumm. Karl Kraus schrieb einmal:

»Ich bin nur einer von den Epigonen,
Die in dem alten Haus der Sprache wohnen ...
Bin Epigone, Ahnenwerthes Ahner.
Ihr aber seid die kundigen Thebaner!«

Ich habe nie besonders für ihn geschwärmt, aber diese Verse, bis auf den sonderbaren casus »Ahnenwerthes«, gefallen mir gut. So ein »kundiger Thebaner« hat kürzlich im »Merkur«, derselben Zeitschrift, wo »Die Betrogene« erschien, eine Rezension des Essay-Bandes »Altes und Neues« gebracht von einer falschblickenden Herablassung – Sie machen sich keine Vorstellung. Vor allem konstatierte er meinen Mangel an *Tradition*, dazu meine nationale Beschränktheit und daß es mir an europäischer Bildung fehle. Das schreibt so ein deutscher Unglückswurm, der seit ein paar Jahren überhaupt erst wieder auf der Welt ist – soweit er es ist. Da ist kein Anstand, keine Bescheidenheit, kein Wissen um das eigene Maß und um – andere Maße, keine Dankbarkeit, keine Fähigkeit zum Aufblick, zur Bewunderung, zur Liebe, ohne die man nichts lernt. Man hat nichts gelernt, in keiner Beziehung, man ist nichts als ein Frechdachs – und Sie wundern sich? Das Benehmen der 47er bei Ihrer Vorlesung ist natürlich pöbelhaft bis zur Unglaubwürdigkeit, nur bei dieser Rasselbande möglich.

Brief an Klaus Mampell, 17. Mai 1954

Thomas Mann und seine Frau Katia
(Kilchberg, April 1955)

Ich kann nicht sagen, daß ich dem Erscheinen des »Krull«-Bandes besonders freudig entgegensehe. Es sind ein paar gute, lustige, auch originelle Sachen darin; aber nach dem zuletzt in der »Rundschau« Erschienenen kommt eigentlich nichts Rechtes mehr; der Ausgang ist flau und flüchtig, kommt mir vor; und das Schlimmste ist, daß mir das Ganze jetzt im Licht des Unfughaften und Unwürdigen erscheint, wenig geeignet, eine öffentliche Stimmung der Ehrerbietung für das Leben des Achtzigjährigen vorzubereiten. Oft denke ich, es wäre mir besser gewesen, wenn ich nach dem »Faustus« das Zeitliche gesegnet hätte. Das war doch ein Buch von Ernst und

Gewalt und hätte ein Lebenswerk gerundet, dessen lose Nachspiele mir oft peinlich-überflüssig erscheinen.

Verzeihen Sie die depressive Offenherzigkeit, mit der ich Sie wohl in Verlegenheit setze! Vielleicht ist mein Blick zu mißmutig, und vielleicht können Sie mich trösten, was Sie übrigens nicht tun sollten. Bei meiner Labilität gelänge es Ihnen nur zu leicht.

Brief an Dr. Gottfried Bermann Fischer,
5. Juni 1954

Nochmals Dank – auch für Ihre Anteilnahme an dem Meinen. Das ist so eine Silberspur, wie eine Schnecke sie zurückläßt, die, Gott weiß warum, quer über den Weg von einem Gebüsch ins andere zieht. Ist die Schnecke drüben, so steht die Spur noch eine Weile, und Ein oder der Andere sagt: »Sieh doch das hübsche silbrige Filigran der Schneckenspur!« Und dann ist sie weg.

Brief an Veronika Erdmann-Czapski,
26. September 1954

Anhang

Anmerkungen

9 *um Beiträge ... gebeten:* siehe den Brief an Friedrich H. Weber vom 28. März 1954.

26 *däutest:* so in der von Thomas Mann selbst korrigierten Ausgabe von 1946, S. 310. Siehe auch seinen Brief an Dr. Bermann Fischer vom 25. Januar 1941 (recte: 14. November 1940). Die in Holland gedruckte Erstausgabe von 1939 hatte fälschlicherweise »däuchtest« (auf derselben Seite). Aber der Schwamm dünkt sich nicht groß, sondern wächst durch den Verdauungsvorgang, der bei primitiven Lebewesen der einzige ist. Thomas Mann ist mehrmals darauf zurückgekommen (siehe S. 104 f. und 116 unseres Breviers). Spätestens 1958 ist *Lotte in Weimar* neu gesetzt worden, wobei ein wohlmeinender Lektor die korrekte Form durch ein »deuchtest« ersetzt hat, die in den gängigen Ausgaben fortlebt. Schon 1955 hat Gerhard Lange in seiner Bonner Dissertation auf den Fehler aufmerksam gemacht.
Die altertümliche Form *däuen* kann Thomas Mann seiner Bibel- oder sonstigen ausgedehnten Lektüre verdanken, falls er sie nicht von der Schweiz her noch im Ohr hatte, wo es die Redensart »daran wird er noch lange zu däuen haben« gibt.
Daß Thomas Mann übrigens seinem Goethe hier – wie noch des öfteren im Lotte-Roman – eigene Gedanken in den Mund legt, ist ebenfalls von Gerhard Lange bemerkt worden: Viktor Mann erzählt in *Wir waren fünf. Bildnis der Familie Mann* im vierten Kapitel von seiner leidenschaftlichen Vorliebe für Naturschwämme, die er mit Thomas teile (Gerhard Lange, *Struktur- und Quellenuntersuchungen zur Lotte in Weimar*, Bayreuth 1970, S. 31 und 185).

28 Franz Werfels Welterfolg *Das Lied von Bernadette* war 1941 im Bermann Fischer Verlag, Stockholm, erschienen. – *Und hab' es ihm auch gesagt:* vermutlich am 4. Februar 1942 auf einer Party Frau Salka Viertels (siehe das Tagebuch, auch die Eintragungen am 25. Januar und 5. Februar 1942). Als Ergänzung aber diene Thomas Manns Nachruf auf Werfel, in welchem er den Dichter, der 1945 in Beverly Hills gestorben war, eine »Zierde meines Lebens« nannte. »Ich habe nie einen begabteren Menschen gesehen.« (GW 10,500 bis 502)

48 *»Lebt man denn, wenn andre leben?«:* aus Goethes Gedichtzyklus *West-oestlicher Divan*, Buch des Unmuths, Nr. 2. Die Anfangsstrophen lauten:

Keinen Reimer wird man finden
Der sich nicht den besten hielte,
Keinen Fiedler der nicht lieber
Eigne Melodieen spielte.

Und ich konnte sie nicht tadeln;
Wenn wir andern Ehre geben
Müssen wir uns selbst entadeln.
Lebt man denn wenn andre leben?

Das Gedicht schwankt zwischen der Anerkennung eines gesunden Selbstbewußtseins (in der Kunst) und seiner Verurteilung (in der Politik). Eine schwebende Haltung nimmt auch Thomas Mann in dieser Frage ein (siehe S. 94 und 260 f.).

58 *Walter:* der Dirigent Bruno Walter (1876–1962), schon in München Thomas Manns Nachbar im Herzogpark, in Beverly Hills wiederum nicht weit von ihm entfernt wohnend.

60 *»Wann der silberne Mond«:* »Die Mainacht« von Hölty; Brahms op. 43, Nr. 2. »Wie bist du, meine Königin« von Georg Friedrich Daumer; Brahms op. 32, Nr. 9.

94 *»jene Stelle« ... wo »das Horn das Echo der traurigen Hirtenweise auffängt«:* Zitat aus Adornos *Versuch über Wagner*, wo es im zehnten Kapitel heißt: »Jene Stelle zu Beginn des dritten Aktes Tristan, da das Horn im Orchester gleichwie über die Grenze von Nichts und Etwas hinweg das Echo der traurigen Hirtenweise auffängt, wenn Tristan sich regt – jene Stelle, die leben wird so lange, wie die Grunderfahrungen des bürgerlichen Zeitalters von Menschen werden nachvollzogen werden können –«.

125 f. Nur vordergründig ist die Wiederbegegnung mit dem Kleistschen Schauspiel gemeint. Diktiert sind die Worte von der Begegnung mit dem siebzehnjährigen Klaus Heuser aus Düsseldorf im selben Jahr 1927.

167/256 *»Was soll der Unsinn?«* ist ein Lieblingszitat Thomas Manns, das er Theodor Fontane verdankte (siehe S. 218). Dieser hatte in einem Brief vom 3. August 1889 an seine Tochter Mete geschrieben, die Frage »Was soll der Unsinn?« drohe ganz und gar Besitz von ihm zu nehmen. Ohne den Einfluß Schopenhauers auf Fontane, mehr noch auf Thomas Mann, zu unterschätzen, sollten wir den witzigen Hintergrund des Satzes im Auge behalten, der ihn vermutlich mit einem Lächeln hat zitieren lassen. Friedrich Fontane hatte seinem Vater das Geschichtchen zugetragen, und der war begeistert gewesen:

Ein Berliner Kolonialwarenhändler hatte vor seinem Laden einen Jungen durchgeprügelt und den Einspruch eines Vorübergehenden mit der Entschuldigung beantwortet: »Das sagen Sie so, lieber Herr ... Jeden Tag steht der Bengel, wenn er von der Schule kommt oder hinjeht, hier beim Keller still und paßt uff. Wenn dann keiner von uns jrade hinsieht, stellt er sich da an das Faß Sauerkohl und p. .t rin. Nu schad't ja det den Sauerkohl nischt – aber wat soll der Unsinn?« (Zit. nach: Karl Christoffel, *Lerne denken mit dem Herzen. Theodor Fontanes Selbstbildnis, Lebensweisheit, Weltbetrachtung*, Heidelberg 1977, S. 58 f.)

179 *Freise:* (mhd.) die Gefahr. – *Timon:* (frz.) das Steuerruder.

181 *Dram:* (engl., bes. amerik.) Branntwein. – *Tippeln:* von engl. *to dipple* ›sich betrinken, süffeln‹. – *Marner:* (mhd.) von mlat. *marinarius* ›der Schiffsführer‹.

241 *Das Rad des Ixion steht still:* Der thessalische König Ixíōn hatte versucht, Hera, die Gattin des Zeus, zu verführen. Zur Strafe ließ ihn dieser an ein geflügeltes, feuriges Rad ketten, das sich unaufhörlich am Himmel – nach späterer Tradition: in der Unterwelt – drehte.

255 *Vorlesung:* Thomas Mann hatte am Tag zuvor in der Buchhandlung Georg Steinicke in Schwabings Adalbertstraße Szenen aus dem *Zauberberg* gelesen. Die Buchhandlung besaß einen Vortragssaal.

256 *Knopf:* Alfred A. Knopf, seit 1924 der amerikanische Verleger Thomas Manns. Er und seine Frau Blanche waren mit ihm von ihren Europa-Aufenthalten her persönlich bekannt. – *Lewis Gannett:* bedeutender New Yorker Literaturkritiker.
»No writer ...«: »Kein Schriftsteller der heutigen Welt hat seinem Zeitalter mit einem tieferen Pessimismus gegenübergestanden; keiner hat seine Leser so wenig deprimiert zurückgelassen.«

258 Am 6. Juni geboren, empfand Thomas Mann Mai und Juni als die schönste Jahreszeit. – In *Küsnacht* bei Zürich wohnten er und seine Familie von 1933 bis 1938, in *Princeton* von 1938 bis Anfang 1941.

260 Ein »Produkt des Irrtums und der Gewalt« nannte Goethe die Kirchengeschichte in einem Gespräch mit dem Kanzler von Müller am 19. Oktober 1823.
Mit den *gewissen englischen Schriftstellern* wird neben Aldous Huxley vermutlich Somerset Maugham gemeint sein. (Siehe *Thomas Mann – Agnes E. Meyer. Briefwechsel 1937–1955*, hrsg. von Hans Rudolf Vaget, Frankfurt a. M. 1992, S. 1065.)

261 *name calling:* Beschimpfung.
262 *Weltruhm ...:* Die Worte beziehen sich auf Thomas Manns letzte Augenliebe, den achtzehn- oder neunzehnjährigen Franzl Westermeier, Kellner im Waldhaus Dolder, Zürich. Er stammte aus Tegernsee; so berührte sein bayerischer Dialekt den Gast, der vierzig Jahre in München gelebt hatte, heimisch.
»Glöck«: Imitierung von Sesemi Weichbrodt in *Buddenbrooks*, die der Braut Tony wünscht: »Sei glöcklich, du *gutes* Kind!« (Dritter Teil, Vierzehntes Kapitel.) – Seine Rührung komisch zu kompromittieren, gehört zu den Eigenheiten Thomas Manns, die nicht immer verstanden werden.
268 Die gerügte Rezension Walter Boehlichs stand im *Merkur* 8 (1954) H. 1. – Thomas Mann wundert sich über den Kasus bei Karl Kraus zu unrecht. Freilich hatte dieser durch sein Wortspiel die Leser verwirrt. Gemeint ist: »Ich bin einer, der den Wert der Ahnen ahnt.«
269 *nach dem zuletzt in der »Rundschau« Erschienenen:* »Krull verteidigt die Liebe«, in: *Die Neue Deutsche Rundschau* 65 (1954) H. 1, S. 1–16.

Die zitierten Werke

In dieser Bibliographie ist in zeitlicher Reihenfolge die jeweils früheste Publikation aufgeführt. Bei Reden von besonderem Interesse oder wenn ihr Jahr von dem des Erstdrucks abweicht, ist auch das Datum der Rede gegeben. Wir verdanken die Angaben den *Gesammelten Werken in dreizehn Bänden*, Frankfurt a. M.: S. Fischer, 1960, [2]1974.

Der kleine Herr Friedemann. In: Neue Deutsche Rundschau, Berlin, Jg. 8, H. 5, Mai 1897.

Buddenbrooks. Verfall einer Familie. Roman, 2 Bde., Berlin: S. Fischer, 1901.

Gladius Dei. Erstmals in: Die Zeit, Wien, Bd. 32, Nr. 406 und 407, 12. und 19. Juli 1902.

Die Hungernden. In: Die Zukunft, Berlin, Jg. 11, H. 17, 24. Januar 1903.

Tonio Kröger. In: Neue Deutsche Rundschau, Berlin, Jg. 14, H. 2, Februar 1903.

Tristan. In: Tristan. Sechs Novellen, Berlin: S. Fischer, 1903.

Ein Glück. Studie. In: Die Neue Rundschau, Berlin, Jg. 15, H. 1, Januar 1904.

[Der französische Einfluß]. Antwort auf eine von Otto Julius Bierbaum veranstaltete Rundfrage. In: Die Zeit, Wien, Bd. 38, Nr. 485, 16. Januar 1904.

Fiorenza. Erstmals in: Die Neue Rundschau, Berlin, Jg. 16, H. 7–8, Juli und August 1905.

Bilse und ich. In: Münchner Neueste Nachrichten, 15. und 16. Februar 1906.

Über den Alkohol. Antwort auf eine Rundfrage. In: Literarisches Echo, Berlin, Jg. 9, H. 2, 1906.

Wälsungenblut. In: Die Neue Rundschau, Berlin, Jg. 17, H. 1, Januar 1906; von Thomas Mann zurückgezogen. Erste Buchausgabe: München: Phantasus-Verlag, 1921; Privatdruck in 505 numerierten Exemplaren, mit 12 ganzseitigen und 20 kleineren Steindrucken von Th. Th. Heine.

Königliche Hoheit. Roman. In: Die Neue Rundschau, Berlin, Jg. 20, H. 1–9, 1909.

[Notiz zu einem Literatur-Essay], »Geist und Kunst«. Thomas Manns Notizen zu einem »Literatur-Essay«, ediert und kommentiert von Hans Wysling. In: Paul Scherrer / Hans Wysling: Quellenkritische Studien zum Werk Thomas Manns, Bern/München: Francke, 1967, S. 171 (Notiz Nr. 41, 1909).

Süßer Schlaf. In: Neue Freie Presse, Wien, 30. Mai 1909.

Der alte Fontane. In: Die Zukunft, Berlin, Jg. 19, H. 1, 1. Oktober 1910.

Fraktur oder Antiqua? In: Die Aktion, Berlin, Jg. 1, H. 9, 1911.

Glückwunsch an einen Buchhändler. Erstmals unter dem Titel »Brief an Herrn Jaffé« in: 1903–1913. Katalog der Buchhandlung Jaffé, München 1912.

[Für die *Blätter des Deutschen Theaters.*] Erstmals unter dem Titel »Zu Fiorenza« in: Blätter des Deutschen Theaters, Berlin, Jg. 2, Nr. 25, 1912.

Der Tod in Venedig. In: Die Neue Rundschau, Berlin, Jg. 23, H. 10–11, Oktober und November 1912.

Vorwort zu dem Roman eines Jungverstorbenen. Unter dem Titel »Vorwort zu einem Roman« in: Süddeutsche Monatshefte, München, Jg. 11, H. 2, 11. Januar 1913.

Bei Friedrich Huchs Bestattung. Rede, gehalten bei der Trauerfeier am 15. Mai 1913. Erstmals unter dem Titel »Friedrich Huch« in: Süddeutsche Monatshefte, München, Jg. 10, H. 9, 1913.

Gedanken im Kriege. In: Die Neue Deutsche Rundschau, Berlin, Jg. 25, H. 11, November 1914.

Betrachtungen eines Unpolitischen, Berlin: S. Fischer, 1918.

Tischrede auf Pfitzner. In: Süddeutsche Monatshefte, München, Jg. 17, H. 1, 1919.

Gesang vom Kindchen. Idylle. In: Der Neue Merkur, München, Jg. 3, H. 1–2, 1919.

Herr und Hund. Ein Idyll, München 1919. Einmalige Vorzugsausgabe zugunsten bedürftiger Schriftsteller.

Erziehung zur Sprache. Antwort auf eine Rundfrage. In: Vossische Zeitung, Berlin, 1. August 1920.

Goethe und Tolstoi. Fragmente zum Problem der Humanität. Vortrag, gehalten bei der Nordischen Woche zu Lübeck am 4. September 1921. Auch in: Deutsche Rundschau, Berlin, Jg. 48, H. 6, März 1922.

Von Deutscher Republik. Rede, gehalten am 15. Oktober 1922 im Beethovensaal zu Berlin. In: Die Neue Rundschau, Berlin, Jg. 33, H. 11, 1922.

Arthur Schnitzler zu seinem sechzigsten Geburtstag. In: Die Neue Rundschau, Berlin, Jg. 33, H. 5, Mai 1922.

[Brief an einen Hund], datiert München, 10. Mai 1922. In: Welt am

Sonntag, Hamburg, 31. Oktober 1948. Mitgeteilt von Luise Pagenstecher.

Bekenntnisse des Hochstaplers Felix Krull. Buch der Kindheit (= Erstes Buch, Erstes bis Neuntes Kapitel), Wien/Leipzig/München: Rikola-Verlag, 1922.

[Briefe aus Deutschland. Erster Brief, November 1922]. Erstmals in englischer Übersetzung unter dem Titel »German Letter« [I] in: The Dial, New York, Bd. 73, H. 6, Dezember 1922.

Zum sechzigsten Geburtstag Ricarda Huchs. In: Frankfurter Zeitung und Prager Presse, 18. Juli 1924.

[Hugo von Hofmannsthal zum fünfzigsten Geburtstag]. Geschrieben 1924, erstmals in: Almanach. Das zweiundachtzigste Jahr, Frankfurt a. M.: S. Fischer, 1968.

Der Zauberberg. Roman, 2 Bde. Berlin: S. Fischer, 1924.

Unterwegs. In: Vossische Zeitung, Berlin, 12. April 1925.

›*Blau oder braun?*‹. In: Frankfurter Zeitung, 1. Juli 1925.

Tischrede bei der Feier des fünfzigsten Geburtstages. In: Almanach 1926, Berlin: S. Fischer, 1925.

Lübeck als geistige Lebensform. Rede, gehalten zur 700-Jahr-Feier der Freien und Hansestadt im Stadttheater zu Lübeck am 5. Juni 1926. Erste Buchausgabe: Lübeck: Otto Quitzow, 1926.

Pariser Rechenschaft, Berlin: S. Fischer, 1926.

Abschied von Berthold Litzmann. In: Münchner Neueste Nachrichten, 21. Oktober 1926.

Zur Begrüßung Gerhart Hauptmanns in München, November 1926. In: Die Forderung des Tages. Reden und Aufsätze aus den Jahren 1925–1929, Berlin: S. Fischer, 1930.

Kleists ›Amphitryon‹. Eine Wiedereroberung. Vortrag, gehalten bei der Kleist-Feier im Münchner Schauspielhaus am 10. Oktober 1927. Erstmals unter dem Titel »Die große Szene in Kleists *Amphitryon*« in: Vossische Zeitung, Berlin, 16. Oktober 1927.

Kultur und Sozialismus. In: Preußische Jahrbücher, Berlin, Bd. 212, H. 1, 1928.

[Vorwort zu *Zwei Festreden*]. Zwei Festreden (Lübeck als geistige Lebensform / Hundert Jahre Reclam), Leipzig: Reclam, 1928.

Rede über das Theater. Rede zur Eröffnung der Heidelberger Festspiele 1929. In: Die Neue Rundschau, Berlin, Jg. 40, H. 9, September 1929.

Die Bäume im Garten. Rede für Pan-Europa. In: Vossische Zeitung, Berlin, 20. Mai 1930.

Theodor Storm. Unter dem Titel »Der Lyriker Theodor Storm –

Theodor Storm, der Mensch« in: Daheim, Berlin, Jg. 66, Nr. 46–47, 1930.

August von Platen. Festvortrag, gehalten am 4. Oktober 1930 in der Platen-Gesellschaft zu Ansbach. Erstmals unter dem Titel »Platen – Tristan – Don Quichotte« in: Die Neue Rundschau, Berlin, Jg. 42, H. 1, Januar 1931.

Vom Beruf des deutschen Schriftstellers in unserer Zeit. Ansprache an den Bruder. In: Die Neue Rundschau, Berlin, Jg. 42, H. 5, Mai 1931.

[Pax Mundi]. Faksimile-Wiedergabe in: Pax Mundi. Livre d'Or, Genève 1932.

Goethe als Repräsentant des bürgerlichen Zeitalters. Rede zum hundertsten Todestag Goethes, gehalten am 18. März 1932 in der Preußischen Akademie der Künste, Berlin. Erstmals in: Die Neue Rundschau, Berlin, Jg. 43, H. 4, April 1932.

[Rede vor Arbeitern in Wien]. Gehalten am 22. Oktober 1932 im Arbeiterheim zu Wien-Ottakring. Im Auszug in: Arbeiter-Zeitung, Wien, 23. Oktober 1932. Vollständig in: Reden und Aufsätze II, Frankfurt a. M.: S. Fischer, 1965.

An die japanische Jugend. Eine Goethe-Studie. In: Goethe-Studien. Japanisch-deutscher Geistesaustausch, Tokio, H. 4, 1932.

Leiden und Größe Richard Wagners. In: Die Neue Rundschau, Jg. 44, H. 4, April 1933.

An das Reichsministerium des Inneren, Berlin. Frühjahr 1934. Erstmals unter dem Titel »Das schrieb Thomas Mann. Sein Brief an das Reichsinnenministerium« in: Neue Zeitung, München, 8. August 1947.

Joseph und seine Brüder II: Der junge Joseph, Berlin: S. Fischer, 1934.

Humaniora und Humanismus. Aus der Rede am 9. Juni 1936 auf der Tagung des ›Comité International pour la Coopération Intellectuelle‹ in Budapest. Erstmals in: Altes und Neues. Kleine Prosa aus fünf Jahrzehnten, Frankfurt a. M.: S. Fischer, 1953.

Joseph und seine Brüder III: Joseph in Ägypten, Wien: Bermann-Fischer, 1936.

Briefwechsel mit Bonn. In: Neue Zürcher Zeitung, 24. Januar 1937.

Schopenhauer, Stockholm: Bermann-Fischer, 1938.

[Vorwort zu einer amerikanischen Ausgabe von *Königliche Hoheit*]. Deutscher Text von 1939 erstmals in: Reden und Aufsätze I, Frankfurt a. M.: S. Fischer, 1965.

[Lob der Dankbarkeit]. Rede, gehalten in englischer Sprache anläßlich der Verleihung der Ehrendoktorwürde der Princeton University am 18. Mai 1939. Der deutsche Text erstmals in: Herbert Lehnert: Thomas Mann in Princeton, in: The Germanic Review, New York, Bd. 39, H. 1, Januar 1964.

Lotte in Weimar. Roman, Stockholm: Bermann-Fischer, 1939.

[Vorwort zu einer amerikanischen Ausgabe von *Königliche Hoheit*], datiert Juli 1939. Erstmals in englischer Übersetzung in: Royal Highness, New York: Alfred A. Knopf, ³1939.

›Anna Karenina‹. In: Maß und Wert, Zürich, Jg. 3, H. 4, Mai/Juni/Juli 1940.

[Ansprache zu Heinrich Manns siebzigstem Geburtstag]. Gehalten am 2. Mai 1941. Erstmals in: Hans Wysling (Hrsg.): Thomas Mann – Heinrich Mann. Briefwechsel 1900–1949, Frankfurt a. M.: S. Fischer, 1970.

Denken und Leben. In: Virginia Quarterly Review, Charlottesville (Virginia), Bd. 17, 1941.

Joseph und seine Brüder. Ein Vortrag, gehalten am 17. November 1942 in der Library of Congress, Washington. Der deutsche Text erstmals in: Deutsche Blätter, Santiago de Chile, Jg. 3, H. 24, 1945.

Joseph und seine Brüder IV: Joseph, der Ernährer, Stockholm: Bermann-Fischer, 1943.

Die Sendung der Musik. Zum fünfzigjährigen Dirigenten-Jubiläum Bruno Walters, datiert »16.IX.44«. Der deutsche Text erstmals in: Blätter der Thomas Mann Gesellschaft, Zürich, Nr. 9, 1969.

Das Gesetz. In englischer Übersetzung 1943, deutsche Fassung in: Pazifische Presse, Los Angeles 1944.

Schicksal und Aufgabe. Erstmals in englischer Übersetzung unter dem Titel »What is German?« in: Atlantic Monthly, New York, Bd. 173, H. 5, 1944. Der deutsche Text erstmals in: Deutsche Blätter, Santiago de Chile, Jg. 2, H. 7, 1944.

Deutschland und die Deutschen. Vortrag in englischer Sprache Ende Mai 1945 an der Library of Congress, Washington, anläßlich des siebzigsten Geburtstages. Der deutsche Text vollständig in: Die Neue Rundschau, Stockholm, H. 1, Oktober 1945.

Warum ich nicht nach Deutschland zurückgehe. Offener Brief an Walter von Molo, geschrieben im September 1945. Erstmals in: Aufbau, New York, Bd. 11. H. 39, 1945.

Doktor Faustus. Das Leben des deutschen Tonsetzers Adrian Leverkühn erzählt von einem Freunde, Stockholm: Bermann-Fischer, 1947.

Nietzsche's Philosophie im Lichte unserer Erfahrung. Vortrag, gehalten bei der PEN-Club-Tagung in Zürich am 2. Juni 1947. Erstmals in: Die Neue Rundschau, Stockholm, H. 8, Herbst 1947.

Sechzehn Jahre. Zur amerikanischen Ausgabe von *Joseph und seine Brüder* in einem Bande. In: Neue Schweizer Rundschau, Zürich, März 1948.

Die Entstehung des Doktor Faustus. Roman eines Romans, Amsterdam: Bermann-Fischer, 1949.

Eine Welt oder keine. Erklärung im schwedischen Rundfunk anläßlich des Dritten Internationalen Kongresses der Weltföderationsbewegung in Stockholm am 5. September 1949. Das Manuskript ist nicht erhalten; der Text wurde von Ernst Loewy von der Tonaufnahme transkribiert. Eine Kopie der Aufnahme befindet sich im Thomas Mann-Archiv der Eidgenössischen Technischen Hochschule, Zürich.

Meine Zeit. Vortrag, gehalten an der Universität Chicago im Mai 1950. Erste Buchausgabe: Frankfurt a. M.: S. Fischer, 1950.

[Neujahrsbotschaft nach Japan für die Zeitung *Asahi-Shin-Bun*], 18. Dezember 1950. In: Thomas Mann Tagebücher 1949–1950, hrsg. von Inge Jens, Frankfurt a. M.: S. Fischer, 1991.

Der Erwählte, Frankfurt a. M.: S. Fischer, 1951.

Stefan Zweig zum zehnten Todestag. Am 22. Februar 1952. In: Altes und Neues. Kleine Prosa aus fünf Jahrzehnten, Frankfurt a. M.: S. Fischer, 1953.

Lob der Vergänglichkeit. Geschrieben für eine Rundfunksendung in der Reihe »This I Believe« des Columbia Broadcasting System. In: Eckart, Berlin, Jg. 21, Juli–September 1952.

Der Künstler und die Gesellschaft. Vortrag, gehalten im Salzburger Mozarteum am 9. September 1952 und auf dem Kongreß der Unesco im September 1952 in Venedig, Wien: Wilhelm Frick, 1953 (Unesco Schriftenreihe).

Die Betrogene. In: Merkur, Stuttgart, Jg. 7, H. 5–7, 1953.

[Humor und Ironie]. Beitrag zu einer Rundfunkdiskussion, aufgenommen vom Süddeutschen Rundfunk am 15. September 1953 unter dem Titel »Sprache und Humor in der Literatur«. Erstmals in: Nachlese. Prosa 1950–1955, Berlin / Frankfurt a. M.: S. Fischer, 1956.

Bekenntnisse des Hochstaplers Felix Krull. Der Memoiren erster Teil, Frankfurt a. M.: S. Fischer, 1954.

Ernst Penzoldt zum Abschied. In: Akzente, München, H. 4, 1955.

Versuch über Schiller. Zum 150. Todestag des Dichters – seinem Andenken in Liebe gewidmet. In gekürzter Form als Festrede gehalten bei der Schiller-Feier am 8. Mai 1955 im Württembergischen Staatstheater zu Stuttgart und am 14. Mai 1955 im Deutschen Nationaltheater zu Weimar. Veröffentlicht: Berlin / Frankfurt a. M.: S. Fischer, 1956. Die Rede auch als Schallplatte, hergestellt von der Deutschen Grammophon Gesellschaft, Berlin / Frankfurt a. M.: S. Fischer, 1956.

Textnachweise

Unsere Textwiedergabe folgt den *Gesammelten Werken in dreizehn Bänden* von 1960 und 1974, die seit 1990 in einem Nachdruck des Fischer Taschenbuch Verlages wieder zugänglich geworden sind. Die meisten Briefe wurden nach der von Erika Mann herausgegebenen Ausgabe zitiert. Den Tagebüchern liegen die seit 1977 von Peter de Mendelssohn, seit 1986 von Inge Jens betreuten Bände des S. Fischer Verlages zugrunde.
Unsere Quellenangaben sind so gehalten, daß der Leser den Kontext in jeder verfügbaren Ausgabe finden wird. Briefe und Tagebuch-Zitate erscheinen mit der Datierung. Jahreszahlen von Werken sind nur genannt, wenn sie für das betreffende Zitat aufschlußreich sind. Weitere Daten können der Bibliographie der zitierten Werke entnommen werden.

Die abgekürzt zitierten Ausgaben

GW	Thomas Mann: Gesammelte Werke in dreizehn Bänden. Frankfurt a. M.: S. Fischer, 1960. 2., durchges. Aufl. 1974. [Nachdr. Fischer Taschenbuch. 1990.]
Br	Thomas Mann: Briefe. 1889–1955. 3 Bde. Bd. 1: 1889 bis 1936. Bd. 2: 1937–1947. Bd. 3: 1948–1955 und Nachlese. Hrsg. von Erika Mann. Frankfurt a. M.: S. Fischer, 1961 bis 1965. [Nachdr. Fischer Taschenbuch, 1979.]
Tb	Thomas Mann: Tagebücher. [Bisher] 8 Bde. Bd. 1: 1918 bis 1921. Bd. 2: 1933–1934. Bd. 3: 1935–1936. Bd. 4: 1937 bis 1939. Bd. 5: 1940–1943. Bd. 6: 1944–1.4.1946. Bd. 7: 28. 5. 1946 – 31. 12. 1948. Bd. 8: 1949–1950. Hrsg. von Peter de Mendelssohn und [ab Bd. 6] von Inge Jens. Frankfurt a. M.: S. Fischer, 1977–91.
BrBe	Thomas Mann an Ernst Bertram. Briefe aus den Jahren 1910–1955. Hrsg., komm. und mit einem Nachw. von Inge Jens. Pfullingen: Günther Neske, 1960.
BrBF	Thomas Mann. Briefwechsel mit seinem Verleger Gottfried Bermann Fischer 1932–1955. Hrsg. von Peter de Mendelssohn. Frankfurt a. M.: S. Fischer, 1973.
BrAM	Thomas Mann – Agnes E. Meyer. Briefwechsel 1937–1955. Hrsg. von Hans R. Vaget. Frankfurt a. M.: S. Fischer, 1992.

I

Das Wort und die Wahrheit

17 1 Notiz zu einem Literatur-Essay: Zit. nach: Paul Scherrer / Hans Wysling, *Quellenkritische Studien zum Werk Thomas Manns*, Bern/München 1967, S. 171.
2 Tristan, [Kapitel] 10: GW 8,251.
3 Bilse und ich: GW 10,21.
18 1 Brief an Kurt Martens, 28. März 1906: Br 1,62.
2 Der alte Fontane: GW 9,19.
3 Der alte Fontane: GW 9,23.
19 1 Über ›Fiorenza‹, [Für die *Blätter des Deutschen Theaters*] 1912: GW 11,564.
2 Der Tod in Venedig, Zweites Kapitel: GW 8,454–456.
22 1 Der Tod in Venedig, Viertes Kapitel: GW 8,492.
2 Erziehung zur Sprache: GW 10,863.
3 Tagebuch, 25. Dezember 1919: Tb 1,350 f.
4 Arthur Schnitzler zu seinem sechzigsten Geburtstag: GW 10,429.
23 1 Der Zauberberg, Fünftes Kapitel, »Forschungen«: GW 3,382.
2 [Brief an einen Hund], 10. Mai 1922: GW 11,587.
24 1 Rede über das Theater. Zur Eröffnung der Heidelberger Festspiele 1929: GW 10,285.
2 Theodor Storm: GW 9,258.
3 Theodor Storm: GW 9,258.
4 An die japanische Jugend. Eine Goethe-Studie: GW 9,295.
25 1 Tagebuch, 29. Januar 1935: Tb 3,23.
2 Joseph und seine Brüder III: Joseph in Ägypten, Sechstes Hauptstück: Die Berührte, »Das erste Jahr«: GW 5,1106.
3 Lob der Dankbarkeit: GW 13,123.
4 Brief an Agnes E. Meyer, 1. Februar 1939: BrAM 144.
26 1 Lotte in Weimar, Das Siebente Kapitel: GW 2,640 f.
27 1 [Vorwort zu einer amerikanischen Ausgabe von *Königliche Hoheit*]: GW 11,575 f.
2 ›Anna Karenina‹: GW 9,639.
28 1 Denken und Leben: GW 10,362 f.
2 Brief an Dr. Gottfried Bermann Fischer, 19. April 1942: BrBF 307.
3 Joseph und seine Brüder IV: Joseph, der Ernährer, Erstes

Hauptstück: Die andere Grube, »Joseph kennt seine Tränen«: GW 5,1302.

29 1 Joseph und seine Brüder IV: Joseph, der Ernährer, Sechstes Hauptstück: Das heilige Spiel, »Verkündigung«: GW 5,1707.
2 Brief an Agnes E. Meyer, 25. Dezember 1943, anläßlich des *Doktor Faustus*: BrAM 529.
30 1 Brief an Hans Friedrich Blunck, 22. Juli 1946: Br 2,496.
2 Brief an Bruno Walter, 15. September 1946: Br 2,503.
3 Der Künstler und die Gesellschaft: GW 10,391.
31 1 Bekenntnisse des Hochstaplers Felix Krull, Drittes Buch, Neuntes Kapitel: GW 7,611.
2 Ernst Penzoldt zum Abschied, 1955: GW 10,549.

II

Kunst und Künstler

35 1 Die Hungernden: GW 8,267.
2 Gladius Dei, [Kapitel] 4: GW 8,211 f.
36 1 Tonio Kröger, [Kapitel] 3: GW 8,291 f.
37 1 Tonio Kröger, 4: GW 8,295.
2 Tonio Kröger, 9: GW 8,337 f.
38 1 Süßer Schlaf: GW 11,336.
39 1 Süßer Schlaf: GW 11,338.
40 1 Der Tod in Venedig, Zweites Kapitel: GW 8,457.
2 Gedanken im Kriege: GW 13,529.
3 Goethe und Tolstoi, »Ein letztes Fragment«: GW 9,170 f.
41 1 ›Blau oder braun?‹: GW 11,617.
2 Zum sechzigsten Geburtstag Ricarda Huchs: GW 10,431.
42 1 [Hugo von Hofmannsthal zum fünfzigsten Geburtstag]: GW 13,821.
2 Tagebuch, 11. Juli 1934: Tb 2,467.
3 Tagebuch, 1. Januar 1935: Tb 3,3.
4 Schopenhauer: GW 9,534 f.
43 1 Schopenhauer: GW 9,580.
2 Lotte in Weimar, Das Siebente Kapitel: GW 2,618.
44 1 Lotte in Weimar, Das Siebente Kapitel: GW 2,625.
2 Lotte in Weimar, Das Siebente Kapitel: GW 2,640.
3 Lotte in Weimar, Neuntes Kapitel: GW 2,762.
4 Brief an Agnes E. Meyer, 7. Oktober 1941: BrAM 323.
45 1 Brief an Agnes E. Meyer, 29. Mai 1944: BrAm 561.

2 Brief an William Earl Singer, 13. August 1944: Br 2,384.
3 Doktor Faustus, [Kapitel] IV: GW 6,37.

46 1 Doktor Faustus, XXI: GW 6,241.
2 Doktor Faustus, XXV: GW 6,318.

47 1 Die Entstehung des Doktor Faustus. Roman eines Romans, Kapitel XII: GW 11,250.
2 Sechzehn Jahre. Zur amerikanischen Ausgabe von *Joseph und seine Brüder* in einem Bande: GW 11,681.
3 Der Künstler und die Gesellschaft: GW 10,386 f.

48 1 Brief an Hans Mayer, 23. Juni 1950: Br 3,152 f.
2 Brief an Ferdinand Lion, 13. März 1952: Br 3,249.

III
Musik und Geist

51 1 Buddenbrooks. Verfall einer Familie, Achter Teil, Sechstes Kapitel: GW 1,498 f.

52 1 Tristan, 8: GW 8,245 f.

54 1 Wälsungenblut: GW 8,404–406.

57 1 Tischrede auf Pfitzner: GW 10,421.

58 1 Der Zauberberg, Viertes Kapitel, »Politisch verdächtig!«: GW 3,162.
2 Tagebuch, 27. November 1936: Tb 3,400.

59 1 Leiden und Größe Richard Wagners: GW 9,404.
2 Lotte in Weimar, Das Siebente Kapitel: GW 2,630.
3 Brief an Agnes E. Meyer, 5. Juli 1942: BrAM 416.

60 1 Tagebuch, 8. April 1943: Tb 5,561.
2 Brief an William Earl Singer, 13. August 1944: Br 3,384.
3 Tagebuch, 3. Januar 1948, über Bruno Walter: Tb 7,206.

61 1 Tagebuch, 9. Oktober 1950: Tb 8,276.
2 Die Sendung der Musik. Zum fünfzigjährigen Dirigenten-Jubiläum Bruno Walters: GW 13,860 f.

62 1 Doktor Faustus, VII: GW 6,66.
2 Doktor Faustus, VIII: GW 6,94.

63 1 Doktor Faustus, VIII: GW 6,95.
2 Doktor Faustus, XVI: GW 6,191.
3 Doktor Faustus, XXI: GW 6,246.

64 1 Doktor Faustus, XXXVIII: GW 6,547.
2 Doktor Faustus, XXXVIII: GW 6,550.

IV

Die Pflichten und die Schuld

69 1 Süßer Schlaf: GW 11,338.
2 Fiorenza, Dritter Akt,7: GW 8,1063.
3 Brief an Paul Steegemann, 18. August 1920: Br 1,181.
4 Königliche Hoheit, »Doktor Überbein«: GW 2,85.
70 1 Königliche Hoheit. »Albrecht II.«: GW 2,145.
72 1 Tagebuch, 4. April 1921: Tb 1,499.
2 [Briefe aus Deutschland, Erster Brief]: GW 13,268.
3 Zum sechzigsten Geburtstag Ricarda Huchs: GW 10,434.
4 Tagebuch, 9. Juli 1936: Tb 3,328.
73 1 Tagebuch, 17. Dezember 1936: Tb 3,409.
2 Humaniora und Humanismus, 1936: GW 10,348.
3 Tagebuch, 4. August 1937: Tb 4,85 f.
4 Schopenhauer: GW 9,549 f.
74 1 Lotte in Weimar, Drittes Kapitel: GW 2,441.
2 Lotte in Weimar, Drittes Kapitel: GW 2,440 f.
75 1 Lotte in Weimar, Das Siebente Kapitel: GW 2,630.
2 Lotte in Weimar, Das Siebente Kapitel: GW 2,622.
3 Lotte in Weimar, Neuntes Kapitel: GW 2,760 f.
76 1 Brief an Agnes E. Meyer, 3. Dezember 1940: BrAM 246.
2 Brief an Agnes E. Meyer, 30. Januar 1941: BrAM 256.
3 Brief an Agnes E. Meyer, 12. Mai 1942: BrAM 398.
77 1 Das Gesetz, [Kapitel] 15: GW 8,851.
2 Das Gesetz, 15: GW 8,852 f.
78 1 Das Gesetz, 20: GW 8,875 f.
79 1 Schicksal und Aufgabe: GW 12,927.
2 Doktor Faustus, VIII: GW 6,94.
80 1 Doktor Faustus, X: GW 6,113.
2 Doktor Faustus, XXII: GW 6,249.
3 Brief an Emil Preetorius, 24. April 1948: Br 3,31.
4 Tagebuch, 12. Juni 1949: Tb 8,67.
5 Brief an Otto Basler, 8. Dezember 1949: Br 3,119.
81 1 Brief an Emil Belzner, 7. Oktober 1950: Br 3,167 f.
2 Stefan Zweig zum zehnten Todestag, 1952: GW 10,525.
3 Lob der Vergänglichkeit: GW 10,385.

V

Kultur und Barbarei

85 1 Der kleine Herr Friedemann, Kapitel 4: GW 8,81.
2 Fraktur oder Antiqua?, 1911: GW 13,248.
3 Gedanken im Kriege, 1914: GW 13,528.
4 Betrachtungen eines Unpolitischen, »Einiges über die Menschlichkeit«: GW 12,483.
86 1 Betrachtungen eines Unpolitischen, »Einiges über die Menschlichkeit«: GW 12,484.
2 Tagebuch, 21. Mai 1920: Tb 1,436.
3 [Vorwort zu *Zwei Festreden*]: GW 11,624 f.
87 1 Pariser Rechenschaft, 1926: GW 11,73.
88 1 Kultur und Sozialismus, 1928: GW 12,644 f.
2 Rede über das Theater. Zur Eröffnung der Heidelberger Festspiele 1929: GW 10,290 f.
90 1 Pax Mundi, 1932: GW 13,622.
91 1 Tagebuch, 16. März 1935: Tb 3,57.
2 Humaniora und Humanismus: GW 10,344 f.
3 Tagebuch, 3. August 1938: Tb 4,265.
92 1 Brief an Klaus Mann, 22. Juli 1939: Br 2,107.
2 Lotte in Weimar, Das Siebente Kapitel: GW 2,624 f.
3 Lotte in Weimar, Das Siebente Kapitel: GW 2,640.
4 Lotte in Weimar, Das Siebente Kapitel: GW 2,628.
5 Brief an Max Osborn, 15. Oktober 1944: Br 2,396.
93 1 Doktor Faustus, II: GW 6,16.
2 Doktor Faustus, VI: GW 6,53.
3 Doktor Faustus, VIII: GW 6,83.
94 1 Brief an Werner Weber, 6. April 1951, anläßlich des *Erwählten*: Br 3,201.
2 Brief an Theodor W. Adorno, 30. Oktober 1952: Br 3,276.
95 1 Versuch über Schiller, 1955: GW 9,946 f.
2 Versuch über Schiller, 1955: GW 9,949 f.
96 1 Versuch über Schiller, 1955: GW 9,950.

VI

Werden und Vergehen

99 1 Der kleine Herr Friedemann, Kapitel 13: GW 8,98.
2 Buddenbrooks. Verfall einer Familie, Zweiter Teil, Viertes Kapitel: GW 1,71 f.
100 1 Buddenbrooks. Verfall einer Familie, Zehnter Teil, Fünftes Kapitel: GW 1,657.
102 1 Bei Friedrich Huchs Bestattung: GW 10,412.
103 1 Vorwort zu dem Roman eines Jungverstorbenen [Erich von Mendelssohn]: GW 10,565.
2 Gesang vom Kindchen, »Lebensdinge«: GW 8,1073 f.
104 1 Der Zauberberg, Fünftes Kapitel, »Forschungen«: GW 3,384 f.
105 1 Der Zauberberg, Sechstes Kapitel, »Schnee«: GW 3,685.
2 Der Zauberberg, Sechstes Kapitel, »Noch jemand«: GW 3,511.
106 1 Der Zauberberg, Fünftes Kapitel, »Humaniora«: GW 3,351.
2 Der Zauberberg, Fünftes Kapitel, »Forschungen«: GW 3,373 f.
107 1 Der Zauberberg, Sechstes Kapitel, »Schnee«: GW 3,650 f.
109 1 Abschied von Berthold Litzmann: GW 10,441 f.
2 Tagebuch, 18. Januar 1938: Tb 4,161.
110 1 Brief an Agnes E. Meyer, 18. August 1942: BrAM 425.
2 Die Entstehung des Doktor Faustus, Kapitel XI: GW 11,241.
3 Lob der Vergänglichkeit: GW 10,383.
111 1 Die Betrogene: GW 8,950.
112 1 Bekenntnisse des Hochstaplers Felix Krull, Drittes Buch, Fünftes Kapitel: GW 7,540–543.
116 1 Bekenntnisse des Hochstaplers Felix Krull, Drittes Buch, Fünftes Kapitel: GW 7,546–548.

VII

Schönheit und Liebe

123 1 Der Tod in Venedig, Viertes Kapitel: GW 8,490.
2 Der Tod in Venedig, Viertes Kapitel: GW 8,492 f.
124 1 Der Tod in Venedig, Viertes Kapitel: GW 8,496 f.
2 Der Tod in Venedig, Fünftes Kapitel: GW 8,521 f.

125 1 Tagebuch, 30. März 1919: Tb 1,181.
2 Goethe und Tolstoi. Fragmente zum Problem der Humanität, »Erziehung und Bekenntnis«: GW 9,71.
3 Kleists ›Amphitryon‹. Eine Wiedereroberung: GW 9,187.
126 1 Joseph und seine Brüder II: Der junge Joseph, Erstes Hauptstück: Thot, »Von der Schönheit«: GW 4,394.
127 1 Joseph und seine Brüder II: Der junge Joseph, Erstes Hauptstück: Thot, »Von der Schönheit«: GW 4,394 f.
2 Joseph und seine Brüder II: Der junge Joseph, Erstes Hauptstück: Thot, »Von Körper und Geist«: GW 4,410.
128 1 Joseph und seine Brüder III: Joseph in Ägypten, Sechstes Hauptstück: Die Berührte, »Das erste Jahr«: GW 5,1091 f.
129 1 Joseph und seine Brüder III: Joseph in Ägypten, Sechstes Hauptstück: Die Berührte, »Das erste Jahr«: GW 5,1111.
130 1 Lotte in Weimar, Das Siebente Kapitel: GW 2,680.
2 Lotte in Weimar, Das Siebente Kapitel: GW 2,681.
131 1 Lotte in Weimar, Das Siebente Kapitel: GW 2,625.
2 Lotte in Weimar, Das Siebente Kapitel: GW 2,626.
132 1 Lotte in Weimar, Das Siebente Kapitel: GW 2,636.
2 Doktor Faustus, VIII: GW 6,95.
3 Doktor Faustus, XVII: GW 6,197.
133 1 Doktor Faustus, XXXII: GW 6,441.
2 Doktor Faustus, XXXVIII: GW 6,549.
3 Tagebuch, 28. August 1950: Tb 8,257 f.
134 1 Bekenntnisse des Hochstaplers Felix Krull, Zweites Buch, Viertes Kapitel: GW 7,348.
2 Bekenntnisse des Hochstaplers Felix Krull, Drittes Buch, Fünftes Kapitel: GW 7,523.
3 Bekenntnisse des Hochstaplers Felix Krull, Drittes Buch, Zehntes Kapitel: GW 7,634.
135 1 Bekenntnisse des Hochstaplers Felix Krull, Drittes Buch, Zehntes Kapitel: GW 7,631.
136 1 Bekenntnisse des Hochstaplers Felix Krull, Drittes Buch, Zehntes Kapitel: GW 7,633.
2 Bekenntnisse des Hochstaplers Felix Krull, Drittes Buch, Zehntes Kapitel: GW 7,638–641.
138 1 Bekenntnisse des Hochstaplers Felix Krull, Drittes Buch, Zehntes Kapitel: GW 7,642.

VIII

Deutschland und die Welt

141 1 Der französische Einfluß, 1904: GW 10,839.
2 Betrachtungen eines Unpolitischen, 1918: GW 12,54.
3 Tischrede auf Pfitzner, 1919: GW 10,421.
4 Von Deutscher Republik, 1922: GW 11,851.
142 1 Tischrede bei der Feier des fünfzigsten Geburtstags: GW 11,367.
2 Zur Begrüßung Gerhart Hauptmanns in München: GW 10,219.
3 Brief an Charles Du Bos, 3. Mai 1929: Br 1,289.
4 Die Bäume im Garten. Rede für Pan-Europa, 1930: GW 11,867 f.
143 1 Die Bäume im Garten. Rede für Pan-Europa, 1930: GW 11,868 f.
144 1 Vom Beruf des deutschen Schriftstellers in unserer Zeit. Ansprache an den Bruder: GW 10,310 f.
145 1 Postkarte an Ernst Bertram, 9. Juni 1932: BrBe 174.
2 Rede vor Arbeitern in Wien, 1932: GW 11,907 f.
146 1 An das Reichsministerium des Inneren, Berlin, Frühjahr 1934: GW 13,105 f.
147 1 Tagebuch, 13. August 1936: Tb 4,351.
2 Briefwechsel mit Bonn, Dezember 1936: GW 12,788 f.
148 1 Briefwechsel mit Bonn, Dezember 1936: GW 12,789.
2 Lotte in Weimar, Das Siebente Kapitel: GW 2,622.
150 1 Lotte in Weimar, Das Siebente Kapitel: GW 2,658.
2 [Ansprache zu Heinrich Manns siebzigstem Geburtstag]: GW 13,853 f.
3 Die Sendung der Musik. Zum fünfzigjährigen Dirigenten-Jubiläum von Bruno Walter, 1944: GW 13,861 f.
151 1 Brief an Agnes E. Meyer, 15. Februar 1945: BrAM 616.
152 1 Deutschland und die Deutschen, 1945: GW 11,1131 f.
2 Deutschland und die Deutschen, 1945: GW 11,1141.
3 Deutschland und die Deutschen, 1945: GW 11,1142.
153 1 Doktor Faustus, X: GW 6,115.
2 Doktor Faustus, XXXVII: GW 6,539.
154 1 Doktor Faustus, XXXVII: GW 6,541.
2 Brief an A. M. Frey, 19. Januar 1952: Br 3,241.
155 1 Eine Welt oder keine. Erklärung im schwedischen Rundfunk

anläßlich des Dritten Internationalen Kongresses der Weltföderationsbewegung in Stockholm am 5. September 1949: GW 13,799.

2 Brief an Siegfried Marck, 1. Januar 1950: Br 3,125.

3 Brief an Wolf-Dieter Zimmermann, 17. Oktober 1950: Br 3,170.

156 1 [Neujahrsbotschaft nach Japan für die Zeitung *Asahi-Shin-Bun*], 18. Dezember 1950: Tb 8,706.

2 [Neujahrsbotschaft nach Japan für die Zeitung *Asahi-Shin-Bun*], 18. Dezember 1950: Tb 8,707 f.

IX

Des Menschen Herz

159 1 Tristan, 1: GW 8,216.

2 Ein Glück: GW 8,356 f.

3 Ein Glück: GW 8,361.

160 1 Königliche Hoheit, »Doktor Überbein«: GW 2,87.

2 Der Tod in Venedig, Drittes Kapitel: GW 8,484 f.

3 Herr und Hund, »Einige Nachrichten über Bauschans Lebensweise und Charakter«: GW 8,549–551.

163 1 Herr und Hund, »Einige Nachrichten über Bauschans Lebensweise und Charakter«: GW 8,553.

164 1 Der Zauberberg, Viertes Kapitel, »Exkurs über den Zeitsinn«: GW 3,147 f.

165 1 Der Zauberberg, Sechstes Kapitel, »Noch jemand«: GW 3,515.

166 1 Der Zauberberg, Siebentes Kapitel, »Mynheer Peeperkorn (Schluß)«: GW 3,858.

2 Brief an Gerhart Hauptmann, 15. Oktober 1929: Br 1,295.

167 1 Joseph und seine Brüder II: Der junge Joseph, Erstes Hauptstück: Thot, »Von Körper und Geist«: GW 4,411.

2 Brief an Dr. Paul Amann, 23. März 1937. Zit. nach: *Thomas Mann. Briefe an Paul Amann 1915–1952*, hrsg. von Herbert Wegener, Lübeck 1959, S. 65.

3 Lotte in Weimar, Drittes Kapitel: GW 2,410.

4 Lotte in Weimar, Drittes Kapitel: GW 2,455 f.

168 1 Lotte in Weimar, Achtes Kapitel: GW 2,701.

170 1 Brief an Agnes E. Meyer, 16. Juli 1941: BrAM 298.

2 Joseph und seine Brüder. Ein Vortrag: GW 11,669.

3 Joseph und seine Brüder IV: Joseph, der Ernährer, Erstes Hauptstück: Die andere Grube, »Joseph kennt seine Tränen«: GW 5,1293.

4 Joseph und seine Brüder IV: Joseph, der Ernährer, Fünftes Hauptstück: Thamar, »Die Entschlossene« und »Die Schafschur«: GW 5,1558 f. und 1570–75.

178 1 Doktor Faustus, VIII: GW 6,81.

2 Doktor Faustus, VIII: GW 6,93.

3 Doktor Faustus, XXI: GW 6,236.

179 1 Der Erwählte, »Herr Eisengrein«: GW 7,46.

2 Der Erwählte, »Die Fischer von Sankt Dunstan«: GW 7,73 bis 7,76.

182 1 Bekenntnisse des Hochstaplers Felix Krull, Zweites Buch, Fünftes Kapitel: GW 7,357 f.

183 1 Bekenntnisse des Hochstaplers Felix Krull, Zweites Buch, Siebentes Kapitel: GW 7,386.

2 Bekenntnisse des Hochstaplers Felix Krull, Drittes Buch, Neuntes Kapitel: GW 7,609.

184 1 Bekenntnisse des Hochstaplers Felix Krull, Drittes Buch, Erstes Kapitel: GW 7,455–458.

X

Des Menschen Heimat

191 1 Buddenbrooks. Verfall einer Familie, Zehnter Teil, Drittes Kapitel: GW 1,629 f.

192 1 Gladius Dei, 1: GW 8,197–200.

196 1 Tonio Kröger, 6: GW 8,307 f.

197 1 Tonio Kröger, 6: GW 8,310–314.

203 1 Herr und Hund, »Das Revier«: GW 8,565–569.

208 1 Bekenntnisse des Hochstaplers Felix Krull, Erstes Buch, Erstes Kapitel: GW 7,266–269.

212 1 Der Erwählte, »Grimald und Baduhenna«: GW 7,15–17.

XI

Huldigungen und Diagnosen

217 1 Der alte Fontane: GW 9,9–13.
221 1 August von Platen: GW 9,268–271.
225 1 Goethe als Repräsentant des bürgerlichen Zeitalters: GW 9,307–312.
232 1 Leiden und Größe Richard Wagners: GW 9,373 f.
234 1 Leiden und Größe Richard Wagners: GW 9,383.
2 Leiden und Größe Richard Wagners: GW 9,399 f.
236 1 Schopenhauer: GW 9,540–546.
241 1 Nietzsche's Philosophie im Lichte unserer Erfahrung: GW 9,678.
244 1 Nietzsche's Philosophie im Lichte unserer Erfahrung: GW 9,695–697.
245 1 Versuch über Schiller: GW 9,876–878.

XII

Über sich selbst

251 1 Tischrede auf Pfitzner: GW 10,417 f.
2 Über den Alkohol: GW 11,719.
3 Glückwunsch an einen Buchhändler: GW 10,845.
252 1 Gesang vom Kindchen, »Vorsatz«: GW 8,1068.
253 1 Herr und Hund, »Er kommt um die Ecke«: GW 8,531.
2 Herr und Hund, »Das Revier«: GW 8,574 f.
255 1 Tagebuch, 20. Oktober 1920: Tb 1,472.
2 Unterwegs, 1925: GW 11,357.
3 Lübeck als geistige Lebensform: GW 11,389.
4 Brief an Karl Kerényi, 20. Februar 1934: Br 1,354.
5 Brief an René Schickele, 2. April 1934: Br 1,358.
256 1 Kondolenz-Brief an Hedwig Fischer, 2. November 1934: Br 1,379.
2 Tagebuch, 5. Juli 1935, New York: Tb 3,133.
3 Tagebuch, 26. Juni 1936: Tb 3,321.
4 Brief an Agnes E. Meyer, 16. Dezember 1939: BrAM 187 f.
258 1 Brief an Agnes E. Meyer, 29. Dezember 1940: BrAM 250.
2 Brief an Agnes E. Meyer, 16. Februar 1941: BrAM 258.

3 Brief an Erich von Kahler, 1. Juni 1941, Pacific Palisades (Kalifornien): Br 2,194.

259 1 Brief an Agnes E. Meyer, 29. März 1945: BrAM 621.

2 Warum ich nicht nach Deutschland zurückgehe, 1945: GW 12,954 f.

260 1 Brief an Agnes E. Meyer, 6. September 1948: BrAM 709.

2 Brief an Viktor Mann, 11. März 1949: Br 3,77.

3 Die Entstehung des Doktor Faustus, Kapitel VII: GW 11,193 f.

261 1 Brief an Emil Preetorius, 20. Oktober 1949: Br 3,106.

2 Brief an Agnes E. Meyer, 27. März 1950: BrAM 736.

3 Meine Zeit, 1950: GW 11,302.

262 1 Meine Zeit, 1950: GW 11,324.

2 Tagebuch, 11. Juli 1950, im Waldhaus Dolder: Tb 8,215.

3 Brief an Otto Basler, 30. Juli 1950, St. Moritz: Br 3,160.

263 1 Tagebuch, 28. August 1950: Tb 8,257.

2 Konzept eines Briefes an Irita Van Doren, 28. August 1951: Br 3,219.

3 Konzept eines Briefes an Irita Van Doren, 28. August 1951: Br 3,220.

4 Brief an Hermann Hesse zum fünfundsiebzigsten Geburtstag, 14. Juni 1952: Br 3,261 f.

264 1 Lob der Vergänglichkeit: GW 10,384 f.

2 Brief an Werner Weber, 6. Oktober 1952: Br 3,271.

3 Humor und Ironie. Beitrag zu einer Rundfunkdiskussion: GW 11,802–804.

267 1 Humor und Ironie. Beitrag zu einer Rundfunkdiskussion: GW 11,804 f.

268 1 Brief an Klaus Mampell, 17. Mai 1954: Br 3,341.

269 1 Brief an Dr. Gottfried Bermann Fischer, 5. Juni 1954: BrBF 619.

270 1 Brief an Veronika Erdmann-Czapski, 26. September 1954: Br 3,359.

Verzeichnis der Abbildungen

13 Porträtbild Thomas Manns. Radierung von Max Liebermann (1925), von beiden Künstlern signiert. (Privatbesitz des Herausgebers; Foto: Reproduktion Foto-Gärtner, Heidelberg.)

39 Das Landhaus in Bad Tölz, Sommerresidenz der Familie Mann von 1908 bis 1917. (Foto: Thomas Mann-Archiv, Zürich.)

55 Illustration von Thomas Theodor Heine zum Privatdruck von *Wälsungenblut* (1921). (Privatbesitz des Herausgebers; Foto: Reproduktion Foto-Gärtner, Heidelberg.)

71 Thomas Mann (1900). (Foto: Thomas Mann-Archiv, Zürich.)

87 Das Haus Poschingerstraße 1 in München, Wohnort der Familie Mann von 1914 bis 1933. (Foto: Thomas Mann-Archiv, Zürich.)

101 Anfang von *Buddenbrooks* in der Handschrift Thomas Manns (1897). (Foto: Thomas Mann-Archiv, Zürich.)

123 Wladyslaw Moes, Thomas Manns Vorbild für Tadzio aus *Der Tod in Venedig*. (Foto: Thomas Mann-Archiv, Zürich.)

149 Thomas Mann (um 1935). (Foto: Thomas Mann-Archiv, Zürich.)

169 Das 1938 bis 1941 gemietete Haus in Princeton, USA. (Foto: Princeton University Library.)

201 Besuch im Vaterhaus. Illustration von Erich M. Simon zu *Tonio Kröger* (1933). (Privatbesitz des Herausgebers; Foto: Reproduktion Foto-Gärtner, Heidelberg.)

243 Thomas Mann (1949). (Foto: S. Fischer Verlag, Frankfurt am Main.)

257 Das zerstörte ›Buddenbrook-Haus‹ in Lübeck, davor das Ehepaar Mann (1953). (Foto: Thomas Mann-Archiv, Zürich.)

269 Thomas Mann und seine Frau Katia (Kilchberg, April 1955). (Foto: Thomas Mann-Archiv, Zürich.)

Zeittafel

Bei der Erstellung der Zeittafel half vorzüglich: Hans Bürgin / Hans-Otto Mayer, *Thomas Mann. Eine Chronik seines Lebens*, Frankfurt a. M.: S. Fischer, 1974. – Die Vornamen von Thomas Manns Verwandten erscheinen in ihrer gebräuchlichen, verkürzten Form.

1875 Am 6. Juni als zweiter Sohn vor drei weiteren Geschwistern in Lübeck geboren. Der Vater: Thomas Johann Heinrich Mann, Senator und Kaufmann; die Mutter: Julia, geb. da Silva-Bruhns.

1881 Umzug von der Breiten Straße in das elegante Stadthaus Beckergrube 52. Das ›zweite Heim‹ der Kinder: das ›Buddenbrook-Haus‹ der Großmutter in der Mengstraße, gegenüber der Marienkirche.

1882 Eintritt in eine Lübecker Privatschule.

1889 Übergang in die realgymnasiale Abteilung des Lübecker Katharineums.

1890 Nach dem Tode der Großmutter im Dezember Verkauf des alten Familienhauses in der Mengstraße.

1891 Tod des Vaters; Liquidation der Getreidefirma; Verkauf der Beckergrube 52.

1892 Erste Berührung mit der Opernwelt Richard Wagners. Die Mutter zieht mit den drei jüngsten Kindern Julia, Carla und Viktor nach München-Schwabing.

1893 Thomas Mann gibt mit dem langjährigen Freund Otto Grautoff am Katharineum die Schülerzeitschrift *Der Frühlingssturm. Monatsschrift für Kunst, Litteratur und Philosophie* heraus.
Während dieser Jahre: Erste Gedichte an Armin Martens, das Vorbild für Hans Hansen im *Tonio Kröger* (1903) und Pribislav Hippe im *Zauberberg* (1924). – Die Sommerferien in Travemünde.

1894 Mittlere Reife; Übersiedlung nach München mit

neunfachem Wohnungswechsel in Schwabing bis 1910. Vorübergehend Volontär bei einer Feuerversicherungsbank. Nietzsche-Lektüre. Erste Novelle: *Gefallen.*

1895 Studium an der Technischen Hochschule, München. Mitarbeit an der vom Bruder Heinrich herausgegebenen Zeitschrift *Das Zwanzigste Jahrhundert. Blätter für deutsche Art und Wohlfahrt.* Novellen.

1896 Mehrere Novellen, darunter *Der kleine Herr Friedemann.* Mit Heinrich in Venedig, Rom, Neapel.

1897 Mit Heinrich in Palestrina. Im Herbst Rückkehr nach Rom, Via Torre Argentina. Dort Beginn mit *Buddenbrooks.*

1898 Der erste Novellenband *Der kleine Herr Friedemann* erscheint bei S. Fischer, Berlin. Ende April Rückkehr nach Schwabing. Für ein Jahr Lektor und Korrektor beim *Simplicissimus.*

1899 Beginn der Freundschaft mit dem Romancier Kurt Martens. Kleine Novellen. September: Reise nach Dänemark über Lübeck mit Anregungen zum *Tonio Kröger.* Die Philosophie Schopenhauers.

1900 Militärdienst und Entlassung wegen Dienstuntauglichkeit.

1901 Depression mit »ernst gemeinten Selbstabschaffungsplänen«. Beglückende Freundschaft mit dem Maler Paul Ehrenberg. Oktober: *Buddenbrooks. Verfall einer Familie* erscheint.

1903 Liebe zu Katharina (Katia) Pringsheim. Der Novellenband *Tristan* mit *Tonio Kröger* erscheint.

1905 Heirat mit Katia. Tochter Erika wird geboren.

1906 *Wälsungenblut* in der *Neuen Deutschen Rundschau* wird von Thomas Mann nach Protest seines Schwiegervaters zurückgezogen. Das Drama *Fiorenza.* Sohn Klaus geboren.

1908 Bau des Sommerhauses in Bad Tölz.

1909 Der Roman *Königliche Hoheit* erscheint. Sohn Golo geboren. Bekanntschaft mit Max Reinhardt. Zweifel an Richard Wagner.

1910 Beginn der Arbeit am *Felix Krull.* Korrespondenz mit Ernst Bertram. Tochter Monika geboren. Freitod der Schwester Carla. Umzug in die Mauerkircherstraße 13 im Herzogpark, Bogenhausen.

1911 Mai/Juni: in Venedig. Konzeption der Novelle *Der Tod in Venedig.*

1913 Beginn der Arbeit am *Zauberberg.* Bau der Villa Poschingerstraße 1 im Herzogpark.

1914 Anfang Januar: Bezug der neuen Villa. *Gedanken im Kriege.*

1915 *Friedrich und die große Koalition.* Beginn mit den *Betrachtungen eines Unpolitischen* als geistig-rhetorischer Schützenhilfe im vaterländischen Krieg. Darin eine scharfe Polemik gegen den »Zivilisationsliteraten« Heinrich, nach dessen Invektiven im *Zola*-Essay.

1917 Verkauf des Sommerhauses in Tölz zur Zeichnung einer Kriegsanleihe.

1918 Tochter Elisabeth (Medi, das *Kindchen*) geboren. Die *Betrachtungen eines Unpolitischen* erscheinen.

1919 Die Idyllen *Gesang vom Kindchen* sowie *Herr und Hund* erscheinen. Sohn Michael (Bibi) geboren. Ehrendoktor der Philosophischen Fakultät der Universität Bonn.

1921 *Wälsungenblut* als privater Luxusdruck.

1922 Aussöhnung mit Heinrich. Die Rede *Von Deutscher Republik* muß als Abkehr von den *Betrachtungen eines Unpolitischen* erscheinen.

1923 Tod der Mutter. Vortragsreise nach Österreich, Ungarn und der Tschechoslowakei.

1924 Nach zwölf Jahren Arbeit erscheint der *Zauberberg.*

1925 Hermann Hesse besucht Thomas Mann; damit entsteht eine lebenslange Freundschaft. Das erste Automobil. Schiffsreise durchs Mittelmeer bis nach Ägypten.

1926 Paris-Aufenthalt. Die Novelle *Unordnung und frühes Leid* erscheint. Professorentitel durch den Lübischen Senat anläßlich der 700-Jahrfeier. Gründungsmitglied der Sektion Dichtkunst in der Preußischen Akademie der Künste zu Berlin. Beginn der Arbeit am Josephs-Roman (*Die Geschichten Jaakobs*).

1927 In Warschau auf Einladung des PEN-Clubs. Freitod der Schwester Julia, verh. Löhr.

1929 Nobelpreis für Literatur.

1930 Reise nach Ägypten und Palästina. *Mario und der Zauberer* erscheint. Rede für ein Pan-Europa: *Die Bäume im Garten*. Das neue Sommerhaus in Nidden auf der Kurischen Nehrung bezogen. Wahrscheinlich Beendigung der *Geschichten Jaakobs*. Am 17. Oktober: *Deutsche Ansprache* im Beethovensaal, Berlin; Warnung vor dem Nationalsozialismus, Bürgertum und Sozialdemokratie müssen sich zusammentun.

1932 Reden zum 100. Todestag Goethes in vielen Städten des In- und Auslands. Rede vor Arbeitern in Wien-Ottakring. Beendigung des zweiten Bandes des Joseph-Romans (*Der junge Joseph*). Beginn des dritten Bandes.

1933 Der Essay *Leiden und Größe Richard Wagners* zum 50. Todestag, gelesen in München, Amsterdam, Brüssel, Paris. Erholungsurlaub in Arosa. Warnungen vor einer Heimkehr. Austritt aus der Preußischen Akademie der Künste. Provisorische Niederlassung in Bandol und Sanary-sur-Mer an der französischen Riviera, einem Sammelpunkt deutscher Emigranten. August: Beschlagnahme des Münchner Hauses sowie des Vermögens. ›Schutzhaftbefehl‹ gegen Thomas Mann; Gefährdung seiner jüdischen Frau. September: Niederlassung in Küsnacht bei Zürich, Schiedhaldenstraße 33. *Die Geschichten Jaakobs* erscheinen. Ende der Freundschaft mit Ernst Bertram.

1934 *Der junge Joseph* erscheint. Erste Reise in die USA zur Feier der amerikanischen Ausgabe der *Geschichten Jaakobs*. – *Meerfahrt mit Don Quijote*.

1935 Vortragsreise nach Prag, Brünn, Wien, Budapest. Feier des 60. Geburtstages im Zürcher Corso-Theater. Ehrendoktorwürde der Harvard-Universität zusammen mit Albert Einstein, als Auftakt zu einer Folge von Ehrenpromotionen. Gast des Präsidenten Roosevelt im Weißen Haus.

1936 Vortragsreise nach Wien, Brünn, Prag, Budapest anläßlich des 80. Geburtstags von Sigmund Freud: *Freud und die Zukunft.* Besuch Freuds in Wien. Oktober: Der 3. Band des Joseph-Romans (*Joseph in Ägypten*) erscheint. Beginn mit *Lotte in Weimar.* Tschechische Staatsangehörigkeit. Dezember: Verlust der deutschen Staatsangehörigkeit und Aberkennung der Ehrendoktorwürde der Universität Bonn. 31. Dezember: Antwort an den Dekan der Philosophischen Fakultät, unter dem Titel *Ein Briefwechsel* im Januar 1937 veröffentlicht.

1937 Vortragsreise nach Prag, Budapest, Wien. Dritte Reise in die USA. Mehrere Reden, darunter *The Living Spirit.* Bekanntschaft mit Eugene Meyer, dem Verleger der *Washington Post*, und seiner Frau, der Publizistin Agnes E. Meyer, mit der Thomas Mann bis zu seinem Tode einen ausgedehnten Briefwechsel führen wird.

1938 Der *Schopenhauer*-Essay in Arosa begonnen. Vierte Reise in die USA mit einer Vortragsfolge über die Demokratie. Eröffnung der Thomas Mann-Sammlung an der Yale-Universität, New Haven. Nach Anschluß Österreichs der Entschluß, sich in den Vereinigten Staaten anzusiedeln. »Lecturer in Humanities« an der Universität Princeton, N. J. Wohnung in Princeton, 65 Stockton Street. Politische Essays, *Achtung, Europa!*

1939 Vortragstour. Erholung in Noordwijk aan Zee, Holland. Ausbruch des Zweiten Weltkriegs. *Lotte in Weimar* erscheint.

1940 Vortragsreise in den Westen und Süden der USA.

Die Groteske *Die Vertauschten Köpfe* erscheint. Beginn des vierten Joseph-Bandes. Beginn der monatlichen Radio-Sendungen nach Deutschland über die BBC.

1941 Das Ehepaar für zwei Tage Gäste Roosevelts im Weißen Haus. März: Umzug in den Westen nach Pacific Palisades bei Los Angeles. Vortragsreise. »Consultant in Germanic Literature« an der Library of Congress in Washington, heimlich finanziert von Agnes E. Meyer.

1942 Bezug des eigenen Hauses in Pacific Palisades, 1550 San Remo Drive, Kalifornien.

1943 Die Moses-Novelle *Das Gesetz.* Beginn des *Doktor Faustus. Joseph, der Ernährer* erscheint.

1944 Amerikanische Staatsbürgerschaft. Arbeit am *Doktor Faustus.*

1945 Feier des 70. Geburtstages. Ende des Krieges. Ablehnung, nach Deutschland zurückzukehren.

1946 April/Mai: Lungen-Operation in Chicago.

1947 *Doktor Faustus* beendet. Reise nach London, Zürich, Flims, Amsterdam.

1948 *Der Erwählte* begonnen.

1949 Tod des Bruders Viktor. *Die Entstehung des Doktor Faustus* erscheint. Erster Atlantikflug, nach England, Schweden, Dänemark, die Schweiz, Deutschland. Festvortrag zum Goethe-Jahr in Frankfurt und Weimar. Goethe-Preis der Stadt Frankfurt. Freitod des Sohnes Klaus. Tod des Freundes Paul Ehrenberg.

1950 Tod des Bruders Heinrich. Flug nach Schweden, Paris, die Schweiz und England. *Die Erotik Michelangelos* nach eigener, letzter Leidenschaft.

1951 Wiederaufnahme des *Krull. Der Erwählte* erscheint. Schiffsreise nach Europa: Zürich, München, Bad Gastein.

1952 *Die Betrogene* begonnen. 24. Juni Ende der Emigrationszeit in den USA, endgültige Abreise von Pacific

Palisades mit kleinem Gepäck in die Schweiz. Der Wunsch, dort den Lebensabend zu verbringen, nachdem die McCarty-Gruppe ihn des Anti-Amerikanismus bezichtigt hatte. Venedig, München, Frankfurt, Wien. Dezember: gemietetes Haus in Erlenbach bei Zürich. Kreuz der Ehrenlegion, vom französischen Außenminister Robert Schuman persönlich überbracht.

1953 Privataudienz bei Papst Pius XII. – Hamburg, Lübeck. *Die Betrogene* erscheint.

1954 Erwerb des Hauses Alte Landstraße 53 in Kilchberg am Zürichsee. *Bekenntnisse des Hochstaplers Felix Krull. Der Memoiren Erster Teil* nach 44 Jahren beendet und erschienen. Reise nach Sizilien und Rom. August: Lesungen in Köln und Düsseldorf. *Versuch über Schiller* abgeschlossen.

1955 Kuraufenthalt in Arosa. Kreislaufkollaps. Ehrenbürger von Lübeck. 8. Mai Schillerfeier im Großen Haus des Stuttgarter Landestheaters mit Schiller-Rede, die am 14. Mai im Nationaltheater, Weimar, wiederholt wird. Lübeck und Travemünde. Feier des 80. Geburtstages in Zürich und Kilchberg. 30. Juni nach Amsterdam, Den Haag, Noordwijk, wieder im Huis ter Duin. Das Ordenskreuz von Oranje-Nassau. Audienz bei der Königin. Im Juli Thrombose; Überführung nach Zürich. Nachricht von der Aufnahme in die Friedensklasse des Ordens »Pour le Mérite«. Am 12. August im Kantonsspital Zürich gestorben. Beisetzung am 16. August auf dem Friedhof Kilchberg, der Ruhestätte Conrad Ferdinand Meyers.

Geschichten aus Rußland

Herausgegeben von Christian Graf

Gespenster-Geschichten

Herausgegeben von Dietrich Weber

Chinesische Weisheit

Übersetzt und herausgegeben
von Günther Debon
Mit 23 Abbildungen

Die Weisheit der Heiligen

Ein Brevier

Herausgegeben von Johanna Lanczkowski

Reclams Weihnachtsbuch

Erzählungen, Lieder, Gedichte, Briefe, Betrachtungen

Herausgegeben von Stephan Koranyi
Mit Illustrationen von Birgit Lukowski

Zum Glück

Wege und Umwege

Herausgegeben von Jörg Zirfas

Lob der Vergänglichkeit

Herausgegeben von
Karl-Heinz Hartmann

Philipp Reclam jun.
Stuttgart